Diogenes Taschenbuch 23262

de
te
be

Wang Shuo

Oberchaoten

Roman

Aus dem Chinesischen von
Ulrich Kautz
Mit einem Nachwort
des Übersetzers

Diogenes

Titel der 1987 und 1989 im Verlag Huayi, Peking,
erschienenen Originalausgaben: ›Wanzhu‹ und
›Yi dian zhengjing meiyou‹

Die deutsche Erstausgabe
erschien 1997 im Diogenes Verlag
Umschlagfoto:

Veröffentlicht als Diogenes Taschenbuch, 2001

www.diogenes.ch
50/01/8/1
ISBN 3 257 23262 4

Oberchaoten

I

Ich bin Schriftsteller. Bao Kang – schon mal gehört?«

»Äh – nein, tut mir echt leid.«

Der Kunde, den Direktor Yu Guan im Büro der Firma »3 TD« bediente – der dritte an diesem Vormittag –, war ein schmächtiger junger Mann mit einem riesengroßen Kopf.

»Mein Pseudonym ist Zhi Qing.«

»Sagt mir im Moment auch nichts. Aber was kann ich für Sie tun? Wollen Sie hier Studien treiben, oder wie?«

»Nein, das habe ich nicht nötig – ich kenne das Leben! Es ist bloß ... Ich habe da ein paar Sachen geschrieben, mit denen bin ich ganz groß rausgekommen. Richtige Knüller, jedenfalls nach Meinung der Leser. Mindestens gut für einen Staatspreis, sagen sie. Aber ...«

»... es war nichts mit 'nem Preis?«

»Genauer gesagt: Ich lehne es ab, meine Sachen von einer Jury beurteilen zu lassen. Ich halte das für sinnlos. Sehen Sie, ich weiß genau, was ich kann und was ich nicht kann, das braucht mir keiner zu sagen. Vielleicht sind Sie nicht so vertraut mit der Literaturszene – ich sage Ihnen, bei jeder Preisverleihung wird gekungelt! Ein paar gute Werke machen das Rennen, aber andere, die ebenso gut sind, bleiben auf der Strecke.«

»Bloß, da kann ich Ihnen beim besten Willen nicht helfen. Zum Schriftstellerverband haben wir im Moment keinen Draht. Uns fehlt es an attraktiven Mitarbeiterinnen.«

»Nein, Stimmung machen für mich sollen Sie auch gar nicht. Der Staatspreis ist mir gleichgültig. Reichtum und Ehre bedeuten mir eigentlich überhaupt nichts. Ich möchte einfach, daß meine Arbeit irgendwie anerkannt wird, durch welchen Preis auch immer.«

»Und wenn es nur ein ›3-TD‹-Preis wäre, ja?« vergewisserte Yu Guan sich vorsichtig.

»Das Ganze ist mir ungeheuer peinlich«, erwiderte Bao Kang mit einem gequälten Lächeln. »Vielleicht bin ich ein wenig zu direkt?«

»Überhaupt nicht! – Und Sie dachten natürlich an einen etwas größeren Rahmen, nicht wahr?«

»Der Rahmen ist nicht so wichtig. Hauptsache, es wird feierlich, und die Preise sind attraktiv. Mieten Sie das beste Theater, und laden Sie die stellvertretenden Vorsitzenden von ein paar Blockparteien ein – Geld habe ich.«

»Wie wäre es mit einer Klimaanlage für jeden Preisträger?«

»Für jeden? Ich dachte eigentlich, ich selbst...«

»›Vor frischem Grün erst kann die Pracht der Blüten sich entfalten‹ – Sie würden sich doch total einsam vorkommen, so allein auf der Bühne. Bißchen Beiprogramm muß schon sein. Ich besorge ein paar bekannte Dichter, die werden ebenfalls ausgezeichnet. Dann macht unser Preis gleich viel mehr her. Und Sie gehören mit einem Schlag zur Creme der Schriftsteller. ›Preisträger waren Bao Kang und die berühmten Autoren Soundso und Soundso‹ – hört sich doch toll an! Beneiden wird man Sie!«

»Eine Klimaanlage pro Person – wie teuer würde das kommen? Mit Prominenten auf einer Bühne stehen würde mir schon gefallen, aber ruinieren will ich mich dafür denn doch nicht.«

»Wenn Ihnen die Luxusvariante nicht zusagt, geht's natürlich auch sparsamer: Wir vergeben erste, zweite und dritte Preise in Form von idiotensicheren Fotoapparaten unterschiedlicher Preisklassen, dazu als Sonderpreis eine Klimaanlage. Die geht an Sie. Und außerdem wird die Zahl der Preisträger klein gehalten; wir nehmen nur die Berühmtesten.«

»So hört sich das schon viel besser an.« Bao Kang strahlte über das ganze Gesicht. »Ich kriege die Klimaanlage und die anderen die Kameras, prima! Also, machen Sie mir mal einen Kostenvoranschlag. Dann komme ich vorbei und bezahle.«

»Könnten Sie bei der Gelegenheit vielleicht Ihre Werke mitbringen? Es wäre uns eine Ehre, sie zu lesen. Selbstverständlich entscheiden Sie selbst, welche Ihrer Arbeiten ausgezeichnet wird, da halten wir uns völlig raus. Wissen Sie, ich hatte bisher noch nie Gelegenheit, einen leibhaftigen Schriftsteller aus der Nähe kennenzulernen – so was läßt selbst einen Literaturmuffel wie mich nicht kalt.«

»Natürlich kriegen Sie meine Werke«, sagte Bao Kang, ganz liebenswürdig-bescheidene Herablassung. »Ich kann Ihnen sogar eine Widmung hineinschreiben«, fügte er hinzu. »Meine bekanntesten Erzählungen sind *Die Legende von der Östlichen Kaiserin Ci An* und *Ich will re-*

den, ich will nicht reden, ich muß aber trotzdem reden. Die eine ist in der *Romanzeitschrift* erschienen, die andere im *Autorenmagazin.*«

»Toll! Hört sich super an. Ich kann's kaum erwarten, die zu lesen.«

»Aber was ist, wenn die prominenten Autoren sich rar machen? Es ablehnen, ihren Preis entgegenzunehmen?« wollte, plötzlich recht bedrückt, der junge Schriftsteller von Yu Guan wissen, als der ihn zur Tür brachte.

»Da machen Sie sich mal keine Sorgen«, beruhigte ihn Yu Guan. »Die Preise werden auf jeden Fall verliehen.«

»Ich danke Ihnen!« Bao Kang kam noch einmal zurück und schüttelte Yu Guan die Hand. »›Wenn keiner Licht macht, bleibt es dunkel‹ – das Gespräch mit Ihnen hat mir wirklich die Augen geöffnet. Vielen Dank!«

»Keine Ursache. Begabte Menschen wie Sie brauchen halt manchmal Hilfe, um ihre weitgesteckten Ziele zu erreichen – genau dazu ist unsere Firma da.«

An einer Straßenkreuzung in einer belebten Einkaufsgegend eilte Yang Zhong freudestrahlend auf ein Mädchen zu, das vor dem Schutzhäuschen des Verkehrspolizisten stand und das er vorher noch nie gesehen hatte.

»Tut mir echt leid, daß ich zu spät komme. Hab mich beeilt, hat aber alles nichts genützt. Sie warten bestimmt schon lange, was?« fragte er, noch ganz außer Atem.

»Macht nichts. Nur keine Panik!« Liu Meiping – so hieß das Mädchen – musterte Yang Zhong neugierig. »Im übrigen habe ich nicht auf Sie gewartet, also war es egal, ob Sie kommen oder nicht.«

»Und ob Sie auf mich gewartet haben! Sie haben es bloß nicht gewußt. Außer mir kommt heute keiner mehr.«

»So? Da wissen Sie wohl besser als ich, was ich hier mache? Los, zieh Leine – der Bulle steht gleich da drüben!«

»Ich werd mich doch wohl nicht irren?« Yang Zhong strahlte noch immer und zeigte keinerlei Anzeichen von Verlegenheit. »Sie heißen Liu Meiping – richtig? Sind Chefverkäuferin vom Taschentuchstand im Warenhaus – richtig? Und warten auf den Po-, nein: Pro-... Proktologen Dr. Wang Mingshui. Na, wer von uns beiden hat nun recht?«

»Wang Mingshui hat aber zwei Leberflecken neben der Nase.«

»Die hat er noch, keine Bange. Also: Heute morgen haben sie ihn zu Hause abgeholt, Notfallbehandlung. Irgendein hohes Tier hatte Blutungen. Da hat er schnell bei unserer Firma angerufen, wir sollten jemand an seiner Stelle zum Rendezvous schicken, damit Sie nicht umsonst warten und sauer sind. Ich heiße Yang Zhong und bin Mitarbeiter der Firma ›3 TD‹. Hier ist meine Karte.«

Das Mädchen nahm zögernd die Visitenkarte entgegen und warf einen flüchtigen Blick darauf. »Firma ›3 TD‹? Was ist denn das? Klingt nach Kammerjäger.«

»›3 TD‹ ist die Abkürzung von ›Drei Tolle Dienstleistungen‹: Wir lösen Ihre Probleme, wir vertreiben Ihre Langeweile, wir stehen ein für Ihre Fehler.«

»So was gibt es? Und wer macht da mit? 'n Haufen Gammler, was?«

»Wir sind anständige Geschäftsleute! Es ist unser Ziel, dem Mangel an sozialen Dienstleistungen abzuhelfen. Sie zum Beispiel hätten heute ohne mich ganz schön alt ausgesehen, oder?«

»Kommt mir bloß alles so merkwürdig vor: Ich warte auf meinen Freund, und wer erscheint? Sein Double! Nett mögen Sie ja sein, aber... Wir können doch jetzt nicht plötzlich auf verliebt machen!«

»Gefühlsmäßig brauchen Sie sich in keiner Weise umzuorientieren – mein Berufsethos verbietet mir sowieso jeden Annäherungsversuch. Wir haben schließlich eine Verpflichtung gegenüber dem Kunden! – Mal Klartext: Ich soll mich um Sie kümmern und Ihnen bißchen Gesellschaft leisten. Weil Wang Mingshui heute nicht kann.«

»Bringen Sie das denn? Sind Sie so kavaliersmäßig wie er? Zartfühlend und so?«

»Garantieren kann ich's natürlich nicht. Außerdem würden Sie uns beide sonst am Ende verwechseln. Sagen wir mal so: Ich werde mich bemühen, ganz normale zwischenmenschliche Beziehungen zu Ihnen zu pflegen. – Was lag denn heute an?«

»Er hatte versprochen, mir einen Ledermantel zu kaufen.«

»Oh, damit hat er mich allerdings nicht beauftragt.«

»Hab ich's doch gewußt, Sie bringen's nicht! Mingshui jedenfalls ist immer sehr freigiebig!«

Ein Kerl wie ein Baum saß auf dem Besucherstuhl vor Yu Guans Schreibtisch. »Das Leben ist beschissen«, sagte er mit Grabesstimme.

»Genau, beschissen«, pflichtete Yu Guan ihm geistesabwesend bei.

»Was soll ich bloß machen?«

»Was Sie machen sollen? Das Leben geht trotzdem weiter!« sagte Yu Guan und sah auf.

Darauf wieder der andere, den Blick unverwandt auf sein Gegenüber gerichtet: »Ich will nicht mehr leben.«

»Nicht doch! So etwas dürfen Sie nicht sagen«, redete Yu Guan ihm zu. »Schlecht gelebt ist allemal besser als gut gestorben.«

»Na schön, wenn du meinst. Lebe ich eben weiter. Bloß gib mir endlich was zu tun!«

»Spielen Sie Karten? Wir zwei könnten…« schlug Yu Guan vor.

»Keinen Bock.« Der Mann schüttelte den Kopf.

»Und Schach?«

»Erst recht keinen Bock.«

»Kahn fahren im Park? Oder Kino?«

»Wird ja immer finsterer!« erboste sich der Mann. »Immer derselbe Schrott.«

»Also gut: Sie schlagen was vor, ich mache alles mit.«

»Auch wenn ich vom Hochhaus springen will? Außerdem – was bringt das schon? Ja, wenn du 'ne Frau wärst…«

»Oh, da sind Sie hier an der falschen Adresse. Zuhälter sind wir nicht. Für so was ist die Heiratsvermittlung zuständig. Aber wenn Sie einen Zeitvertreib brauchen – wie wäre es mit Kalligraphie? Oder Musik? Oder immer mal ein Arbeitseinsatz zum Wohle der Allgemeinheit?«

»Was soll'n der Scheiß? Stundenlanges Gelaber, zwanzig Fen Gebühren – und dann so was! Betrug nennt man das!«

»Wunder können Sie kaum von mir erwarten, und ein

Visum für die Staaten auch nicht. Das Glück des einzelnen beruht nun mal auf dem Fortschritt der Gesellschaft, also regen Sie sich ab.«

Der Mann sah Yu Guan durchbohrend an. »Hast du Bock auf das Leben?«

Soll das eine Provokation sein? fragte sich Yu Guan und antwortete: »Sehr sogar.«

»Auf dich hab ich aber keinen Bock, überhaupt keinen, verstehst du? Eigentlich nicht mal genug Bock, dich aufzuklatschen.«

»Du Mistkerl! Was hast du hier zu Hause überhaupt noch verloren? Hau doch ab und quatsche weiter mit deinen sauberen Freunden!«

Eine wutschäumende junge Frau war gerade dabei, Ma Qing eine Standpauke zu halten.

»Hau doch ganz ab! Bei der Alten ist's doch eh so langweilig! Geh zu deinen Kumpanen, da kannst du die ganze Nacht durchquatschen. Reißt vielleicht wieder 'n paar hübsche junge Studentinnen auf mit deinem Gelaber, so wie du damals mich bequatscht hast, du Wichser. Warum bin ich bloß an so einen Scheißkerl geraten! Okay, Süchtige hat's immer gegeben, Raucher oder Fixer oder Schachfreaks, da will man ja gar nichts sagen. Aber Quatschsucht wie bei dir – das gibt's nicht noch einmal! Setzt sich hin, kriegt den Arsch nicht mehr hoch und den Mund nicht mehr zu, quatscht los, egal mit wem, egal über was – das geht wie die Klospülung. Schade, daß die nicht gewußt haben, was für'n Quatscher du bist, die hätten dich damals glatt die Verhandlungen mit den Russen führen lassen.

Bloß hier zu Hause, bei mir, da kriegst du die Lippen nicht auseinander, und wenn man was zu dir sagt, bist du genervt.«

»Ich werd mich bessern.«

»Du und dich bessern? Daß ich nicht lache, du Mistkerl! Nichts ist bei dir je besser geworden, seit du nicht mehr in die Hosen pinkelst.« Die Frau fing an zu schluchzen. »Ich halt's nicht mehr aus, ich halt's einfach nicht mehr aus! Vor der Hochzeit, da hab ich dich wenigstens noch manchmal zu sehen gekriegt, aber jetzt? Jetzt könnte ich genausogut deine Witwe sein!«

Mit einer energischen Handbewegung fegte die junge Frau ein Glas vom Tisch und ließ ihm sogleich noch ein Tablett mit Teetassen folgen. Ma Qing schmetterte seinerseits erst einen Aschenbecher zu Boden und stemmte dann den Fernseher: »Wenn du's nicht aushältst, hältst du's eben nicht aus.«

»Stop!« rief die Frau und fiel ihm in den Arm. »Das fehlte mir gerade noch! Wollen Sie mich ärgern, oder was? Ich will Dampf ablassen – dazu sind Sie hier. Nicht, um Fernseher kaputtzumachen!«

»Sie haben selbst gesagt, wenn Ihr Mann durchdreht, haut er alles kurz und klein, was ihm in die Hände fällt«, verteidigte sich Ma Qing, ganz die gekränkte Unschuld. »Und ich solle so tun, als ob ich er sei.«

»Aber er zerschlägt doch keine wertvollen Sachen! Da kann er noch so ausflippen. Das mit dem Fernseher haben Sie jetzt erfunden.«

»Dann haben Sie sich vorhin nicht klar genug ausgedrückt.«

»So was ist doch selbstverständlich!«

»Na gut, der Fernseher bleibt heil. Was kam noch mal als nächstes?«

»Also, das macht wirklich keinen Spaß mit Ihnen! Kriegen Sie denn keine Ausbildung, ehe Ihre Firma Sie auf die Leute losläßt? Als nächstes sagen Sie ›Ich lie…‹«

»Ich liebe dich.«

Ma Qing und die junge Frau starrten einander an.

»Ich liebe dich«, wiederholte Ma, und als die Reaktion noch immer ausblieb: »Schatz, sei wieder gut.«

Das hörte sich so drollig an, daß die Frau lachen mußte.

Rot vor Verlegenheit verteidigte sich Ma Qing: »Besser bringe ich es eben nicht. So'n ätzender Stuß!«

»Na schön«, winkte die junge Frau lachend ab, »mehr kann ich wohl wirklich nicht von Ihnen verlangen. Hauptsache, der Sinn kommt rüber.«

»Innerlich hab ich dich nämlich lieb. Ich sag es nur nicht.«

»Umgekehrt wär's mir lieber!«

»Jetzt kam die wortlose Versöhnung, nicht?« vergewisserte sich Ma Qing. »Wenn du Wut hast, siehst du klasse aus«, fuhr er in seinem Text fort. Dabei war er vor Verlegenheit ganz zusammengekrümmt, als hätte ein Kung-Fu-Meister ihn am Gemächt gepackt.

Die junge Frau bekam einen regelrechten Lachanfall. »Okay, okay, Schluß der Vorstellung! Ich will Sie ja auch nicht quälen.«

»Woher denn! Hauptsache, Sie sind zufrieden.«

»Sehr sogar!« sagte die Frau und gab Ma Qing sein Honorar. »Das fetzt viel mehr, als wenn ich meinen Mann zur Schnecke mache. Nächstes Mal wende ich mich wieder an Sie.«

»Tja, das Leben!« Gedankenverloren blies Yang Zhong Rauchringe an die Decke des Eiscafés. »So ist es nun einmal: wie Fußball – ein Haufen Leute rennt hinter dem Ball her, aber manchmal kriegen sie ihn nicht ein einziges Mal ins Tor. Trotzdem rennen sie weiter wie die Beknackten, weil die Fans auf den Rängen ihnen Dampf machen wie die Beknackten«, sagte er und untermalte seine Worte mit sprechenden Gesten. »Wir hetzen unser Leben lang hinter etwas her, und die anderen feuern uns an.«

»Ich finde Sie unheimlich tiefsinnig.« Liu Meiping hatte den Kopf auf die Hände gestützt und blickte Yang Zhong unverwandt an. Ihren Joghurt schien sie ganz vergessen zu haben. »Sie denken sicher viel nach, nicht?«

»Gewiß«, erwiderte Yang wie geistesabwesend. »Ich denke viel nach. Tiefsinnig bin ich wohl wirklich.«

»Haben Sie eigentlich studiert?«

»Studiert? Klar.«

»Kein Wunder, daß Sie so nachdenklich sind. Studierte haben immer den Kopf so voll.«

»Denken Sie auch viel nach?«

»Ich? Doch, schon. Ich mach mir immer meine Gedanken über die Leute. In meinem Beruf hat man es ja jeden Tag mit ein paar tausend Kunden zu tun, und da kuckt man sich eben an, was die so für Besonderheiten haben. Bloß mal als Beispiel: Die Dicken, die kaufen meistens große Taschentücher, weil denen, scheint's, die Nase mehr läuft. Die Dünnen nehmen kleine.«

»Hat denn die Drüsensekretion etwas mit dem Körpergewicht zu tun?«

»Natürlich! Alles in der Welt hängt doch irgendwie mit allem zusammen. Also, diese Joghurtflasche – wer weiß, vielleicht sind Sie mit der blutsverwandt: Ihre Vorfahren sind gestorben und verbrannt worden, die Asche wurde verstreut und hat sich mit Erde vermischt, dann hat man aus der Erde Porzellan gemacht oder Glasflaschen, dann hat man Joghurt reingetan, und dann haben Sie den Joghurt in dieser Flasche gekauft.«

»Soll das Dialektik sein? Bißchen primitiv, was?«

»Na ja, ich weiß auch nicht recht, jedenfalls ist da überall System drin, irgendwie. Sogar im – im Niesen. Darüber hat bestimmt schon mal jemand 'ne Doktorarbeit geschrieben.«

»Korrekt. Die war bei uns an der Uni im Umlauf. Übrigens, man spricht nicht von ›niesen‹, das ist der Vulgärausdruck, sondern vom ›krampf- und ruckartigen, geräuschvollen Ausstoßen der Luft infolge Reizung der Nasenschleimhaut‹.«

»Sie haben wirklich Ahnung.«

»Ach wo, Sie haben viel mehr Ahnung.«

»Nein, Sie!«

»Sie beschämen mich.«

»Sie sind viel zu bescheiden.«

»Einigen wir uns so: Ich weiß Ihre Bewunderung zu schätzen, aber ich lehne sie dankend ab.«

»Ich meine es aber ganz ernst mit meinem Lob. Ich finde, mit Ihnen kann man klasse reden. Sie sind so verständnisvoll.«

»Ich vertrage aber kein Lob.«

»Also, so was Stures! Ich lobe Sie, und Sie tun, als ob ich Sie runtermache. Da kann man ja echt ausrasten!«

»Na schön: Ich habe mehr Ahnung als Sie. – Übrigens finde ich auch, man kann klasse mit Ihnen reden und so.«

»Da bin ich jetzt aber wirklich froh drüber.«

»Und ich auch.«

Als Ma Qing erschöpft an Leib und Seele von seiner anstrengenden Mission zurückkehrte, bot sich ihm ein erstaunlicher Anblick: Jener Hüne hatte Yu Guan am Schlafittchen gepackt und zerrte ihn wie eine Puppe quer durch das Büro.

»Hören Sie auf! Loslassen, habe ich gesagt! Was sollen die Leute denken!«

»Dann hilf mir! Ich will dir eine scheuern. Bitte! Nur eine rechts und eine links!«

»Das halte ich nicht aus. Zu schwach gebaut.«

»Laß mich doch einmal etwas tun, wo ich selbst Bock drauf habe! Ich will endlich mal selbst was zu sagen haben!«

»Über alles können wir reden, aber Ohrfeigen kommen nicht in Frage. Ich warne Sie! Ein Schlag, und ich werde zur Wildsau!«

»Immer dasselbe! Es gibt keine Selbstlosigkeit mehr. Von wegen ›Wir lösen Ihre Probleme, wir vertreiben Ihre Langeweile‹ – wenn's ernst wird, denkst du nur an dich.« Der Mann ließ Yu Guan los und brach in Tränen aus. »Ich bin so unglücklich. Nichts darf ich!«

Yu Guan atmete tief durch, brachte seine Kleidung in

Ordnung und bedeutete Ma Qing, er solle den Baseballschläger in den Türwinkel zurückstellen. Dann nahm er wieder am Schreibtisch Platz und sagte:

»Nun weinen Sie doch nicht. Da haben Sie Ihr Geld zurück. Und jetzt verschwinden Sie!«

Immer noch schluchzend, seine zwanzig Fen in der Faust, verließ der Mann ohne sich umzublicken das Büro.

»Uff! Mann, worauf haben wir uns da bloß eingelassen!«

Nachdem er die Tür hinter dem tränenreichen Hünen geschlossen hatte, ließ Ma Qing sich auf Yu Guans Schreibtisch plumpsen und machte seinem Herzen Luft. »Scheißjob! Ich gehe von Haus zu Haus und laß mich zur Sau machen, und du wirst hier beinahe abgemischt. Bloß Yang Zhong hat's gut, der kann den ganzen Tag auf der Straße rumhängen und die Girls anbaggern. Zwar bloß als Joker, aber trotzdem! Warum kann ich nicht mal mit ihm tauschen? Noch nie was von Fruchtwechselwirtschaft gehört?«

»Und was ist mit unserem Gentlemen's Agreement? Jeder nach seinen Fähigkeiten – darauf hatten wir uns doch geeinigt«, erwiderte Yu Guan, der – noch immer mitgenommen von seinem letzten Kunden – im Sessel hing. »Du bist einfach zu gefühlsbetont. Dich kann man nicht auf das Girl von jemand anders ansetzen, weil du immer gleich aufs Ganze gehst. Der Hilfsarbeiter als Stammpersonal sozusagen. Da würden mir die Ehemänner die Bude einrennen!«

»Wenn's nach dir geht, soll ich mich also bloß immer pausenlos von irgendwelchen Frusthennen anscheißen lassen, ja? Sonst darf ich wohl nichts mit Frauen am Hut haben, hä?«

»Wieso mit Frau-en? Mit einer Frau! Mit einer kannst du so viel am Hut haben, wie du willst. Eine auf einmal! Beim Essen kaust du ja auch jeden Bissen für sich. Also wirklich, manchmal kannst du einen ganz schön nerven mit deiner Geilheit. Richtig unmoralisch ist das ja.«

»Yang Zhong ist auch nicht gerade ein Palasteunuch.«

Das Telefon klingelte. Yu Guan nahm ab, fuhr jedoch in seiner Tirade fort:

»Aber der kann sich konzentrieren, wenn's drauf ankommt. Der hat Geduld. Der trennt die Spreu vom Weizen. Dem macht es nichts aus, mit einer Kundin zu labern, und wenn's den ganzen Tag dauert. Anders als bei dir – du bist noch nicht zu Potte gekommen, schon kuckst du nach der nächsten. – Hallo! Wen möchten Sie sprechen?«

»Dich!« tönte es aus dem Hörer. »Yang Zhong hier. Du, ich halte das nicht durch, die Tussi setzt mir so zu.«

»Gerade in diesem Moment habe ich dich noch gelobt wegen deiner Geduld und Beredsamkeit.«

»Du hast ja keine Ahnung! Das ist 'ne Emanze! Die will über das Leben als solches quatschen, so eine ist das, verstehst du? Ich weiß echt nicht mehr, was ich sagen soll. Alle ausländischen Namen, die ich kenne, habe ich schon eingeflochten.«

»Ich kann mit Emanzen besonders gut«, mischte Ma Qing sich ein.

Yu Guan warf ihm einen vernichtenden Blick zu. »Wie wäre es mit Nietzsche?« sprach er in den Hörer.

»Nietzsche liegt mir nicht so. Außerdem kann ich jetzt

nicht mehr einfach drauflosquatschen, die fährt nämlich voll auf mich ab, die fängt echt an, mir schöne Augen zu machen.«

»Das geht natürlich nicht! Wie würden wir vor dem Proktologen dastehen! Du mußt abhauen.«

»Die läßt mich ja nicht! Ich kann mich einfach nicht loseisen.«

»Also gut. Wir kommen und hauen dich da raus. Du kannst ja inzwischen über was anderes reden, nicht so abgehoben, verstehst du? Irgendwas Primitives, damit sie dich für niveaulos hält.«

»Aber beeilt euch. Die hat mich schon ganz dußlig gequatscht. Gehört hatte ich ja schon von diesen Emanzen, aber daß die einem so auf den Geist gehen – sie kommt, ich muß auflegen.«

»Vergiß nicht, Freud ist immer gut, wenn du das Thema wechseln willst!«

»Macht schnell! Ich halt's nicht mehr lange aus!«

Kichernd rutschte Ma Qing von der Schreibtischkante und schlenderte vergnügt im Zimmer auf und ab, während Yu Guan noch rasch seine Papiere aufräumte.

»Freud ist meine Spezialität. Ich bin nämlich sein chinesischer Jünger.«

»Die chinesische Raubkopie eines Freudschen Patienten, das bist du!« sagte Yu Guan. »Wenn du denkst, du kannst dich vor mir aufspielen, dann bist du schief gewickelt.«

Die Straßen waren an diesem sonnigen Tag voller Menschen, und jetzt, zur Mittagszeit, drängten sich die Hungrigen in all den kleinen Restaurants und Imbißstuben, so daß einige ihr Essen sogar im Stehen auf der Straße zu sich nehmen mußten. Erst nach längerem Suchen entdeckten Yu Guan und Ma Qing in einem mit bunten Reklamebildern geschmückten Kinofoyer Yang Zhong und seine Kundin am Erfrischungsstand. Die Vorstellung war gerade aus, und im Foyer herrschte ohrenbetäubender Lärm. So groß war das Gedränge, daß Yang Zhong die beiden gar nicht bemerkte, als sie sich endlich zu ihm durchgekämpft hatten. Offensichtlich am Ende seiner Kraft, saß er wie in Trance vor der unermüdlich plappernden Taschentuch-Chefverkäuferin. Die war ebenso offensichtlich in Hochform.

»Sie wären am liebsten mit Ihrer Mutter verheiratet, stimmt's?«

»Nein! Wieso? Mit meiner Mutter ist doch mein Vater verheiratet. Ich hätte doch nicht meine Mutter heiraten können, ehe sie meinen Vater geheiratet hat. Wäre ja rein zeitlich nicht drin gewesen.«

»Ich sage ja nicht, Sie hätten Ihre Mutter geheiratet, das wäre pervers, niemand kann seine eigene Mutter heiraten, Inzucht wäre das ja – nein, ich habe einfach nur gemeint, Sie wären gern mit Ihrer Mutter verheiratet, was aber natürlich nicht geht wegen Ihrem Vater, es sei denn, Ihr Vater wäre kastriert, aber selbst wenn Ihr Vater kastriert wäre, würde das nichts nützen, aus Gründen der Moral, und deshalb leiden Sie nun, und deshalb gefällt Ihnen keine andere, weil Sie in ihr immer Ihre Mutter suchen, mit der Sie gern verheiratet wären, bloß daß es nicht geht wegen Ihrem Vater, aber das habe ich ja schon gesagt, also, ich weiß auch nicht – jedenfalls gibt es so was, und irgendein ausländischer Autor hat auch geschrieben, bei der Partnerwahl sucht der Mann immer seine Mutter.«

»Aber meine Mutter ist auf einem Auge blind!«

»Seine Mutter ist überhaupt nicht blind, und er will sie überhaupt nicht heiraten und ihr ein Kind machen, einen Bruder oder eine Schwester, denn ehe er seinen Vater kastrieren kann, hat der ihn längst selbst kastriert, weil der sich nämlich erstens zu einer Mahlzeit acht Dampfnudeln und ein Kilo Schweinekopffleisch auf einmal reinzieht und zweitens auf der Besamungsstation arbeitet, wo er schon einige -zigtausend Eber kastriert hat, wissen Sie, der drückt bloß, und schon sind wieder zwei Eier leer, das flutscht, als ob er Fleischklößchen in die Brühe gleiten läßt, und die Japaner finden das Spitze und nennen Yang Zhongs Vater den ›Klötenkönig‹.« Ma Qing, der sich seitlich in die Lücke neben Liu Meipings Stuhl gedrückt hatte, strahlte das Mädchen unschuldsvoll an.

»Das ist mein Kollege Ma Qing, und der sich da gerade den Stuhl geholt hat, ist unser Direktor, Yu Guan«, stellte Yang Zhong, dessen Lebensgeister auf wundersame Weise wieder erwacht waren, seinen Chef und Ma Qing vor. Letzterer grinste Liu Meiping inzwischen immer unverhohlener an. »Beide sind meine Lehrer, Jahrgangsbeste von der Fachrichtung Instantnudeln der Fakultät für Quatschologie an der Verkehrshochschule und Mitglieder des Chinesischen Komitees für Quatschologie.«

»Wirklich? Aber ich rede sonst eigentlich nicht mit dreien auf einmal über das Leben.«

»Kein Problem!« erwiderte Ma Qing, ehe die beiden

anderen etwas sagen konnten. »Sie unterhalten sich hauptsächlich mit mir, okay? Da, wo wir zwei nicht durchblicken, können die beiden anderen ja ihren Senf dazugeben.«

»Tun Sie gefälligst nicht so vertraut! Ich kenne Sie schließlich noch gar nicht.«

»Ihr Po-, also Ihr – Prok-to-loge ist Ihrem Vater sehr ähnlich, hab ich recht?«

»Wie bitte? Ich verstehe kein Wort...«

Yu Guan drehte sich lächelnd zu Yang Zhong um. »Habt ihr den ganzen Vormittag hier rumgehangen? Keinen Film angesehen?«

»Doch. ›Der Esel von Obidos in Aktion‹.«

»Amerikanischer Film?«

»Quatsch! Aus China. Hast du noch nicht mitgekriegt, daß Fremdwörter in Filmtiteln jetzt in sind?«

»Genau! Ich finde das auch hohl – Heiraten fetzt einfach nicht«, verkündete Ma Qing mit bedeutungsvoller Miene. »Man sucht und sucht, und am Ende findet man den eigenen Vater beziehungsweise die eigene Mutter. Im Ausland haben sie's besser, die pennen, mit wem sie wollen – kein Problem, da hat ja jeder sein eigenes Zimmer. Haben Sie eigentlich ein eigenes Zimmer?«

Yang Zhong und Yu Guan, dem Yang gerade eine Zigarette gereicht und mit dem er sich über das gemeinsame Streichholz gebeugt hatte, prusteten wie auf Kommando los.

»Also, ich finde diese Ausländerinnen echt cool. Die pennen mit dir und zerren dich trotzdem nicht am Arm durch die Geschäfte, damit du ihnen dies kaufst oder das kaufst... Mir ist das zwar noch nicht passiert, aber Yang Zhong immerzu, dem haben sie schon paarmal den Arm ausgerenkt.«

Ma Qing zwinkerte Yang Zhong feixend zu: »Stimmt doch, oder?«

Yang klopfte seine Asche ab und erwiderte, ebenfalls schmunzelnd: »Mach dich nur über mich lustig!«

»Gehen wir, Herr Yang«, schaltete Liu Meiping sich ein.

»Bleiben Sie doch noch ein Weilchen«, sagte Yang Zhong.

Und Ma Qing: »Lassen wir die beiden aus dem Spiel, okay? Ich habe Sie übernommen. Yang hat heute nachmittag andere Verpflichtungen.«

»Ist das wahr, Herr Yang?«

»Ja.« Yang Zhong nickte lächelnd. »Leider bin ich nicht mein eigener Herr.«

»Sie können sich aber ruhig mit mir unterhalten«, hakte Ma Qing nach. »Ich glaube, wir haben uns viel zu sagen.«

»Sie? Sie sind nicht seriös. Sonst würden Sie mich zum Essen einladen! Sie haben mich ganz hungrig gequasselt.«

»Privat würde ich Sie natürlich sofort einladen, aber leider bin ich im Dienst. Wenn ich mit Ihnen essen gehe, brauche ich die Genehmigung von meinem Direktor. Wie ist es, darf ich Fräulein Meiping eine Mahlzeit spendieren?«

»Klar. Aber löhnen mußt du selbst«, erwiderte Yu Guan.

»Du willst bloß, daß ich mich ruiniere!« sagte Ma Qing. Dann wandte er sich wieder dem Mädchen zu: »Oder wir fahren Autoskooter. Teuer ist das zwar auch, aber es fetzt. Und hinterher sind Sie garantiert nicht mehr hungrig.«

»Nein, mir wird schon schlecht, wenn ich die Dinger nur von weitem sehe.«

»Ach was, das sind keine gewöhnlichen Autoskooter. Probieren Sie's mal! Ich wette, Sie wollen gar nicht mehr aussteigen.« Während Ma Qing das widerstrebende Mädchen aus ihrem Sessel zog, sagte er zu Yu Guan und Yang Zhong, die das Ganze feixend beobachteten: »Los, ihr beiden kommt mit.«

Die vier verließen das Kino und gingen zu einem nahegelegenen Lunapark, über dessen bunte Farbenpracht Liu Meiping sofort in Entzücken geriet. Während Ma Qing die Billetts für den Autoskooter kaufte, flüsterte er seinen Freunden hinter vorgehaltener Hand zu: »Nachher rammen wir sie alle drei, ja? Bis sie richtig groggy ist!«

Der Autoskooter war menschenleer. Voller Vorfreude auf den geplanten Streich liefen die drei Burschen auf die Fahrfläche und wählten jeder einen Skooter. »Wenn es losgeht, versuchen Sie einfach, die anderen zu rammen!« rief Ma Qing dem Mädchen zu, das ebenfalls schon in ihrem Wagen saß.

Sobald der Strom eingeschaltet wurde, begannen die vier Skooter, sich wie verrückt im Kreise zu drehen, wobei sie zugleich nach allen Seiten auseinanderstrebten, nur um sogleich zu wenden und wieder aufeinander zu zu fahren und sich gegenseitig zu rammen. Für Liu Meiping war der Autoskooter etwas Neues; weder war sie in der Lage, ihr Fahrzeug zu steuern, noch den Burschen auszuweichen. Völlig hilflos, mit schreckgeweiteten Augen, sah sie die drei von überall her auf sich zu flitzen. Immer wieder wurde sie durch den heftigen Aufprall fast aus ihrem Sitz geschleudert, während die Burschen sich königlich amüsierten, johlten und lachten und wieder und wieder beschleunigten und gegen den Wagen des Mädchens prallten, bis alle vier am Ende ein unentwirrbares Knäuel bildeten.

Als die Runde endlich vorbei war, kroch Liu Meiping entnervt und wütend mit kreideweißem Gesicht und weichen Knien aus ihrem Skooter. Ausnahmsweise hatte es ihr einmal die Sprache verschlagen.

»War doch super, was?« fragte Ma Qing sie heuchlerisch. »Im Ausland stehen sie auch alle darauf. Tierischer Kick.«

»'s ging«, antwortete das Mädchen tapfer, obwohl ihr hörbar eher nach Weinen zumute war. »Aber solch anstrengenden Sport hat mein Mingshui mir noch nie auf nüchternen Magen zugemutet.«

»Na, dann gehen Sie mal schnell zu Ihrem Mingshui, der hat bestimmt schon Sehnsucht nach Ihnen«, meinte Ma Qing, faßte Liu Meiping fest um die Schultern und führte sie, ehe sie sich's versah, im Eilschritt zum Ausgang, so daß es ihr kaum gelang, sich umzudrehen und Yang Zhong, der gerade aus seinem Skooter stieg, »Tschüß!« zuzurufen.

Von dem Trolleybus aus, in dem Ding Xiaolu mit Lin Pei von Süden her über die Kreuzung fuhr, bemerkte sie am Straßenrand Yu Guan, der sich dort höchst angeregt mit zwei anderen Burschen unterhielt. Als der Bus auf ihrer Höhe war, rief sie durch das offene Fenster seinen Namen.

»Da ruft dich jemand«, sagte Yang Zhong zu Yu Guan.

Yu Guan drehte sich zu der wogenden Menschenmenge auf der Straße hinter ihm um: »Mir war auch so. Wo denn?«

»Schon vorbei. Da vorn, in dem Bus.«

Der Bus hielt an der Haltestelle. Fast alle Fahrgäste stiegen aus, aber schon einen Augenblick später rumpelte er mit einer neuen Ladung eng gedrängt stehender Passagiere wieder davon, ohne daß sich das Gewimmel auf der Straße merklich vermindert hätte.

»Ist ja egal, wer's war. Komm, wir gehen.«

Kaum hatten die drei sich in Bewegung gesetzt, ertönte abermals Yu Guans Name, diesmal aus der Nähe. Sie drehten sich um und sahen Ding Xiaolu mit ihrer Begleiterin in dem Menschenstrom auf sich zu kommen.

»Hey, toll, dich zu sehen. Seltenes Vergnügen!« begrüßte Yu Guan sie erfreut.

»Dabei hörst du nicht mal, wenn ich dich rufe«, neckte ihn Ding Xiaolu, wobei sie zugleich Yang Zhong und Ma Qing zunickte. »Und – was treibst du hier? Wo geht ihr hin?«

»Irgendwo was essen wollten wir«, antwortete Yu Guan. Dann stellte er seine Freunde vor, und Ding Xiaolu machte ihrerseits die drei Burschen mit Lin Pei bekannt.

»Schauspielerin? Klasse Job.« Yu Guans Reaktion wirkte eher mechanisch.

»Also, ich finde, es bringt nichts, wenn ihr hier rumhängt und 'ne Kneipe sucht. Kommt doch mit zu mir«, schlug Ding Xiaolu vor. »Wir haben auch noch nicht gegessen.«

»Bist du allein?« fragte Yang Zhong.

Das Mädchen drehte sich zu ihm um. »Nur meine Mutter ist da, aber die stört nicht.«

»Wirklich«, bestätigte Yu Guan, »die ist voll in Ordnung.«

»Also, los, gehen wir«, mischte sich Ma Qing ein. »Mich ödet das an, ewig hier rumstehen und palavern – promäßig. Welche Linie?«

»Erst ein Stück zu Fuß, dann Trolleybus«, beschied Ding Xiaolu den Ungeduldigen, hakte sich bei ihrer Freundin unter und setzte sich an die Spitze des kleinen Zuges.

»Habt ihr heute nachmittag was vor?« fragte sie Yu Guan im Bus flüsternd.

»Nein«, antwortete der. »Lag eh nichts Besonderes an.«

Ding Xiaolu wohnte in einem jener klotzigen, grauen, mehrgeschossigen Häuser, die in den fünfziger Jahren – während der Zeit der sowjetischen Aufbauhilfe – im ebenso soliden wie uneleganten Russenstil (gewaltige Dächer, riesige Fenster, wenige, aber geräumige Wohnungen pro Aufgang) hochgezogen worden waren. Auch die altmodischen Möbel mit ihrem abblätternden Lack und die Lederpolstergarnitur mit ihren schadhaften Federn waren von der Sorte, wie sie damals auf Staatskosten zugeteilt wurden. Eine ältere Frau – Ding Xiaolus Mutter – mit einer großen weißen Katze auf dem Schoß saß friedlich in einem frisch aufgemöbelten Korbstuhl und beobachtete ungerührt die Invasion junger Leute, die da fröhlich lärmend ins Zimmer stürmten und sie begrüßten. Während die Katze vorsichtshalber das Weite suchte, forderte sie die Besucher in aller Seelenruhe auf, doch bitte Platz zu nehmen. An ihrer würdevollen Gelassenheit war zu spüren, daß sie – wohl nicht ohne vorangegangene erbitterte Kämpfe – ihre Lektion gelernt hatte.

»Ich hab sie zum Essen eingeladen, Mama«, verkündete Ding Xiaolu. »Haben wir noch was im Haus?«

»Ich werd mal nachsehen.« Die alte Dame stand auf und ging in die Küche, wobei sie zu Yu Guan sagte: »Hast dich lange nicht blicken lassen!«

»Ich bin im Moment sehr beschäftigt.«

»Oho! Du und beschäftigt?«

Etwas verlegen lächelnd rief Yu Guan ihr nach: »Bitte keine Umstände. Wir können uns doch schnell selbst was machen.«

»Ich seh erst mal nach, was da ist. Viel wird's sowieso nicht sein, aber satt werdet ihr bestimmt.«

Nach einem Moment kam sie aus der Küche zurück und meinte zu ihrer Tochter: »Im Kühlschrank ist ein bißchen Gehacktes, sonst haben wir nur noch ein paar Kartoffeln und einen Weißkohl.«

»Dann hol ich schnell was«, sagte Ding Xiaolu, griff ihre Geldbörse und stand auf. Aber Yu Guan hielt sie zurück: »Laß doch, das reicht – wir können ja gefüllte Teigtäschchen kochen.«

»Die Markthalle ist nicht weit«, mischte sich die Mutter ein, »praktisch vor der Haustür.«

»Ich weiß, aber sie soll trotzdem nichts einkaufen. Hackfleischtäschchen sind doch lecker.«

»Genau!« pflichteten die beiden anderen Burschen ihm bei. »Bloß keine Umstände!«

Die alte Dame beharrte: »Nein, hol mal noch ein bißchen was ein. Die Jungs mögen mit den Resten zufrieden sein, aber wenigstens für euch zwei Mädchen machen wir was Anständiges!«

»Nicht für mich!« kam es jedoch von Lin Pei. »Ich eß gern gefüllte Sachen.«

»Komm schon, bleib da«, sagte Yu Guan zu Ding Xiaolu. »Wir gehen auch gleich wieder.«

»Also gut, wir machen Teigtäschchen!« entschied das Mädchen und fügte, an ihre Mutter gewandt, hinzu: »Sind schließlich keine Fremden, die man bewirten muß.«

»Eben! Ich knete den Teig, und Xiaolu macht die Füllung. Sie brauchen sich um nichts zu kümmern. Heute werden wir Sie mal bedienen. Und du kannst Xiaolus Mutter ruhig auch 'ne Lulle spendieren!«

Yang Zhong, der sich eben eine Zigarette zwischen die Lippen geschoben hatte, folgte eilfertig dieser Aufforderung: »Hatte null Ahnung, daß Sie auch rauchen.«

Ehe die Mutter die Zigarette anzündete, sah sie nach der Marke. »Das Beste ist, scheint's, heutzutage gerade gut genug für die Jugend.«

»Häuser und Grundstücke sind nicht unser Ding – wenn wir'n bißchen Kohle haben, wird sie in so was angelegt.«

Die alte Dame setzte sich wieder in ihren Korbsessel, zog an der Zigarette und nickte lächelnd: »Ja ja, ihr jungen Leute habt's gut.«

»Sie haben 'n ganz schönen Zug, eh!«

»Ich rauche ja auch schon länger, als es dich gibt. Damals hatten wir jeden Tag Versammlung, und ich kam immer wie geräuchert nach Haus. Am Ende hab ich mitgeraucht.«

Yu Guan und Ding Xiaolu gingen in die Küche. Das Mädchen tat Wasser in eine Aluminiumschüssel und schüttete etwas Mehl aus dem Beutel dazu, drückte die Schüssel Yu Guan in die Hand und wusch und zerkleinerte dann den Weißkohl. Die beiden arbeiteten konzentriert und stumm, während die restliche Gesellschaft im Wohnzimmer immer ausgelassener wurde. Wieder und wieder tönten Lachsalven zu ihnen herüber, wobei Ding Xiaolus Mutter stets am lautesten lachte.

»Deine Mutter ist echt gut drauf.«

»Macht sich keine Gedanken, regt sich nicht auf – klar, daß sie da gut drauf ist.«

»Und du? Alles okay?«

»Bei dir auch?«

Yu Guan bearbeitete seinen Teig so intensiv, daß ihm die Schweißtropfen auf die Stirn traten.

»Reden ist wohl nicht so dein Ding, oder?«

»Wer sagt das? Du bist bloß nicht immer dabei, wenn ich rede. Na ja, manchmal sag ich wirklich nicht so viel.«

Im Wohnzimmer schwang Ma Qing das große Wort, sein Stakkato wurde nur von den Lachsalven seiner Zuhörer unterbrochen. Dann wieder machte Yang Zhong eine Bemerkung und erntete ebenfalls Lachstürme.

»Lustige Vögel, deine beiden Kollegen, hm?«

»Meine besten Freunde.«

Ding Xiaolu hielt einen Moment inne, hackte dann aber weiter ihren Kohl. »Hast nicht immer solche Freunde gehabt.«

»Macht eben Laune mit denen.«

Das Gelächter wurde noch lauter. Die Küchentür öffnete sich, und Lin Pei kam herein.

»Was gibt's? Worüber lacht ihr denn so?« fragte Ding Xiaolu.

»Ach, die erzählen von den Kunden ihrer Firma«, antwortete Lin Pei, gegen die Tür gelehnt. »Ich find das nicht so toll.«

»Aber ich hab dich doch mitlachen gehört.«

»Schon, aber gefallen hat's mir trotzdem nicht. Die sind voll fies! Da will so 'ne Kundin von ihnen über das Leben diskutieren – find ich auch völlig in Ordnung –, und was machen die? Sie locken sie in so 'nen Amüsierpark und rammen sie dann so lange mit dem Autoskooter, bis sie kaum noch japsen kann.«

Ding Xiaolu richtete sich auf, blickte Yu Guan lächelnd an und sagte: »Hört sich an, als ob das auf deinem Mist gewachsen ist.«

»Falsch! Auf Ma Qings«, erwiderte Yu Guan, ebenfalls schmunzelnd, und klatschte mit der flachen Hand kräftig auf den vom vielen Kneten geschmeidig glänzenden Teigklumpen.

»Ihr seid total unmöglich! Ich finde, das geht zu weit«, schmollte Lin Pei.

»Sie hat aber nicht gecheckt, daß es mit Absicht war.«

»Um so schlimmer! Vertrauensbruch nennt man so was.«

»Huch, da ist jemand auf dem Fairneßtrip.«

»Quatsch! Hat gar nichts damit zu tun, wie ich das finde. Es *ist* einfach unfair! Ich mag keine Leute, bei denen man nicht weiß, ob sie's ernst meinen oder einen verscheißern.«

»Hey, warum steht denn unsere Lin Pei hier in der Küche rum?« frotzelte Ma Qing, der – eine Zigarette im Mundwinkel – auf der Suche nach Feuer hereingekommen war. Ding Xiaolu reichte ihm lächelnd die Streichhölzer vom Gasherd und bemerkte:

»Wir reden gerade von dir.«

»Von mir? Und was?« Ma Qing zündete seine Zigarette an und warf die Streichhölzer zurück.

»Daß du fies bist«, kam wie aus der Pistole geschossen die Antwort von Lin Pei, die Ma Qing scharf ins Visier genommen hatte.

Der nahm die Zigarette aus dem Mund und antwortete nach einem Seitenblick auf Yu Guan: »Wieso fies? Ich würd mich gar nicht trauen, dir zu nahe zu treten oder so.«

»Du bist fies zu anderen. Ich bin auch 'ne Frau, und es kotzt mich einfach an, wie du hier aufs Blech haust, was für Streiche du anderen Frauen spielst.«

»Genau! Wo bleibt die Achtung für das weibliche Geschlecht?« warf Ding Xiaolu ein, schüttete den fertig gehackten Weißkohl zu dem Hackfleisch in die Schüssel und begann, beides miteinander zu vermengen.

»Okay, okay, aber immer bin ich nicht fies«, verteidigte sich Ma Qing gegenüber Lin Pei. »Ich kann echt lieb sein. Wirst du sehen. Laß mich mal überlegen...«

»Los, alle machen jetzt Fleischtäschchen!« rief Ding Xiaolu und marschierte mit der fertigen Füllung ins Wohnzimmer voran. »Schluß mit dem Gequatsche! Und wascht euch erst mal die Hände.«

Als Lin Pei in der Toilette verschwunden war, meinte Ma Qing, an seiner Zigarette saugend, zu Yu Guan: »Echt sauer auf mich, die Braut.«

»Ist eben noch nicht an dich gewöhnt«, entgegnete Yu Guan mit der Teigschüssel in der Hand. »Aber sonst ist sie in Ordnung.«

»Für die sind wir, scheint's, alle Ausschuß.«

Als die ganze Gesellschaft um den Tisch versammelt war und alle eifrig Teigtäschchen formten, schlug Ding Xiaolus Mutter vor, »ein bißchen Musik für die werktätigen Massen« zu machen. Xiaolu fingerte längere Zeit an den Drehknöpfen des altmodischen Radioapparats herum, ehe es ihr endlich gelang, ihm einen jener ebenso heroischen wie herzzerreißenden Marschschlager zu entlocken, die gerade in Mode waren. Als die Sängerin bei »Wenn's denn so sein soll, darfst du auch nicht traurig sein« angelangt war, röhrten die drei Burschen mit zurückgeworfenem Kopf die zweite Stimme: »Ich bin nicht traurig, nein, o nein!«

2

Der Himmel war klar, kein Lüftchen wehte, der Regen rauschte wie aus Kannen auf die Straßen und die schnurgerade aufgereihten, reglosen Straßenbäume mit ihren an unbeholfene Kinderzeichnungen erinnernden gestutzten Kronen nieder. Patschnaß wie ein Suppenhuhn saß Ma Qing auf dem Sattel seines Fahrradkarrens, dessen Pritsche mit einer Plastikplane abgedeckt war. Das heißt, eigentlich saß er nicht, sondern stand, so angestrengt trat er in die Pedale. Er strebte dem Theater zu, von dem nur die hoch aufragenden Säulen des Portikus durch den Regenschleier auszumachen waren. Geschniegelt und gebügelt empfingen Yu Guan und Yang Zhong vor dem messingbewehrten Glasportal mit feierlicher Miene und wohlerzogenem Kopfnicken, das einen unwillkürlich an Körner pickende Hühner denken ließ, die Gäste, die – ebenfalls in ihrem besten Feiertagsstaat – die breiten Granittreppen hinaufschritten.

Ma Qing brachte seinen Karren am Fuß der Treppe zum Stehen und sprang ab, doch Yu Guan schrie ihm von oben zu:

»He, Sie da! Zum Bühneneingang geht's da lang! Haben Sie gehört? Zum Bühneneingang!«

Da halfen auch Ma Qings flehentliche Blicke nichts

(denn Yu Guan beachtete ihn gar nicht mehr), er mußte – mit einer Hand am Lenker, mit der anderen am Sattel ziehend – seinen Karren wohl oder übel in Richtung Bühneneingang weiterbugsieren.

Bao Kang in einem nagelneuen Anzug stand mit stolz vorgereckter Brust, die Hände hinter dem Rücken gefaltet, neben Yu Guan und beobachtete befriedigt, wie ein Pärchen nach dem anderen festlich gekleidet, aber bis auf die Haut durchnäßt, zerzaust und blaßgesichtig, gemessenen Schrittes die Treppen erstieg. Schmunzelnd fragte er Yu Guan:

»Wo haben Sie die bloß alle aufgetrieben? Ich bin ganz platt – alles Leute, die was darstellen! Nach Ackerbau und Viehzucht sehen die nicht aus.«

»Nicht mein Verdienst. Ich habe nur Ort und Zeit bekanntgegeben. Alles Ihre Verehrer, lauter literaturbegeisterte Jugendliche.«

»Die würden vielleicht staunen, wenn sie erführen, daß der unauffällige Herr an der Tür Bao Kang persönlich ist, was?«

»Na klar! Ich garantiere Ihnen, die würden Sie so dicht umlagern, daß kein Tropfen Wasser mehr durchkommt. So wie sie vor ein paar Jahren die Ausländer bestaunt haben.«

»Genosse«, wandte sich ein hochgewachsener junger Mann mit einem Mädchen am Arm an Yu Guan, »stimmt es wirklich, daß nach der Versammlung Tanz ist?«

»Selbstverständlich!« beeilte sich Yu Guan, ihn mit leiser Stimme zu beruhigen. »Steht ja auch auf der Einladung.«

»Die haben mich bloß schon so oft gelinkt. ›Anschließend Tanz‹, hieß es. Wir hören uns stundenlang an, wie die Idioten ihre Versammlung abziehen, und wenn's endlich vorbei ist – Sense! Nach Hause geschickt haben sie uns!«

»Keine Panik! Diesmal wird getanzt. 'ne Disco, allererste Sahne.«

»Ehrlich?«

»Ich schwöre es.«

»Und Getränke sind wirklich gratis?« schaltete sich nun die liebreizende Begleiterin des jungen Mannes ein.

»Klar.«

»Wahnsinn! Da sind die zehn Yuan Eintritt echt nicht viel.« Befriedigt passierte das Pärchen die Einlaßkontrolle.

Mit einem prüfenden Blick in Richtung Bao Kang sagte Yu Guan: »Da kann man nichts machen – es gibt halt immer sone und solche!«

Bao Kang jedoch war völlig ungerührt: »Ja, ein paar Spießer sind stets dabei, aber damit kann man leben. Sagen Sie, wenn ich nachher das Wort ergreife, sollte ich wohl nicht so viel über mich selbst reden? Würde vielleicht selbstzufrieden wirken, oder?«

»Sie brauchen's ja nicht so auffällig zu machen. Erwähnen Sie gleichzeitig, wie die Volksmassen Sie erzogen haben, welche Fürsorge Ihnen von amtlicher Seite zuteil wurde – überhaupt die Geborgenheit in der Gesellschaft und das ganze Pipapo.«

Yang Zhong kam angelaufen: »Chef, es ist soweit. Wir sollten auch reingehen.«

»Ja, nehmen Sie doch schon mal Platz im Präsidium«, sagte Yu Guan zu Bao Kang. »Am besten gehen Sie noch mal Ihre Ansprache durch, damit Sie sie im entscheidenden Moment parat haben.«

An der Haltestelle vor dem Theater stiegen Ding Xiaolu und Lin Pei aus dem Bus. Lin Pei spannte einen koketten Schirm auf, so klein, daß ihre Freundin praktisch schutzlos der Nässe ausgesetzt war. Dennoch – wie Ding Xiaolu da in aller Seelenruhe unbeschirmt durch den Regen schritt, wirkte ihre Kleidung nicht eigentlich feucht. Yu Guan winkte den beiden zu und rief:

»Da seid ihr ja doch! Hattet ihr nicht gesagt, ihr kommt nicht?«

»Wir haben hin und her überlegt, am Ende wollten wir einfach mal kucken, was so läuft bei euch. Hallo, Yang Zhong!« begrüßte Ding Xiaolu freundlich lächelnd den Burschen.

Der streckte ihr linkisch die Hand hin: »Hallo.«

»Wo ist denn Ma Qing?« fragte Lin Pei und sah sich suchend um.

»Lädt am Bühneneingang die Preise ab.«

»Echt feierlich hier«, meinte Ding Xiaolu, als die vier ins Foyer traten. »Ihr versteht was von Organisation, muß man euch lassen.«

Ma Qing, tropfnaß wie ein Berber, spähte aus der Seitengasse in den Zuschauerraum. »Hey! Nicht schlecht! Lauter mittelgroße Tiere sozusagen«, meinte er zu den Burschen auf der Hinterbühne, die für diesen Abend als Hilfskräfte angeheuert worden waren. Als er sich wieder umdrehte, sah er Yu Guan, Ding Xiaolu und die beiden anderen und rief: »Hallo, Lin Pei!«

»Hi!« Lin Pei winkte Ma Qing zu und ging, vorsichtig einigen auf dem Fußboden abgestellten Steinguttöpfen ausweichend, zu ihm hinüber. »Wo ist denn dieser Schriftsteller mit dem komischen Namen? Zeig ihn mir mal.«

»Da.« Ma Qing deutete mit dem Kopf auf die Tische und Stühle, die für das Präsidium an der Rampe aufgebaut worden waren. »Der da vorn ganz allein unter den Spots brät.«

Nach einem Blick auf den Schriftsteller meinte Lin Pei kichernd: »Total süß, der Typ.«

Ohrenbetäubende Schlagermusik im Zuschauerraum sollte anscheinend als Muntermacher für die richtige Stimmung im Publikum sorgen, das Kekse knabbernd und Eis lutschend aus den Foyers hereinströmte und sich auf der Suche nach dem jeweiligen Sitzplatz seitlich durch die engen Stuhlreihen schob. Keiner beachtete Bao Kang, der freudig erregt mit vorgerecktem Kopf von der Bühne aus ins Auditorium spähte.

»Wo sind die Preise?« fragte Yu Guan.

»Bist du blind?« Ma Qing zeigte, ohne sich in seiner angeregten Unterhaltung mit Lin Pei stören zu lassen, auf die Klimaanlage und die Batterie Fotoapparate in schwarzen Lederetuis, die auf dem Präsidiumstisch lagen.

»Ich meine die Pokale.«

»Hier.« Ma Qing wies auf die Steinguttöpfe zu seinen Füßen.

»Die!?« Yu Guan hob eins der plumpen, bauchigen Gefäße hoch und betrachtete es ungläubig, ehe er es unsanft wieder absetzte. »In solchen Kruken werden Enteneier eingesalzen, oder Gemüse!« fauchte er Ma Qing an.

Doch der grinste nur. »Erst mal locker, Chef, die Dinger sind schwer. Ich sollte doch Ehrenpokale besorgen, aber Kohle rüberreichen wolltest du nicht – richtig? Also! Klar sind die Dinger zum Einsalzen, aber als Ehrenpreise gehen sie auch. Pokal ist Pokal!«

»Na schön, dann wird das 'ne Art Töpfermarkt hier«, resignierte Yu Guan. »Bloß, wie soll ich ernst bleiben, wenn ich den ganzen berühmten Schriftstellern so ein Ungetüm überreiche? Die denken doch, ich will sie verarschen.«

»Gestern geklemmt, die Dinger, was?« wollte Yang Zhong flüsternd von Ma Qing wissen.

»Quatsch!« erwiderte der. »Von unserem Sponsor gespendet sind die, Ehrenwort! Von dem Lebensmittelladen an der Ecke. Chef, da ist übrigens 'ne Danksagung fällig. Ich hab's versprochen, laß mich jetzt bloß nicht auflaufen!«

Mit einem grimmigen Blick auf Ma Qing schnaubte Yu Guan: »Scheiße bauen – das einzige, was du kannst!«

Aus dem Zuschauerraum ertönten Zurufe, vermischt mit Applaus und Pfiffen. Die Burschen spähten aus den Kulissen hinunter.

»Wer ist gekommen? Welcher Autor?« fragte Yu Guan aufgeregt.

»Niemand ist gekommen«, antwortete Yang Zhong, »die sind ungeduldig, weil's noch immer nicht anfängt.«

»Ist es schon soweit?« Yu Guan streifte den Ärmel hoch, doch da war keine Uhr.

»Längst!« erwiderte Yang Zhong. »Vor zehn Minuten hätte's losgehen müssen.«

»Kein einziger Promi! Die haben uns ganz schön versetzt.«

»Warten wir noch ein bißchen?« fragte Yang Zhong. »Ehrengäste kommen ja immer zu spät...«

»Genau diese Unsitte machen wir nicht mit! Die verdammte Preisverleihung findet auch ohne sie statt, und zwar jetzt.« Yu Guan winkte die hinter der Bühne Stehenden zu sich: »Wer hier hinten nichts verloren hat, setzt sich ins Präsidium. Und wehe, wenn ihr lacht! Niemand kennt euch.«

Mit diesen Worten setzte sich Yu Guan in Marsch. Ein strahlendes Lächeln anknipsend und mit dezentem Klatschen das Publikum zum Applaudieren anregend – ein Versammlungsleiter, wie er im Buche steht – trat er vor den Vorhang, gefolgt von Ding Xiaolu, Lin Pei, Yang Zhong und diversen anderen dubiosen »Persönlichkeiten«, die mehr oder minder verlegen einmarschierten; den letzten mußte Ma Qing förmlich auf die Bühne schubsen.

Die Musik verstummte. Der Lärm aus dem Zuschauerraum schwoll an. Rhythmisches Klatschen und Zurufe brandeten über die Bühne, wobei es unklar blieb, ob das als Beifall oder Hohn gemeint war. Die falschen Schriftsteller, »natürlich« lächelnd wie beim Fotografen, nahmen einer nach dem anderen Platz und senkten wie auf Kommando den Kopf.

»Ähem!« Das Mikrofon in der Hand, den Ellbogen lässig auf den Tisch gestützt, räusperte sich Yu Guan einige Male. Dann verkündete er mit lauter Stimme: »Hiermit erkläre ich die feierliche Verleihung des ›3-TD‹-Literaturpreises für eröffnet.«

Donnernder Applaus, dann plötzlich Stille, in der jemand »Yeah, yeah, yeah!« rief, was sofort erneuten Beifall auslöste. Yu Guan sank in sich zusammen und schloß die Augen. Dieses »Yeah, yeah, yeah!« kannte er nur zu gut: Es stammte von ihm selbst. Er hatte anscheinend versehentlich beim Abhören der Tonkonserve mit den vorgefertigten Ovationen die Aufnahmetaste gedrückt.

Jetzt wurde hinter der Bühne der Beifall abgestellt. Bedeutend weniger forsch als eben noch sagte Yu Guan: »Wir kommen zum ersten Tagesordnungspunkt. Das Wort hat der Vorsitzende der Jury des ›3-TD‹-Literaturpreises, Genosse Yang Zhong.«

Erneut donnernder Applaus. Stille, das einsame »Yeah, yeah, yeah!«.

Yang Zhong übernahm das Mikrofon von Yu Guan, sammelte sich einen Moment und begann:

»Wir haben uns hier und heute zu dieser Veranstaltung versammelt… Ich bin sehr erfreut…«

Donnernder Applaus. »Yeah, yeah, yeah!«

Deutlich vernehmbares Gelächter im Zuschauerraum war die Antwort. Auch auf der Bühne glucksten einige in sich hinein. Yu Guan starrte ausdruckslos ins Leere, offenbar völlig resigniert. Ding Xiaolu machte Ma Qing in der Seitenkulisse ein Zeichen, er solle das Tonband abstellen. Der versuchte seinerseits mit allerlei Gesten und Grimassen zu erraten, was sie meinte. Schließlich schien er verstanden zu haben, rührte sich aber immer noch nicht vom Fleck und schaute woanders hin. Ding Xiaolu stöhnte.

Nach seinem »Ich bin sehr erfreut« hatte Yang Zhong inmitten des tosenden Beifalls und der »Yeah!«-Rufe spürbar erleichtert Yu Guan das Mikrofon zurückgegeben.

»Wir kommen nunmehr zum zweiten Tagesordnungspunkt. Das Wort hat der Vertreter der Stadtparteileitung.«

Yu Guan ließ seine Blicke über die im Präsidium versammelten »Persönlichkeiten« schweifen, aber niemand fühlte sich angesprochen: im Gegenteil, alle sanken noch mehr in sich zusammen, so daß ihm schließlich nichts anderes übrigblieb, als ins kalte Wasser zu springen und das Mikrofon dem neben ihm Sitzenden in die Hand zu drücken. Der schrak zusammen und reichte es seinerseits seinem Nebenmann, woraufhin ein stummes »Ringlein-Ringlein du mußt wandern«-Spiel begann, das erst bei dem unglücklichen Flügelmann endete. Der fing nolens volens an, ins Mikrofon zu brummeln:

»...in letzter Minute gebeten... unvorbereitet, wie ich bin... kein guter Redner... will keine hohlen Komplimente machen... kurz: Glückwunsch für ›3 TD‹ ... gute Sache!...«

»Prima Rede! Klingt total echt. Mach weiter!« spornte Yang Zhong ihn mit leiser Stimme an, ohne das Publikum aus dem Auge zu lassen.

Der Redner schöpfte Mut und blickte auf: Tatsächlich, unter den Zuschauern herrschte atemlose Stille, die glänzenden Augen Tausender argloser Jugendlicher hingen an seinen Lippen. Das gab ihm erst recht Auftrieb, so daß er sein Jackett aufknöpfte und – eine Hand leger auf die Hüfte gestützt – richtig loslegte:

»Wie ich sehe, sind alle Anwesenden junge Leute. Und auch die Preisträger«, dabei wandte er sich zu Bao Kang um, der in der zweiten Reihe des Präsidiums saß, »auch die Preisträger sind noch jung an Jahren. Junge Menschen, die schreiben, junge Menschen, die über die Vergabe von Preisen entscheiden – das nenne ich eine echte Neuerung, das zeugt von Kühnheit in Wort und Tat. Früher wäre so etwas absolut undenkbar gewesen…«

Yu Guan brach der Schweiß aus. Eilig zischte er Yang Zhong zu, er möge den »Vertreter der Stadtparteileitung« zum Schweigen bringen. Der jedoch war jetzt so in Fahrt, daß er sogar das Getuschel der beiden noch in seine Rede mit einbezog: »Wie meinen Sie, Genosse Yu Guan?« fragte er milde lächelnd. »Diese Veranstaltung soll nicht die einzige ihrer Art bleiben? Na wunderbar! Meine Unterstützung haben Sie. Vielleicht könnte man bei den Preisen noch ein wenig großzügiger sein, die Verleihung noch ein bißchen feierlicher gestalten. Wie wäre es denn, wenn Sie auch einen Leser-Preis vergäben? Jedem Anwesenden als Zeichen des Dankes für die Unterstützung Ihrer Arbeit ein Souvenir mit nach Hause geben?«

Diesmal war der Applaus echt. Während der »Vertreter der Stadtparteileitung« huldvoll lächelnd den Massen zuwinkte, übergab er das Mikrofon Yang Zhong. »Das kommt davon«, zischte er ihm zu, »wenn ihr nichtsahnenden Leuten ein Mikrofon in die Hand drückt!«

Unter den Klängen des von ungezählten Parteiveranstaltungen her sattsam bekannten Volksliedes »Das lichte Morgen sehnt herbei, wer leidet unter Schmerz und Not« folgte nun die eigentliche Preisverleihung. Assistiert von Ma Qing, übergab Yu Guan die Salzgemüse-Kruken den Preisträgern, darunter Bao Kang, Ding Xiaolu und Lin

Pei, wobei er ihnen zuraunte, sie sollten die hoch erhobenen »Pokale« dem Publikum präsentieren. Lin Pei hätte ihren um ein Haar fallen gelassen, wären ihr nicht Yu Guan und Ma Qing von beiden Seiten her behilflich gewesen, das schwere Monstrum hochzustemmen. Dabei flüsterten sie ihr flehentlich zu: »Laß uns jetzt nicht im Stich! Bitte! Nimm's als Gewichthebertraining.«

Die Preisverleihung nahm ihren feierlichen Fortgang. Bao Kang sprach im Namen der Ausgezeichneten, freudig erregt, ja ergriffen. Er konnte vor lauter Rührung nur noch stammeln: von seiner Mutter, seiner Kindheit, dem Bächlein vorm Dorf und dem kratzenden Geräusch der Kreide, mit der der Dorfschullehrer auf der Wandtafel schrieb; wie er als Kind über die Stränge geschlagen, wie dann ein Abschnittsbevollmächtigter der Volkspolizei ihn behutsam auf den Pfad der Tugend zurückgeführt und wie sich schließlich eine ältere Frau aus der Nachbarschaft seiner angenommen habe. Diese Erzählung wühlte ihn selbst dermaßen auf, daß seine Augen voller Tränen standen und ihm die Stimme versagte. Ein zu spät Gekommener war so gerührt, daß er zu seinem Nebenmann sagte: »Also dieser gestrauchelte Jugendliche, der redet echt gut.«

Als Bao Kang mit seinem nicht zu stoppenden Gefühlserguß endlich doch fertig war, schloß Yu Guan die Versammlung: »Und jetzt, Genossinnen und Genossen, wird getanzt!«

Im Ballsaal des ersten Stockwerks standen auf langen Tischen an den Wänden Hunderte Gläser Bier und ganze Batterien geöffneter Flaschen bereit – von weitem betrachtet ein ziemlich eindrucksvolles Bild.

Als die beinahe deckenhohen, lederbezogenen Türen langsam geöffnet wurden, drängten die draußen dicht an dicht wartenden, geschniegelten und gebügelten jungen Leute in den Saal, genauso unaufhaltsam wie weiland die Rotgardisten beim Sturm auf das Winterpalais. Sobald sie drin waren, verstummten sie. Die vordersten, ausnahmslos kräftige junge Männer, marschierten ein wie Infanteristen bei der Nationalfeiertagsparade, adrett und ordentlich, Kopf und Blick dem Bier auf den Tischen zugewandt. Selbst der Druck der von hinten Nachdrängenden konnte ihre Marschordnung nicht durcheinanderbringen, nur ihre Schritte beschleunigten sie immer mehr, so daß sie schließlich im Laufschritt auf die langen Tische zurannten, während das Servierpersonal fluchtartig nach allen Seiten auseinanderstob, um sich vor dem Ansturm der triumphierenden Massen in Sicherheit zu bringen. Inmitten des ohrenbetäubenden Lärms, der inzwischen herrschte, begannen die Sieger in diesem Wettlauf zum Büfett, in Windeseile die Gläser zu leeren, konzentriert und systematisch, immer eins nach dem anderen, während sich von hinten unzählige weitere Hände nach den Flaschen und Gläsern ausstreckten und die Getränke von den Tischen im Nu abräumten.

Als Yu Guan, Bao Kang, Ding Xiaolu und die anderen den Ballsaal betraten, bot sich ihren Augen der Anblick eines Kolossalreliefs à la »Die Massen feiern die reiche Ernte«: ringsum über den Raum verteilt phantasievoll gestaltete Gruppen und Grüppchen fröhlicher Zecher, von deren Gesichtern hinter den Flaschen, aus denen sie tranken, nur die Augen zu sehen waren.

»Ehrlich! Das chinesische Volk ist das beste Volk der Welt«, erklärte Yu Guan begeistert. »So was Genügsames! Ein bißchen Bier, schon sind wir zufrieden.«

Jetzt begannen Jazztrommeln loszuwummern, gleich darauf fielen die anderen Instrumente ein. Das lebende Bild geriet in Bewegung, seine Darsteller rannten geschäftig hin und her und stellten sich in Positur, als wäre das Signal zur Gruppengymnastik ertönt, um dann mit mehr oder minder gewagten Verrenkungen loszurocken und -zurollen und sich allmählich so hochzuschaukeln, daß der Saal einem Kessel brodelnden Reisbreis ähnelte.

»Tanzen, tanzen, alle tanzen!« Yu Guan, der steif wie ein lebender Holzpfahl seine ganz persönliche Version von Discotanz vollführte, feuerte eifrig und ernsthaft diejenigen an, die sich ermüdet an den Rand der Tanzfläche gesetzt hatten. »Hier gibt's keine Regeln! Mitmachen ist alles!«

Am Abend regnete es noch immer, jedoch nicht mehr so stark. Im Schein der Straßenlaternen hasteten die Passanten mit hochgezogenen Schultern und gesenktem Kopf durch den dunstigen Nieselregen, der die Farben der Neonreklamen verschwimmen ließ.

Yu Guan, Bao Kang und die anderen, in einem Taxi zusammengepfercht, unterhielten sich höchst angeregt. Mit besorgten Seitenblicken auf die im Regen kaum erkennbaren Verkehrspolizisten-Schutzhäuschen, an denen sie vorbeikamen, maulte der Chauffeur:

»Sechs Personen – wenn die Bullen das mitkriegen, bin ich dran.«

»Was soll'n das Gemotze? Geht mir total auf den Senkel!« fuhr Ma Qing ihn an. Der saß halb abgewendet auf dem Sitz neben dem Fahrer, weil er sich – die Unterarme auf die Rückenlehne gestützt – mit den hinten Sitzenden unterhielt. »Noch ein Wort, und Sie fliegen raus. So'n Streß wegen 'n paar Yuan Strafgeld!«

»Ihnen kann's natürlich egal sein, Sie trifft's ja nicht«, entgegnete der Taxifahrer, ohne die Augen von der Straße zu lassen. »Wenn ich Sie wäre, würde ich vielleicht auch so reden.«

»Macht Laune mit euch«, sagte Bao Kang aus tiefster Überzeugung. »Euch bringt nicht so leicht was aus der Fassung. Beneidenswert!«

»Pure Frechheit ist das! Ein bißchen von dieser Frechheit, und Sie bringt auch nichts mehr aus der Fassung«, warf Lin Pei ein, die zwischen Yang Zhong und Bao Kang eingeklemmt saß.

»Nein, Frechheit würde ich das nicht nennen«, sagte Bao Kang und, nach einem Moment des Nachdenkens: »Ach, übrigens, Ihre Gedichte habe ich alle gelesen. Haben mir gut gefallen.«

»Dabei hab ich noch kein einziges Gedicht geschrieben«, entgegnete Lin Pei kichernd. »Ich bin nämlich gar keine Dichterin. Die haben Sie voll gelinkt! Ich bin bloß in letzter Minute eingesprungen.«

»Tatsache? Interessant! Dann sind wohl Sie auch nicht Meng Jie?« fragte Bao Kang Ding Xiaolu, die auf der anderen Seite neben ihm saß.

»Nein.«

»Wußt ich's doch! Ich hab mich auf der Bühne schon gewundert. Meng Jie sah doch ganz anders aus, dachte ich. Hab ich sie etwa verwechselt? Aber dann sagte ich mir, mach dich nicht lächerlich, und habe geschwiegen.«

»Wir können nichts dafür. Wenden Sie sich an Yu Guan – das ist alles auf seinem Mist gewachsen.«

»Ach was, macht doch nichts.« Bao Kang lachte etwas verkrampft. »Aber ich hab absolut nicht gemerkt, daß Sie nicht echt sind«, wandte er sich wieder an Lin Pei. »Ihr ganzes Auftreten: jeder Zoll eine Lyrikerin.«

»Achtung, er hat Witterung aufgenommen«, flüsterte Yang Zhong dem vor ihm sitzenden Ma Qing ins Ohr.

»Hm. Können wir was lernen. Alles lernt vom Großen Dichter!« sagte Ma Qing, ohne den Blick von Bao Kang zu wenden.

»Am meisten haben Sie mich beeindruckt«, wandte Bao Kang sich nun an Yang Zhong. »Sie wirken irgendwie so tiefsinnig.«

Yang Zhong klopfte dem Schriftsteller auf die Schulter: »Nun mal halblang! Keine Beschimpfungen bitte! Ich weiß selbst, wie dußlig ich bin.«

»Aussteigen, Dichter, Sie sind da«, sagte Ma Qing, als das Taxi rechts heranfuhr und hielt.

»Moment bitte.« Bao Kang spähte aus dem Fenster und kramte eilig Notizbuch und Stift aus der Tasche. »Fräulein Lin, würden Sie mir bitte Ihre Telefonnummer aufschreiben? Dann kann ich Sie anrufen, wenn was ist.«

»Ich hab privat kein Telefon, und auch unter dieser Dienstnummer erreichen Sie mich nicht unbedingt. Wenn ich keine Probe habe, bin ich nämlich selten im Theater.« Mit diesen Worten schrieb Lin Pei die Nummer auf und gab Bao Kang Buch und Stift zurück. »Aber dann können Sie Xiaolu anrufen, die weiß, wo ich stecke.«

»Also schreiben Sie mir bitte auch Ihre Nummer auf«, sagte Bao Kang. Ding Xiaolu kritzelte sie ihm in sein Büchlein.

»Das wäre also auch geklärt.« Bao Kang verstaute das Notizbuch in seiner Tasche und kletterte über die vielen Beine im Auto nach draußen. »Tschüß dann, zusammen!«

»Tschüß!« knurrte Ma Qing mit einer lässigen Handbewegung in Richtung Bao Kang. Als das Taxi losfuhr, winkte Lin Pei dem Schriftsteller am Straßenrand durch das Heckfenster noch einmal zu.

Alle schwiegen, nur Lin Pei war zum Reden aufgelegt: »Also, ich finde, dieser Bao Kang ist total okay. Ihr legt den rein, und der rastet nicht mal aus.«

»Fährst auf jeden ab, den du kennenlernst, was?« fragte Ma Qing, ohne sich umzudrehen.

»Eigentlich ja. Bloß nicht auf dich!«

Jetzt wandte Ma Qing sich um und fragte Yu Guan, der die ganze Zeit geschwiegen hatte: »Wo fahren wir hin? Vielleicht irgendwohin, wo wir alle zusammen aussteigen. Sonst müssen Sie noch länger mit uns rumkutschieren, Meister – haben ja eh schon den Bauch voll Zorn, stimmt's, oder hab ich recht?«

»Sieh mal an, zur Abwechslung denken Sie direkt mal an mich«, erwiderte der Fahrer und blickte eisern geradeaus. »Ich fahr Sie natürlich, wohin Sie wollen. Hauptsache, am Ende krieg ich mein Geld und keinen Strick um den Hals.«

»Nein – auch wir wissen, was sich gehört! ›Hab ein Herz für deinen Nächsten!‹ und so.«

»Gehen wir zu mir«, sagte Ding Xiaolu, »wenn ihr noch quatschen wollt.«

»Hab keinen Bock«, antwortete Yu Guan. »Ich will nach Hause.«

»Gut, du gehst nach Hause, und wir gehn zu Xiaolu. Wir setzen dich hier ab.«

Aber Yang Zhong widersprach: »Wieso denn ›nach Hause‹? Is doch nichts los zu Hause, 'ne Frau hast du eh nicht, und dein Alter wartet auch nicht auf dich.«

»Halten wir nun, oder was?« wollte der Fahrer wissen.

»Nein! Weiter geht's, immer der Nase nach«, entschied Yang Zhong.

Als sie vor Ding Xiaolus Haus ankamen, bezahlte Ma Qing und stieg als letzter aus. Dann beugte er sich noch einmal zu dem Fahrer: »Vielen Dank auch!«

Der winkte nur lächelnd ab – »Keine Ursache!« –, beugte sich zur Seite, um die Tür zu schließen, knipste die Innenbeleuchtung aus und fuhr an.

Ding Xiaolus Mutter wollte gerade zu Bett gehen, als die Wohnungstür aufgeschlossen wurde. Gleich darauf hörte sie Schritte und Gelächter. Schnell zog sie sich etwas über und ging in den Flur.

»Mama, du schläfst noch nicht?« tönte Ding Xiaolus Stimme aus der versammelten Menge.

»Wie du siehst. – So viele Menschen …«

»'n Abend! 'n Abend! 'n Abend!«

»Schsch!« Die alte Dame legte den Finger an die Lippen. »Ein bißchen leiser. Es ist schon spät, wir wollen doch die Nachbarn nicht stören.«

»Ruhe! Seid leise!« ermahnte Yu Guan Ma Qing und Yang Zhong, die immer noch laut schwatzten und lachten, und wandte sich dann an Xiaolus Mutter: »Legen Sie sich doch bitte wieder hin, wir sind ganz leise.«

»Ich geh ja schon. Xiaolu, deine Freunde bleiben doch über Nacht? Ich hol noch schnell Bettzeug.«

»Das kann ich doch selbst machen, wenn's nötig ist.«

»Die eine Nacht können wir im Sessel pennen.«

»Auf keinen Fall! Ihr jungen Leute seid einfach zu unvernünftig. Da kann man sich ja wer weiß was holen!«

Mit diesen Worten ging die Mutter in ihre Kammer, holte Decken aus der Truhe und brachte sie in das Zimmer ihrer Tochter. Dann, nach erfolgter Übergabe, zog sie sich mit der Katze, die ihr auf leisen Sohlen gefolgt war und das Treiben inspizierte, wieder in ihr Zimmer zurück, schloß die Tür hinter sich und ging zu Bett.

»Brüh uns 'n Tee, Xiaolu«, sagte Yu Guan.

»Zu Befehl!« Ding Xiaolu holte die Thermosflasche mit heißem Wasser, stellte Kanne und Tassen auf den Tisch, schüttete Teeblätter aus der Büchse in die Kanne, goß Wasser hinein, setzte den Deckel auf, damit der Tee ziehen konnte, und stellte schließlich eine große Keksdose dazu: »Hier, bedient euch, wenn ihr Hunger habt.«

Ma Qing sprang sofort aus seinem Sessel auf und holte sich eine Handvoll Kekse, die er genüßlich zu knuspern begann, während Yang Zhong, in seinen Sessel geflätzt, abwinkte und fragte: »Gibt's hier Spielkarten?«

»In der Schreibtischschublade«, antwortete Ding Xiaolu. »Willst du spielen?«

»Und ihr?«

»Okay«, sagte Ma Qing gönnerhaft. »Aber du verlierst unter Garantie.«

»Warum immer Karten spielen? Unterhaltet euch lieber. Ich hör euch so gern zu«, meldete sich Lin Pei zu Wort, die sich auf ihrem Sessel zusammengerollt hatte wie eine Katze.

»Rumlabern ist uncool. Immer bloß labern, da geht einem schnell der Stoff aus. Was ist, Xiaolu? Dürfen wir spielen?«

»Von mir aus. Karten klitschen oder labern – macht, was ihr wollt.«

»Wir spielen Karten«, entschied Ma Qing.

Ding Xiaolu holte die Spielkarten und warf sie auf den Tisch. Dann goß sie Tee ein.

»Also? Was spielen wir?« fragte Yang Zhong, während er die Karten mischte. »›Punkteklauben‹?«

»Geht nicht auf. Einer zu viel«, sagte Yu Guan.

»›Dreispitz‹ geht auch nicht, da fehlt wieder einer.«

»Ich kann doch zukucken«, schlug Ding Xiaolu vor.

»Ach, das find ich nicht so gut. Kannst du nicht noch jemand dazuholen? Einen aus dem Haus? Alle werden doch noch nicht pofen.«

»Ich probier's mal.« Ding Xiaolu stand auf, ging auf den Hausflur und klopfte an der gegenüberliegenden Tür. Nach kurzem Getuschel im Treppenhaus kam sie mit einer Schar munterer junger Leute beiderlei Geschlechts zurück.

»Stimmt das: Hier werden Spieler gesucht?« erkundigte sich ein Bursche, kaum daß er das Zimmer betreten hatte.

»Mann, heute abend hat, scheint's, überhaupt niemand

was Gescheites vorgehabt!« meinte Ma Qing grinsend zu Yu Guan. »Also los! Wir sind komplett.«

»Und wir? Frauen sind hier wohl nicht gefragt!« scherzte ein Mädchen, das gerade zur Tür hereinkam.

»Du kannst für mich spielen, ich hab sowieso keine Lust«, sagte Yu Guan.

»Drücken gibt's nicht«, protestierte Yang Zhong.

Aber Yu Guan beharrte: »Hab wirklich keinen Bock. Ich hätte nur mitgemacht, wenn's sonst nicht aufgegangen wäre.« Er zog jenes kichernde Mädchen auf den Stuhl neben sich. »Du spielst, und ich kiebitze.«

Ma Qing winkte Lin Pei, sie solle sich neben ihn setzen: »Du kannst bei mir kiebitzen. Zukucken, wie ich gewinne!«

Während die Karten gemischt und gezogen wurden, fragte ein junger Mann aus der Nachbarwohnung: »Wie iss'n das, schreiben wir bloß auf, oder spielen wir um Geld?«

»Um Geld«, sagte Ma Qing.

»Nein, gezockt wird hier nicht! Wir schreiben bloß auf«, schaltete Ding Xiaolu sich ein. »Ich hole Papier und Stift.«

Bei den ersten Runden ging es noch einigermaßen ruhig und gesittet zu; als dann jedoch Gewinner und Verlierer sich abzuzeichnen begannen, kamen alle in Stimmung, und die wirklich ausgebufften Spieler gingen zum Nervenkrieg gegen ihre jeweiligen Gegner über, indem sie sich gegenseitig mit allerlei lockeren Sprüchen aufs Glatteis zu führen versuchten.

»Spielen? Du wirst garantiert überstochen. Lieber passen, denn wenn die die Dame haben, kommst du als nächster aus, und dann bist du mit deiner Lusche vorn. Wär doch nicht schlecht!«

»Nun mal halblang! Wer sagt denn, die Dame ist Trumpf? Wenn nun jemand 'n Joker auf der Hand hat? Dann siehst du nämlich ganz schön alt aus! Vorsicht ist die Mutter der Porzellankiste.«

Gegen Morgen – es war schon hell geworden – drang von der Straße der Lärm vorüberfahrender Busse, schriller Fahrradklingeln und laut miteinander schwatzender Passanten herauf. Ding Xiaolu und Lin Pei hatten sich längst schlafengelegt, und auch jenes lachlustige Mädchen war heimgegangen. Yu Guan spielte jetzt an ihrer Stelle. Die sechs Burschen waren immer noch voll bei der Sache. Kettenrauchend, mit zusammengekniffenen Augen ordneten sie die Karten in ihrer Hand. Zigarettenqualm erfüllte das ganze Zimmer, die Gesichter der Spieler waren blaß und übernächtigt. Die große weiße Katze hatte sich hereingeschlichen und beäugte das Geschehen, stolzierte jedoch mit abgewandtem Kopf wieder hinaus, als Yu Guan sie zu sich rief.

Gerade hatte Yu Guans Partei wieder verloren. Alle warfen ihre Karten auf den Tisch.

»Machen wir Schluß«, sagte ein Bursche von der gegnerischen Partei. »Ich bin zu k. o.«

»Gut, machen wir Schluß.« Yu Guan sammelte die Karten ein und tat sie in die Schachtel zurück. »Bis zum nächsten Mal!«

Die Burschen aus dem Haus machten hastig noch ein paar Züge, ehe sie ihre Kippen in dem randvollen Aschenbecher ausdrückten und dann aufbrachen. Sie verabschiedeten sich und klopften gleich darauf jeder an seiner eigenen Wohnungstür.

Yu Guan knipste das Licht aus und öffnete das Fenster, um zu lüften. Während der Nacht hatte der Regen aufgehört. Kühle Luft strömte ins Zimmer. Yang Zhong stand gähnend auf und streckte die müden Glieder.

»Wieder 'ne Nacht rumgebracht«, sagte er gutgelaunt. »Macht Laune, das Kartenklitschen.«

»Das letzte Spiel hätten wir gewonnen, wenn Yu Guan nicht so gepennt hätte«, meinte Ma Qing, der gerade von der Toilette zurückkam und sich den Schlitz zuknöpfte. »Die ganze Faust voller Trümpfe, und was macht er? 'ne Bildbetrachtung! Trümpfe sind dazu da, daß man sie ausspielt!«

»Ja, der spielt echt beschissen. Als ob er noch nie Karten in der Hand gehabt hätte.«

»Was heißt hier, ich hab nicht ausgespielt? Ich konnte gar nicht ausspielen! Wenn der andere 'n Joker hat, bringt das eh nichts, und du bist am Ende gelackmeiert.«

»Bloß, dein Zögern hat dir auch nicht weitergeholfen. Da darf man einfach nicht so rumeiern! Sich in einen Gegner verbeißen bringt überhaupt nichts. Immer hübsch von oben runter spielen – alles Nervensache. Hauptsache, die anderen kommen mit ihren Luschen nicht zum Zuge. Kann schon sein, daß du selbst keine Chance gehabt hast, aber die anderen beiden hatten sehr wohl eine! Wozu hast du denn Mitspieler! Jedenfalls hätten die anderen sonst nie im Leben zehn-null gewonnen.«

»Okay – von Ma Qing lernen heißt siegen lernen!«

»Ei, da macht sich jemand mausig!« sagte Ma Qing und sah Yang Zhong bedeutungsvoll an. »Ist da was fällig?«

»Da ist was fällig«, bestätigte Yang Zhong.

»Na los!« Yu Guan wandte sich den beiden kampflustig zu und stellte sich in Positur. »Wenn die Herrschaften keinen Schiß vor Prügeln haben...«

»Du machst mir vielleicht Spaß!« sagte Yang Zhong und näherte sich Yu Guan vorsichtig. »Wo ich doch schon von Geburt an ein Krüppel bin!«

Wie auf Kommando warfen sich die beiden auf Yu Guan, der sich nach kurzem Handgemenge lachend geschlagen gab: »Okay, ihr habt gesiegt.«

»Was du nicht sagst! Also, du hast ein einmaliges Talent auszusprechen, was sowieso alle wissen. Los, gib zu, daß du 'n Schlaffi bist.«

»Ich bin ein Schlaffi.«

Grinsend ließen die beiden ihn los. Ma Qing schlug sich an die Brust: »Ich bin nämlich Karateprofi! Hast du ganz vergessen, was?«

»Ach, leckt mich. Ich muß jetzt pennen.« Yang Zhong fläzte sich auf einen Sessel.

»Okay, ihr pennt, und ich kuck mal in der Firma vorbei«, sagte Yu Guan und wandte sich zum Gehen. »Wenn ihr nachmittags nicht kommt, ruft mich vorher an.«

»Schlaf doch auch erst 'ne Runde«, meinte Ma Qing. »Sagen wir einfach: ›Die Firma ist heute wegen Schulung geschlossen.‹«

»Bin nicht müde. Hab keinen Bock auf Schlafen.«

»Null Bock auf nix. Nicht mal auf Schlafen! Sag mal, worauf hast du eigentlich Bock?«

»Seit wann bist du mein Beichtvater?«

»Du bist ja abartig!«

»Selber abartig!«

Als Yu Guan sich auf Zehenspitzen durch das Mittelzimmer zur Eingangstür schlich, sprang die Katze erschrocken vom Eßtisch und stieß dabei eine Flasche Milch um. Blitzschnell fing Yu Guan die Flasche auf, ehe sie herunterfallen konnte, aber der Tisch war bereits eine einzige Milchlache. In ihrem Zimmer rief Ding Xiaolu seinen Namen. Gleich darauf öffnete sie die Tür einen Spaltbreit und sagte: »Komm mal her.«

Xiaolu saß mit zerzausten Haaren in ihrem Schlafanzug auf der Bettkante. Lin Pei, mit dem Gesicht zur Wand, das lange schwarze Haar über das Kopfkissen gebreitet, schlief fest.

»Hast du bißchen geschlafen?« erkundigte Xiaolu sich flüsternd.

»Mmh! Aber warum bist du schon so früh auf?«

»Ich muß heut mal arbeiten gehen, kann ja nicht immer fehlen. Möchtest du was essen? Draußen steht Milch.«

»Die hat die Katze getrunken.«

»Echt? Dieses Biest!« Ding Xiaolu lächelte. »Soll ich dir schnell was anderes machen?«

»Nicht nötig. Frühstück muß nicht sein.«

»Keine geregelten Mahlzeiten, das ist ungesund.«

»Kommt nicht drauf an, hundert will ich eh nicht werden.«

»Yu Guan, wenn ich etwas... Vergiß es! Kann dir ja doch nicht helfen. Also dann – laß dich ruhig mal wieder blicken.«

»Wird gemacht«, sagte Yu Guan. Noch ein schneller Blick in Richtung Ding Xiaolu, dann war er weg.

Als er die sonnenbeschienene Straße entlangging, überholte ihn ein überfüllter Linienbus. Er rannte hinterher und stürzte sich in das Getümmel der an der Haltestelle Wartenden.

3

Der Himmel war leuchtend blau und wolkenlos. Ein heißer, trockener Wind fegte durch die Stadt. Lustlos schoben sich die Menschen die Straßen entlang und ließen sich vom Sturm die Haare zerzausen und die Röcke hochwehen. In einem Café, das mit seiner vollverglasten Fassade an ein Gewächshaus erinnerte, betrachteten Ma Qing und Yang Zhong von ihren Fensterplätzen aus die Passanten, während neben ihnen einer ihrer Kumpel drauflosschwadronierte.

»Das müßt ihr euch mal vorstellen: ein Megarestaurant für zehntausend Gäste – Wahnsinn! Brutal heiße Sache! So was müssen wir einfach hier in China haben! Warum immer aufs Ausland schielen? Als ob da der Mond runder wäre! Weltrekorde können wir hier auch aufstellen. Dafür mach ich alles; hab sogar schon meinen Job aufgegeben, damit ich das durchziehen kann. Dazu sind wir doch auf der Welt, daß wir was zustande bringen – hab ich nicht recht? Ohne Rücksicht auf Verluste! Hat schon Mao gesagt – na ja, jedenfalls so was Ähnliches. Was haben die damals für Kulis verheizt und Knete verpulvert, bloß um die Große Mauer hochzuziehen – und jetzt? Jetzt platzen wir vor Stolz auf das Ding. Wenn schon, denn schon – 'n echter Knüller möcht's schon sein!«

»Und du meinst, du kriegst genug Ausländer rum, daß sie in deinem Megaschuppen essen?«

»Klar! Was denkst du, was die den ganzen Tag machen? Die sind doch bloß hierher gekommen, um sich den Bauch so richtig vollzuschlagen!«

»Yu Guan!« rief plötzlich Yang Zhong und klopfte gegen die Scheibe, durch die er eben seinen Chef in einer zerknitterten Windjacke vorbeischlendern sah.

Yu Guan drehte sich um und erblickte Yang Zhong und Ma Qing, die wie die Orang-Utans im Zoo hinter den Fenstern des Cafés gestikulierten. Er löste sich aus dem Menschenstrom und ging zu ihnen hinüber.

»Gut, daß ich dich sehe«, sagte Yang Zhong, als sich Yu Guan durch die Tische den Weg zu den beiden gebahnt hatte. »Geh heut mittag nicht in die Firma, wir haben ein Essen.«

»Und wer löhnt?« Yu Guan setzte sich und nahm einen Schluck aus Yang Zhongs halbleerer Kaffeetasse.

»Bao Kang. Ding Xiaolu hat am Vormittag angerufen. Wir sollten dir unbedingt Bescheid sagen.«

»Wieso stürzt der sich so in Unkosten?«

»Er hat Ding Xiaolu angerufen, sie soll Lin Pei verständigen. Na, checkst du's nun?« Yang Zhong zwinkerte ihm vielsagend zu. »Wenn wir nicht hingehen, würde das auch nichts ändern. Bloß daß uns 'ne Mahlzeit zum Nulltarif durch die Lappen geht.«

Yu Guan sah Ma Qing an und fragte: »Und ihr habt den ganzen Vormittag hier rumgehangen?«

»Der Kumpel da hat uns von seinem Megarestaurant erzählt, das er starten will. Für zehntausend Gäste!«

»Ein Megarestaurant?« Yu Guan verzog spöttisch das Gesicht. »Wer glaubt denn an Märchen!«

»Das ist kein Märchen, das ist Fakt«, erwiderte der Bursche ganz gelassen. »Die Citibank hat den Kredit bereits bewilligt, sechs Prozent Zinsen. Die verlangen bloß, daß die Bank von China die Bürgschaft übernimmt.«

»Das kann ja wohl nicht sein«, meinte Yu Guan. »Ihr seid doch nicht Vietnam, dem China Knete rüberschiebt, damit es die Amis fertigmacht. Ich hab noch nie gehört, daß ein normaler Handelskredit so niedrig verzinst wird. Also, da will einer jemanden übers Ohr hauen, fragt sich nur, wer wen. Was heißt hier überhaupt Megarestaurant? Wenn du bloß zwei Mahlzeiten rechnest und jeweils nur eine Tischbelegung – Mann, da brauchst du über sieben Millionen Ausländische Teufel pro Jahr, damit du die Bude vollkriegst! Zigmal so viel, wie damals den Boxeraufstand niedergeschlagen haben.«

»Könnte es sein, daß du nicht so ganz den Durchblick hast? Wie sieht's denn heute in der Welt aus? Die Reihen der Proletarier erstarken, und auch die Bourgeoisie verzeichnet einen dramatischen Zuwachs. Um das Gästeaufkommen, da brauchst du dir also keinen Kopf zu machen. Ihr sollt mir nur helfen, daß ich die Sache mit der Bankbürgschaft auf die Reihe kriege.«

»Das wird nichts. Für so ein Windei bürgt die Bank von China nie im Leben.«

»Hast du nicht gesagt, eure Hausgehilfin war mal Putzfrau bei irgend so 'nem Filialleiter der Bank von China?«

»Stimmt genau.« Yu Guan drehte sich zu Yang Zhong

um. »Wenn du dem sein Kind entführen willst, kann ich ja mal mit ihr reden.«

»Wenn's nicht geht, geht's halt nicht«, sagte jener Bursche zu Yang Zhong. »Kein Problem! Werd ich mich an jemand anders wenden.«

»Ist echt kein böser Wille, aber das läuft einfach nicht.«

»Kein Problem! So was erlebt man oft – die Fähigkeiten des Menschen sind nun mal begrenzt. Ehrlich gesagt, ich war darauf gefaßt, als ich mich auf die Sache einließ. Klappt's, freut man sich doppelt, klappt's nicht, ist man wenigstens nicht überrascht. So bewahrt man sich immer seinen Optimismus.«

»Verbleiben wir also so.« Die drei lachten zustimmend.

»Solltest du den Kaftan nicht zurückgeben?« fragte Ma Qing mit einem Blick auf Yu Guans Outfit. »Wieso trägst du das Ding jetzt selbst?«

Yu Guan zog an den Ärmeln der Jacke. »Die Verkäuferin hat gesagt, der Kragen ist speckig, sie kann sie nicht zurücknehmen. Die Sache ist bloß, ich hab dem Typ gesagt, ich kann den Umtausch für ihn erledigen. Hab ihm sogar die Knete schon gegeben. Die konnte ich doch jetzt nicht gut zurückfordern. Schwamm drüber! Außerdem brauch ich gerade was zum Anziehen für den Übergang.«

»Paßt dir bloß nicht. Die Ärmel sind zu kurz. So ein Scheißkerl – bringt uns getragene Klamotten zum Umtauschen! Du hast aber auch gepennt, hättest ihm die Jacke gar nicht abnehmen dürfen.«

»Was soll's, ist ja nichts Welterschütterndes, so 'ne Jacke. Bei mir kommt's nicht drauf an, wie ich aussehe – zieh ich sie halt an!«

»Okay, ich muß los.« Jener Bursche stand auf, nicht ohne die auf dem Tisch liegenden Zigaretten in die Tasche zu stecken.

»Du gehst?« sagten Yang Zhong und Ma Qing wie aus einem Munde. »Bleib doch noch 'n bißchen. Wir können zusammen essen.«

»Nicht nötig«, erwiderte der andere lächelnd. »Bin über das Alter hinaus, wo man für eine Mahlzeit alles vergißt – ich hab noch was zu erledigen.«

»Hoffentlich nicht noch so 'n Windei!« meinte Yu Guan, als der Bursche gegangen war.

Der stieß an der Tür des Lokals auf Lin Pei, die wie ein bunter Schmetterling hereingeflattert kam. Er trat schnell zur Seite und drehte sich noch einmal nach ihr um, ehe er hinausging. Sich behend ihren Weg zwischen den Tischen bahnend, kam Lin Pei unter den bewundernden Blicken des ganzen Restaurants zu dem Tisch, an dem Yu Guan und seine Freunde saßen, und ließ sich auf dem gerade frei gewordenen Stuhl nieder.

»Ich konnte nicht eher, die Probe ist gerade erst aus. Komm ich etwa zu spät?«

»Überhaupt nicht!« Die drei Burschen betrachteten sie lächelnd.

»Wer lädt ein? Du?« fragte Lin Pei Ma Qing.

»Seh ich so aus? – Bao Kang.«

»Bao Kang lädt ein? Wieso denn das?«

»Wenn *du's* schon nicht weißt – wir wissen's erst recht nicht. Uns hat er doch bloß wegen dir eingeladen!«

»Was willst du damit sagen? Ich hab auch nichts mit ihm zu tun.«

»Hat ja auch niemand behauptet!« erwiderte Yu Guan lächelnd. »Du brauchst nicht gleich in die Luft zu gehen.«

»Tu ich überhaupt nicht! Bloß euer dußliges Gequatsche – als ob ich… Dabei kann ich überhaupt nichts mit Bao Kang haben, weil ich den nämlich gar nicht mag. Einfach lächerlich find ich ihn.«

»Is ja gut, is ja gut!«

»Also, wirklich! Ich red nicht mehr mit euch!«

Je mehr Lin Pei sich erregte, desto mehr wurde sie von den dreien geneckt. Schließlich war es Ma Qing, der ihr zu Hilfe kam, indem er sie fragte, ob sie abends einen Auftritt habe.

»Mm. Ihr könnt ja kommen, bißchen Stimmung machen für mich.«

»Machen wir doch glatt! Wir würden sogar kommen, wenn du's nicht willst.«

»Muß ich euch für den Beifall bezahlen? Wenn ja, habt ihr Pech, ich bin nämlich pleite.«

»Woher denn! Nachher beim Essen schenkst du uns dreien je ein Glas Schnaps ein, und die Sache ist gebongt.«

»Wenn's weiter nichts ist! Also abgemacht.«

»Hast du gemerkt? Schauspielerinnen lachen anders als normale Menschen. Die reißen die Augen ganz weit auf, unsereins kneift sie zusammen.«

»Bao Kang!« rief Yu Guan, mit den Händen ein Megafon bildend, dem Schriftsteller zu, der an der Tür des Cafés erschienen war.

Bao Kang drehte sich um, er strahlte über das ganze Gesicht. Neben ihm stand ein distinguierter älterer Herr.

»Das ist mein Lehrer, Herr Zhao Yaoshun«, stellte Bao Kang ihn vor, nachdem die kleine Schar in einem »chinesisch« – rot-gold – dekorierten Restaurant an einem großen runden Tisch Platz genommen hatte.

»Bao Kang hat schon viel von Ihnen erzählt. Deswegen bin ich auch heute mitgekommen. Wollte Sie einfach mal kennenlernen.«

Mit diesen Worten zog Herr Zhao Zigaretten und Feuerzeug aus seiner Hosentasche, legte sie auf den Tisch und steckte sich eine Zigarette zwischen die Lippen, aber das Feuerzeug versagte trotz wiederholter Versuche den Dienst: »Na, was ist denn da los?«

Yu Guan warf Yang Zhongs Streichhölzer in seine Richtung. Bao Kang fing sie auf und gab seinem Lehrer Feuer.

»Herr Zhao freundet sich nämlich gern mit jungen Menschen an.«

»So ist es«, bestätigte Zhao Yaoshun und stieß eine Rauchwolke aus. »Die jungen Leute sind ganz anders als zu meiner Zeit, da gilt es, viele Einstellungen und Denkweisen ganz neu einzuordnen. Ich bin nicht der Meinung, daß die Jugend von heute schwer zu verstehen ist. Es kommt nur darauf an, ob man sie verstehen *will*! Ich jedenfalls habe zu meinen zahlreichen jungen Freunden einen guten Draht. Ihre Kümmernisse, ihre Ratlosigkeit, die kann ich gut verstehen, dafür habe ich sehr viel Sympathie.«

»Ja, Herr Zhao hat wirklich ein Herz für die Jugend.«

»Bloß, wir sind nur die Hefe des Volkes. Saufen und Fressen und Sie-wissen-schon-was – was anderes können wir nicht.«

»Nicht doch! Ich halte gar nichts davon, die Jugend von heute als ›verlorene Generation‹ zu bezeichnen. Auch Sie streben nach etwas, wie jeder Mensch, denn was wäre unser Leben ohne solches Streben? Wobei Sie vielleicht nach etwas anderem streben als andere Menschen, das ist ja klar. Der Mensch ist nämlich ein merkwürdiges Wesen: Er lebt von der Hoffnung – ob er gut lebt oder schlecht, jeder hofft auf eine Veränderung in seinem Umfeld, auf etwas Neues, ein bißchen weniger Absehbares, sonst käme ihm alles fade und hohl vor. Auch Ihnen geht es so!«

»Aha. Was Sie nicht sagen! Ja, wenn das sooo ist!«

»Wie wäre sonst zu erklären, daß die Menschheit ständig Fortschritte macht?«

Der Anblick des Professors reizte Yu Guans Lachmuskeln. »Ich hatte ja null Ahnung, was für eine Verantwortung für den Fortschritt der Menschheit ich trage!«

»Na schön – wir müssen uns bei Gelegenheit unbedingt weiter darüber unterhalten.« Zhao Yaoshun tätschelte Yu Guan den Rücken wie ein Pferdezüchter seinem Lieblingsgaul. »Vielversprechender junger Mann!«

»Andere sind auch noch da. Wollen Sie nicht auch über mich was Nettes sagen, Herr Zhao?« mischte sich Ma Qing feixend ein.

»Sie natürlich auch – alles prachtvolle junge Menschen hier heute abend.«

Um Fassung bemüht, fragte Yu Guan jetzt Bao Kang mit unnatürlich lauter Stimme: »Wieso ist Ding Xiaolu eigentlich noch nicht da? Haben Sie ihr nicht gesagt, daß wir hierher gehen?«

»Doch! Ich verstehe auch nicht, wo sie bleibt.«

»Ding Xiaolu? Ist das die Ding Xiaolu, die ich kenne?« fragte Herr Zhao, seine Zigarette lässig zwischen den gespreizten Fingern haltend.

Bao Kang antwortete nicht; Yu Guan hatte den Kopf gesenkt und spielte mit seinen Eßstäbchen: »Die vom *Journal für die patente Frau*.«

»Dann ist sie es, die kenne ich gut. Keine Bange, sie kommt noch. Wenn sie weiß, daß ich dabei bin, kommt sie bestimmt. Weiß sie es denn?«

»Ja, ich habe sie extra darauf hingewiesen«, antwortete Bao Kang.

»Sie kennen sie also auch.« Zhao Yaoshuns Blicke wanderten etwas zögernd über die Gesichter der jungen Leute. »Ein bemerkenswertes Mädchen. Ihre Mutter war früher mal meine Kollegin. Ist sie eigentlich schon versorgt? So ganz jung ist sie ja auch nicht mehr, nicht wahr?«

»Wir kennen sie nicht näher. Nur 'ne Bekannte«, sagte Yu Guan.

»Sehr nettes Mädchen, bloß hier oben«, Zhao Yaoshun tippte sich lächelnd an die Stirn, »da ist sie ein bißchen langsam.«

»Wann gibt's eigentlich was zu essen? Herr Bao, rufen Sie doch mal den Kellner, ich habe Hunger«, schaltete Lin Pei sich ein. Sich mit den Handflächen an der Tischkante abstützend, hatte sie ihren Stuhl nach hinten gekippt und betrachtete angelegentlich die in die Decke des Restaurants eingelassenen Punktstrahler.

»Herr Ober! Wir möchten anfangen«, rief Bao Kang dem rotlivrierten Kellner zu. »Warum haben Sie es so eilig? Haben Sie noch was anderes vor?«

»Abends hab ich Vorstellung, da muß ich schon am Nachmittag beim Aufbau des Bühnenbildes helfen.« Lin Pei verdrehte die Augen, kippte ihren Stuhl wieder zurück, zog die Eßstäbchen aus der Papierhülle und setzte sich in Positur, die Stäbchen hoch aufgestellt in der Faust, wie ein Schulanfänger, der seinen Bleistift umklammert.

In rascher Folge trug der Kellner die kalten Vorspeisen auf. Als er die ersten heißen Gerichte brachte, ergriff Lin Pei die Schnapsflasche, stand auf und verkündete: »Ich gieße jetzt allen ein!« Kichernd begann sie bei Ma Qing. Als Zhao Yaoshun an der Reihe war, fragte sie ihn: »Trinken Sie?« – »Aber nur wenig«, war die Antwort, woraufhin Lin Pei sein Glas randvoll füllte, ehe sie dann auch den anderen einschenkte.

»Vielleicht sage ich erst mal ein paar Worte?« fragte Bao Kang in die Runde, war aber bereits aufgestanden, das Schnapsglas in der Hand.

»Was gibt's hier zu quatschen?« meinte Ma Qing und schob sich ein großes Stück Rindfleisch in den Mund. »Is doch ätzend. Jeder ißt seins, und Schluß!«

»Na gut, wenn Sie meinen...!« Bao Kang setzte sich wieder, forderte mit einer einladenden Handbewegung zum Zulangen auf und legte Herrn Zhao mit seinen Stäbchen ein Stück ›Hundertjähriges Ei‹ vor.

»Danke, ich kann mir doch selbst nehmen.« Während Zhao Yaoshun zu essen begann, beugte er sich vor und fragte den rechts von Yu Guan sitzenden Yang Zhong: »Sind Sie auch Mitarbeiter der Firma ›3 TD‹?«

»Erraten! Der Dummfick vom Dienst!« antwortete Yang Zhong kurz und rüde, ohne sich beim Essen stören zu lassen. »Machen Sie sich mal keinen Kopf um mich.«

Zhao Yaoshun lachte herzlich. »Junge Menschen neigen dazu, sich selbst herabzusetzen«, sagte er und angelte sich mit den Stäbchen ein Stück ›Falsche Seegurke‹.

»Warum trinken Sie nichts? Und essen tun Sie auch nicht viel«, meinte Bao Kang zu Yu Guan, der nach jedem Bissen die Eßstäbchen wieder hinlegte und pausierte.

»Ich vertrage keinen Alkohol, trinke nie – fragen Sie die anderen.«

»Ein Mann und trinkt keinen Schnaps! Das gibt's doch nicht!« Bao Kang ergriff sein Glas. »Ich leere jetzt ein Gläschen mit Ihnen – Sie *sind* doch ein ganzer Kerl!«

»Ein Schlückchen in Ehren kann keiner verwehren«, schaltete sich jetzt auch Herr Zhao ein. »Ich habe früher auch nichts vertragen, aber durch die vielen Essenseinladungen ist man inzwischen mehr oder minder trinkfest geworden.«

»Wer keinen Schnaps will, den soll man auch nicht zwingen«, sagte Yang Zhong zu Bao Kang. »Was heißt hier ›ganzer Kerl!‹? Fehlt bloß noch das Brusthaartoupet! Ich hasse das! Von ›ganzen Kerlen‹ quatschen bloß läufige Weiber. So weit kommt's noch, daß wir Männer selbst mit so 'nem Scheiß anfangen.«

»Los, dann trinken wir zwei beiden!« Ma Qing stand auf, stieß mit Bao Kang an und leerte sein Glas auf einen Zug.

»Sehr interessant!« meinte Herr Zhao zu Bao Kang, als der sich wieder hinsetzte. »Die Art, wie Ihre jungen Freunde reden!«

»Deswegen bin ich auch so gern mit ihnen zusammen.«

»So geradeheraus und kontaktfreudig. Wirklich selten sympathisch.«

»Old Zhao, ich reiß jetzt 'ne Puppe für Sie auf!«

»Bloß nicht! Nichts für mich, ist nur was für euch junge Leute, so was.«

Nicht gerade voller Elan, dafür aber voll des süßen Weins bewegte sich die kleine Gruppe mit unsicheren Schritten inmitten des Menschenstroms auf der Straße voran. Ma Qing hatte Zhao Yaoshun den Arm um die Schulter gelegt.

»Keine falsche Bescheidenheit! Ich seh Ihnen doch an, daß Sie eigentlich gar nicht abgeneigt sind – diese Zitrone hat noch viel Saft, eh? Also, schauen Sie sich mal um: Welche gefällt Ihnen?«

»Das Mädchen da mit den Jeans, die sieht nett aus.«

»Die da? Kein Problem! Da werden wir mal das Vögelchen für Sie einfangen.«

»Unterstehen Sie sich! So habe ich das doch nicht gemeint!«

Aber da hatte Ma Qing Herrn Zhao längst losgelassen und war hinter dem Mädchen her geeilt, das bei jedem Schritt wippte, als liefe es auf Sprungfedern.

»Verzeihung, wie komme ich zur Flachmanngasse?«

»Flachmanngasse?« fragte das Mädchen, ohne ihren federnden Gang zu verlangsamen. Vor lauter Nachdenken hatte sich ihre Stirn in Dackelfalten gelegt. »Gibt's die überhaupt?«

»Klar gibt's die. War schon mal da, hab bloß vergessen,

wo sie liegt. Ich weiß nur noch, daß an der Ecke 'ne Imbißbude ist.«

»Ach so! Dann ist's die da vorn.« Das Mädchen sah auf und musterte Ma Qing. »An der zweiten Einmündung hinter der Ampelkreuzung ist ein Imbißladen, ich weiß aber nicht, ob das die Flachmanngasse ist. Am besten fragst du dort noch mal.«

»Vielen Dank. Ihr Hauptstädter seid wirklich klasse.«

Das Mädchen warf Ma Qing einen schrägen Blick zu, schenkte ihm ein liebreizendes Lächeln und federte davon.

Ma Qing blieb feixend stehen, um auf Zhao Yaoshun zu warten. »Hab 'n Date für Sie gemacht, Old Zhao: Morgen nachmittag fünf Uhr, Geierberg.«

»Sagen Sie bloß! Was haben Sie denn der Dame erzählt, daß die so schnell eingewilligt hat?« fragte Herr Zhao lachend.

»Ach, ich hab ihr gesagt: ›Unser Lehrer, Herr Professor Zhao, der möchte Sie gern kennenlernen. Zhao Yaoshun, wissen Sie. Bekannt durch Funk und Fernsehen.‹ – ›Professor Zhao? Natürlich kenn ich den‹, sagt sie. ›Wo ist er denn?‹ Konnte gar nicht erwarten, Sie zu sehen, wahrscheinlich 'ne große Verehrerin von Ihnen. Dann wieder ich: ›Wo denken Sie hin! Den kann man nicht einfach so anquatschen, der hat so viel um die Ohren – mal muß er Leute vom ZK empfangen, mal muß er Artikel schreiben –, also mit dem müssen Sie sich vorher verabreden.‹ – ›Na gut‹, sagt sie, ›verabreden wir uns. Bloß wo? Wie wär's mit dem Geierberg? Das ist 'n bißchen weiter weg, auch schön ruhig, da kann ich mich richtig konzentrieren auf Professor Zhaos Belehrungen.‹«

»Was Sie so zusammenreden! Was werden die Leute denken, wenn sich das rumspricht!«

»Vielleicht denken Sie, am Geierberg ist's nicht so bequem? Oder zu gefährlich? Ich werd Wache schieben, das Gewehr im Anschlag. Ich werde Ihr Schutz und Schirm sein!«

»Mach dich nicht lustig über ältere Menschen!« Yu Guan und Yang Zhong waren zu den beiden aufgeschlossen. »Hören Sie nicht auf sein Gequatsche, er will Sie nur zum besten halten«, sagte Yu Guan zu Zhao Yaoshun.

»Junger Mann! Meinen Sie denn, ich wüßte nicht zwischen Spaß und Ernst zu unterscheiden? Ein Spaziergang nach dem Essen und dazu ein kleiner Scherz – das schadet doch nichts. Auch ich habe viel Sinn für Humor.«

Feixend erkundigte sich Ma Qing: »Aber mal ehrlich, haben Sie nie im Leben woanders was vom Teller gezogen? Na?«

»Nie! Hab mich nicht getraut, bei meiner Position. Das könnt ihr nicht wissen – unsereins ist ja berühmt und angesehen, und alle beneiden uns, aber in Wirklichkeit unterliegen wir unendlich vielen Zwängen, haben uns sozusagen selbst gefesselt. Wir können das nicht, so unbesorgt in den Tag hineinleben wie ihr jungen Leute. Als wir jung waren, waren wir anders als ihr heute. Damals waren die Menschen sehr zurückhaltend und vorsichtig, sogar wenn sie sich verliebten, mußten sie der Parteigruppe Bericht erstatten. Meine Frau ... – na, lassen wir das, hat sowieso keinen Sinn. Jedenfalls, das ganze Privatleben meiner Generation: eine einzige Tragödie. Bao Kang? Wo steckt er denn?«

Zhao Yaoshun blieb stehen und sah sich um: »Wo ist er denn mit der kleinen Lin abgeblieben? Sollten wir vielleicht auf sie warten?«

»Also der Mann, den Sie da angeschleppt haben, der gefällt mir gar nicht.« Lin Pei hatte den Kopf gesenkt und preßte ihre Handtasche fest an sich, während sie sich langsam neben Bao Kang von der dichten Menschenmenge treiben ließ. »'n richtiger Schleimer.«

»Ich mag ihn selber nicht. Aber schließlich braucht der Ihnen ja auch nicht zu gefallen.«

»Ist er wirklich Ihr Lehrer?«

»Na ja, nicht so richtig; das sagt man eben so – heutzutage gibt's ja ›Lehrer‹ wie Sand am Meer. Wie lange kennen Sie eigentlich Yu Guan und die anderen schon?«

»Nicht lange. Erst seit kurzem. Etwa so lange wie Sie.«

»Und ich dachte, Sie wären alte Freunde! Wie finden Sie sie?«

»Astrein! Echt cool.«

»Haben Sie denn gar nicht gemerkt, daß die in Wirklichkeit äußerst langweilig sind? Äußerst hohl?«

»Doch. Längst. Gleich beim ersten Mal.«

»Okay, die albern von früh bis spät rum und machen sich um nichts Gedanken, aber in Wirklichkeit sieht die Sache ganz anders aus. Solche wie die kenne ich nur allzu gut! Innerlich sind die nämlich völlig am Boden, die wollen so gern was bewegen und bringen doch nichts zustande – großer Wille, kleines Talent. Denen bleibt gar nichts anderes übrig, als ewig rumzuflachsen und so zu tun, als ob sie alles durchschauen. Arme Schweine – aus denen wird nichts! – Sie sollten sich nicht mit ihnen abgeben, von denen können Sie nichts lernen, Sie vergeben sich höchstens noch was.«

»Ich geb mich ja gar nicht mit ihnen ab. Ich hänge einfach manchmal mit denen rum, wenn ich nichts Besseres zu tun habe. Übrigens ist mir ganz neu, daß ich noch was lernen soll – muß ich das denn überhaupt?«

»Streiten Sie es doch nicht ab! Ich will Ihnen ja auch keine Vorwürfe machen, ich meine bloß, ein so begabtes Mädchen wie Sie müßte doch was aus sich machen können. Sie sind hübsch und unerfahren, und Sie werden noch viele in Ihren Bann ziehen. Da kann man leicht abrutschen. Ich meine es wirklich gut, wenn ich so was zu Ihnen sage. Ich könnte einfach nicht mit ansehen, daß Sie einmal so enden wie so manches andere Mädchen vor Ihnen, wund an Leib und Seele, ohne ein Dach über dem Kopf.«

»Ich weiß.«

»Was wissen Sie? Gar nichts wissen Sie! Sie laufen nur immer hinter anderen her, himmelhochjauchzend, zu Tode betrübt, je nachdem, wie die anderen es sind, und verbringen Ihre Zeit mit Schminken und Anziehen und Rumnaschen. Sie vergeuden Ihre kostbare Jugend und verschließen auch noch die Augen davor!«

»Wie schön Sie das sagen! Aber was soll ich denn tun? Sehr willensstark bin ich halt nicht.«

»Ich werde Ihnen helfen. Möchten Sie schreiben lernen?«

»Oh, gern! Kann ich das denn?«

»Mit der Zeit wird's schon werden, ich bin ja da, um es Ihnen beizubringen.«

»Toll! Versprochen ist versprochen, ja? Ich wollte schon immer einen Roman schreiben über mein bewegtes Leben, bloß habe ich niemanden gefunden, der mir sagt wie, aber jetzt habe ich ja jemanden, ich glaube nämlich, die Leute würden einen Roman von mir gut finden, denken Sie nicht, ich sei noch zu jung – ich habe schon allerlei durchgemacht, Kummer genauso wie Freude, also wenn ich daran denke, da kommen mir gleich die Tränen.«

»Wo steckt ihr denn? Wir warten schon ewig auf euch. Hat Bao Kang etwa davon angefangen, daß er dir das Schreiben beibringen will, Schriftsteller haben so was drauf!« rief Ma Qing Lin Pei entgegen, als diese ihn mit Bao Kang an der nächsten Straßenkreuzung einholte.

»Davon war nicht die Rede. Haben uns einfach unterhalten. Sind bißchen langsamer gegangen.«

»Paß nur auf, das ist 'n ganz schlimmer Finger, sage ich dir. Hast du noch nicht gehört? Ein Lump heißt heutzutage nicht mehr Lump, sondern Schriftsteller.«

»Wo sind denn die anderen?«

»Im Warenhaus, weil ihr so getrödelt habt.«

In der Schuhabteilung des Warenhauses spazierte Zhao Yaoshun mit auf dem Rücken verschränkten Händen die Ladentheke entlang und musterte eingehend die dort ausgestellten Modelle. Dabei unterhielt er sich mit Yu Guan und Yang Zhong, die ihm wie Leibwächter in zwei Schritt Entfernung folgten.

»Was machen Sie eigentlich so in Ihrer Freizeit?«

»Och, nichts. Kung-Fu-Videos. Karten spielen. Oder schlafen.«

»Sie sollten lesen. Bücher sollten Sie lesen! Bücher sind ein erprobtes Mittel gegen die Einsamkeit. Die beste Medizin, wenn man Sorgen hat!«

»Wir haben aber nie Sorgen. Eben weil wir nie Bücher lesen!«

»Zu viele Sorgen sind nicht gut, aber gar keine Sorgen – das ist auch nicht unbedingt gut. Da ist der Schwachsinn nicht weit. Aber wenn Sie nicht gern lesen, dann schließen Sie wenigstens viele Freundschaften. Man sollte sich dabei nicht auf seinen eigenen kleinen Kreis beschränken. Von einer Freundin oder einem Freund mit breitgefächertem Wissen kann man manchmal genauso viel lernen wie aus Büchern.«

»Freunde, Freundinnen – Freundinnen gibt's nur zwei Arten: solche, die man bumsen kann, und solche, die man nicht bumsen kann.«

»Da kann ich aber gar nicht zustimmen.« Herr Zhao blieb abrupt stehen. »Himmel! Das ist ja geradezu obszön! Unsittlich ist das!«

»Wie recht Sie haben!«

»Yang Zhong!«

»Ruft da jemand?« Yang Zhong sah sich um und bemerkte, daß eine Verkäuferin hinter dem gegenüberliegenden Ladentisch ihm zulächelte. Er ging hinüber und rief Yu Guan freudestrahlend zu: »Komm mal! Sieh nur, wer hier ist!«

Die Verkäuferin lachte Yu Guan an: »Sie haben mich wohl schon ganz vergessen.«

Yu Guan lächelte zurück. »Nein, ich entsinne mich. Also hier arbeiten Sie.«

»Wo sonst? Brauchen Sie paar Taschentücher?«

»Nein, danke. Und wie geht's sonst so?«

»Super! Und Ma Qing? Nicht mitgekommen? Geht's ihm gut?«

»Alles okay. Und Sie – sind Sie immer noch mit dem – Dingsda zusammen?«

»Ja, wir wollen bald heiraten. Ich freu mich ja so, Sie zu sehen. Das war so ein schöner Tag damals, ich muß heute noch daran denken. Herr Yang, ich hab Sie danach sogar angerufen.«

»Und Sie haben mich nicht erreicht? Ich bin doch jeden Tag dagewesen.«

»Wer weiß? Ich wollte Sie immer schon besuchen, hab mich aber nicht getraut. Dachte, Sie haben mich sicher längst vergessen.«

»Wo denken Sie hin! Kommen Sie nur. Wir haben auch immerzu von Ihnen geredet. Haben uns gefragt, wann mag bei Ihnen Hochzeit sein?«

»Echt? Na, dann komm ich tatsächlich mal vorbei, ich finde, mit Ihnen macht's wirklich Laune.«

»Wie hieß die noch mal? Fällt mir einfach nicht ein«, fragte Yu Guan, als er mit Yang Zhong weitergegangen war.

»Mir auch nicht. Weiß bloß, ich hab sie schon mal gesehen.«

»Mama, warum hast du denn gar kein Verständnis für deine Tochter!« Lin Pei – Pferdeschwanz, Arbeitshose, weiße Turnschuhe – sprang von dem Pappsofa auf, wo sie neben ihrer »Mutter« – graumelierte Perücke, auf alt geschminktes Gesicht – gesessen hatte, lief mit raschen Schritten an die Rampe und blieb dort abrupt stehen. Im vollen Licht des Suchscheinwerfers, die dunkle Masse des Publikums zu ihren Füßen, hob sie langsam den Kopf und begann, voller Bewegung ins Leere blickend und jedes Wort betonend, zu deklamieren:

»Wir sind die Jugend einer neuen Zeit, wir wollen die Welt mit unseren eigenen Augen betrachten…«

»Aber ich bin deine Mutter und hab dich lieb!«

»Was sagte Rousseau?« Lin Pei drehte sich um, reckte den Hals in Richtung der »Mutter« und schrie: »›Was willst du mit dem ganzen Plunder? Wo willst du ihn überhaupt unterbringen?‹«

Nun erhob sich die »Alte« ebenfalls und schrie zurück: »Was sagte Brinand? ›Das Gute an der Ehe ist, daß man sich nicht einsam fühlt, wenn man allein ist.‹ Was sagte Strittmatter: ›Die schönste Blumenwiese ist für das Rindvieh nichts weiter als Futter.‹«

»Was sagte Cervantes? ›Ich steck meine Nase niemals in anderer Leute Brei, denn das ist nicht mein Bier.‹ Was sagte Rolland? ›Von dem Tag an, da eine Frau hundertvierzig Pfund wiegt, bietet das Leben ihr keinen größeren Reiz, als Frauen zu entdecken, die noch dicker sind als sie selbst.‹«

»Was sagte der Vorsitzende Mao? ›Fürchtet euch nicht, denn ich bin bei euch!‹«

»Was sagte der Bursche, der die alte Frau auf dem Rücken durch den Fluß trug? ›Ihnen geht's gut, aber ich kann nichts sehen.‹«

Die Zuschauer quittierten den postkulturrevolutionären Schlag- beziehungsweise Zitatenabtausch – war da nicht mal was mit der Mao-Bibel...? – mit immer heftigerem Applaus, und selbst als die Schauspieler mit ihrem Text fertig waren, klatschten und johlten einige noch aus Leibeskräften weiter, so daß es der »Mutter« direkt unheimlich war und sie sich flüsternd bei ihrer »Tochter« erkundigte:

»Hat's etwa 'ne Erdbebenwarnung gegeben?«

»Unsere Frauen-Volleyballmannschaft soll wieder gewonnen haben.«

Es wurde immer wärmer. Die Hitze flimmerte über Gassen und Plätzen. Die dichtbelaubten Straßenbäume, deren intensives Grün den Augen geradezu weh tat, schwankten im heißen Sommerwind. Manche Passanten trugen schon kurze Hosen und T-Shirts. Und das Zirpen der Grillen hörte den ganzen Tag nicht mehr auf.

Im Büro der Firma »3 TD« blies der Wind durch die weit geöffneten Fenster und hinterließ eine dünne Staubschicht auf den Schreibtischen, an denen schweißtriefend die Mitarbeiter und ihre Klienten saßen, die Ellbogen auf die Tische gestützt und in Gespräche vertieft.

»Was würden Sie mir denn raten? Ich liebe sie, aber sie liebt mich nicht, dabei müßte sie das von Rechts wegen, weil ich es verdiene, aber nein, sie will's partout nicht einsehen, ihr sei das alles egal und ich brauchte mir gar keine Mühe zu geben. Also was sind das bloß heutzutage für Menschen – die Männer arbeitsscheu und die Frauen unnahbar!«

»Wo nichts Altes abgerissen wird, heißt es, kann man auch nichts Neues aufbauen. Erst kommt das Abreißen, doch darin sind schon die Keime des Neuen enthalten.«

»Ihr Vorgesetzter stimmt Ihrer Versetzung nicht zu, und wir sollen jetzt jemand schicken, der seinen Sohn verprügelt? Na, hören Sie mal! Dies ist eine anständige Firma! Ich schlage vor, Sie suchen noch einmal das Gespräch mit Ihrem Chef, am besten gehen Sie zu ihm nach Hause und reden ganz ruhig und freundlich mit ihm. Rücken Sie aber nicht gleich mit der Tortenschachtel an, das wäre zu plump und würde vielleicht überhaupt nichts bringen. Nein, nehmen Sie Ihr Bettenbündel mit, als ob Sie einen Familienbesuch machten, essen Sie mit, wenn da gegessen wird, gehen Sie schlafen, wenn der Herr des Hauses schlafen geht – Sie kennen doch noch die revolutionäre Modell-Oper: *Nach Shajiabang geh ich nun wieder, in Shajiabang laß ich mich nieder*?«

»Suchen Sie den Polizisten noch einmal auf, hören Sie sich an, was der Mann zu sagen hat. Vergessen Sie Ihre Selbstachtung, stellen Sie sich vor, Sie wären noch klein und Ihr Vater schimpfte mit Ihnen. Versetzen Sie sich doch mal in die Lage so eines Polizisten: Der muß den ganzen Tag da auf der Straße stehen – also beschissener geht's höchstens noch den Leitungsmasten! Geld kriegt er auch nicht viel. Und wenn er Ihnen nun die verdiente Standpauke hält, wäre es doch richtiggehend inhuman, ihm nicht mal dieses kleine Vergnügen zu gönnen. Verlassen Sie sich drauf, wenn er genug gemeckert hat, gibt er Ihnen Ihr Rad zurück. Schließlich ist er ein Ordnungshüter und kein Fahrraddieb.«

»Tatsache ist doch, daß das Lebensniveau der Menschen

gestiegen ist. Sie sagen, Sie haben früher nicht gemerkt, daß Fleisch teuer ist. Das lag einfach daran, daß Sie damals nicht so viel Fleisch gegessen haben. Für zwanzig Fen Schweinebauch – daraus haben Sie Fleischtäschchen für die ganze Familie gemacht, war's nicht so? Wenn Fleisch noch immer so billig wäre wie vor zwei Jahren, dann könnte der Staat ganz China zu einem einzigen großen Schweinestall machen und würde die Fleischfresser trotzdem nicht satt kriegen.«

»Sobald Sie bemerken, daß Ihre Frau hibbelig ist, nehmen Sie was ein, damit Sie erst mal Ihren Mann stehen können, zum Beispiel ›Eins-plus-sex (mit Rehmannia glutinosa)‹, ›Nephrophilan aus der Apotheke Goldene Truhe‹ oder ›Longevitol‹. Zur Not mischen Sie ihr abends ein Schlafmittel unters Essen, dann wird sie so satt und schläfrig sein, daß sie die Lider nicht mal mehr auseinanderkriegt, wenn Donald Duck in der Glotze kommt, und bloß noch ins Bett will, ohne sich auch nur die Füße zu waschen, da vergeht ihr die Unternehmungslust, höchstens, daß sie ein bißchen schnarcht, aber jedenfalls besteht dann keine Gefahr mehr für Ihre Gesundheit während der zweiten Lebenshälfte.«

»Nicht zu früh schlafen gehen – erst wenn Ihnen die Augen zufallen. Und keine zu knapp sitzenden Unterhosen tragen! Kaufen Sie sich Handschmeichler, zwei Stahlkugeln, für jede Hand eine. Und morgens gleich nach dem Aufstehen ein Zehntausendmeterlauf. Bitte keine Poster von Filmstars im Zimmer aufhängen, denken Sie an ein Flußpferd oder an einen Helden des Alltags wie Liu Yingjun, sobald Ihr Geist auf Touren kommt. Und sollte alles nichts helfen und Sie können sich immer noch nicht beherrschen, stellen Sie sich einfach vor, Sie schieben ganz allein Wache an der Front, sagen wir im Krieg gegen Vietnam: Wenn Sie die Stellung halten, sind Sie ein Held, wenn nicht, sterben Sie wenigstens den Heldentod.«

»Ja, ja, Liebe und Ehe *sind* zwei verschiedene Dinge, das sagt sich so schön – warum sind *Sie* eigentlich nicht schön? – Oh, Verzeihung, ich war eben nicht ganz bei der Sache, hab an was anderes gedacht, ich entschuldige mich tausendmal, nehmen Sie's bitte nicht übel ... Bitte fahren Sie doch fort.«

»Ich bin nicht böse, überhaupt nicht!« versicherte Wang Mingshui großmütig Yu Guan, der ihm abgespannt und müde gegenübersaß. »Macht gar nichts.«

»Bitte fahren Sie fort!« wiederholte Yu Guan, während er mit seinem Stift Kringel auf den Notizblock malte. »Also Liebe und Ehe sind nicht das gleiche – war's das?«

»Na ja – es ist einfach so: Ich hab genug, ich möchte mich selbst und andere nicht länger täuschen, zwischen uns – ist es aus.«

»Zwischen wem ist es aus?«

»Zwischen mir und dem Mädchen, das mich heiraten will. Das ist doch überhaupt nichts Besonderes. Man geht ein Weilchen miteinander, und dann trennt man sich wieder.«

»Genau. Überhaupt nichts Besonderes. Man trennt sich halt.«

»Sie haben mich nicht verstanden. Ich will sagen, zwischen ihr und mir ist es aus, aber ich hab es ihr noch nicht gesagt, ich möchte sie nicht verletzen, jedenfalls nicht persönlich. Ich weiß auch gar nicht, was man in so einer Situation sagt, was sich da gehört – aber Sie. Sie können das, davon bin ich überzeugt. Sie sind doch Spezialist für so was, nicht wahr? Haben Übung in so was.«

»Überlassen Sie alles uns; wir werden die passenden Worte zu finden wissen.«

»Da bedanke ich mich herzlich, Sie helfen mir aus der Verlegenheit; ich werde Ihnen ein Dankschreiben schicken. Oder lieber gleich zwei. Sie müssen erreichen, daß sie vernünftig ist und die Tatsachen akzeptiert – am besten freudig! – und daß sie nicht weint, Frauentränen ertrage ich nämlich am allerwenigsten.«

»Dafür kann ich leider nicht garantieren.«

»Richtig, das wäre vielleicht wirklich zu viel verlangt. Also sagen wir: Weinen kann sie. Soll sie ruhig ein paar Tränchen vergießen, wenn ihr danach zumute ist. Aber nicht zu viel, damit nicht die Leute zusammenlaufen. Das würde keinen guten Eindruck machen. Am besten bleiben Sie bei ihr, bis sie sich wieder beruhigt hat. Sie haben ja keine Ahnung, wie sehr sie mich liebt – die Nachricht, daß ich Schluß mache, wird sie wie ein Blitz aus heiterem Himmel treffen. Da braucht's Fingerspitzengefühl, sonst tut sie sich womöglich noch was an.«

»Das Honorar berechnen wir nach dem Tarif für Facharbeiter Gruppe v. Angefangene halbe Tage gelten als ganze, und für länger als acht Stunden kommt Überstundengeld dazu, ferner Verpflegungsbeihilfe und Nachtschichtzulage nach den geltenden staatlichen Bestimmungen. Fahrgelder für Fahrten im Dienst werden je nach Anfall abgerechnet.«

»Alles klar! Sie bekommen Ihr Geld, und wenn Sie ein paar Tage brauchen – ihr ganzes Leben lang wird sie mir ja wohl kaum nachtrauern.«

»Übrigens, was mich noch interessieren würde – wie weit waren Ihre Beziehungen gediehen? Waren Sie, hm, intim miteinander?«

»Ich will Ihnen nichts vormachen: Ich kann diese Frage nicht verneinen. Hoffentlich verletze ich damit nicht Ihr Moralempfinden? Im übrigen tut das überhaupt nichts zur Sache, ist ja auch nichts Ungewöhnliches; das wird ihr auch nicht das Herz abdrücken, sie ist nämlich ein gutes Mädchen, will immer nur geben und niemals nehmen…«

»Dann brauche ich noch ihren Namen und ihre Telefonnummer.«

»Aber Sie kennen sie doch! Ich habe doch Ihre Firma schon einmal eingeschaltet, als ich eine Verabredung mit ihr nicht wahrnehmen konnte. Sie heißt Liu Meiping und verkauft im Warenhaus Taschentücher.«

»Moment mal. Sie sind doch nicht etwa das Arschloch – ich meine, der Spezialist für Arschlochpflege?«

»Ihre Wortwahl kann ich nur bedauern.«

»Ich bringe das einfach nicht, das Schreiben. Im Kopf wird's mir ganz leer, wenn ich bloß den Stift in die Hand nehme«, sagte Lin Pei zu Bao Kang, der vergnügt zusah, wie sie vor ihm rückwärts die Straße entlang lief. »Gibt's da 'n schlauen Trick dafür?«

»Man muß sich selbst einbringen.«

»Hallo? Yu Guan wollen Sie sprechen? Is außer Haus«, schnauzte Ma Qing in den Telefonhörer.

»Wohin ist er denn gegangen?«

»Was soll'n das Verhör? Wer sind Sie überhaupt?«

»Tut nichts zur Sache. Sagen Sie mir einfach, wo er ist.«

»Geht Sie 'n Scheißdreck an!« Ma Qing knallte den Hörer hin.

»Wir sind doch alle für andere da, stimmt's?« fragte Yu Guan Liu Meiping. Die Hände tief in den Hosentaschen vergraben, ging er neben dem einen halben Kopf kleineren Mädchen die Straße entlang, die voller hübscher Frauen mit bunten Sonnenschirmen war. Der Wind zerzauste ihnen das Haar.

»Ja, wir sind für andere da.«

»Das Glück eines anderen ist unser eigenes Glück.«

»Genau. Sagen alle.«

»Und wir zögern keinen Augenblick, wenn fremdes Glück von uns Verzicht erfordert.«

»Keinen Augenblick!«

»Und Sie meinen das ernst?«

»Klar! Schon als Kind habe ich geschworen, ich werde nicht zögern, wenn die von mir verlangen, ich soll wie das Heldenmädchen Liu Hulan werden. Oder eine zweite Hua Mulan.«

»Geht's auch 'ne Nummer kleiner?«

»Natürlich.«

»Gut, dann haben Sie jetzt Gelegenheit, es zu beweisen. Ein Mensch braucht Sie, braucht Ihre Hilfe, um glücklich zu werden.«

»Wer denn? Braucht er Taschentücher?«

»Nein, das nicht. Ich weiß ja, Sie sind Verkäuferin mit Leib und Seele, schreiben Verkaufskultur ganz groß. Aber hier geht's nicht um Taschentücher, sondern um was ganz anderes. Er braucht Ihre Hilfe, nur Sie können ihm Kummer ersparen, nur mit Ihrer Hilfe kann er ein neues Leben anfangen.«

»Sie meinen, so was könnte ich?«

»Sie können viel mehr, als Sie glauben. Nicht nur, daß Sie gutmütig und mitleidig sind, Sie denken stets mehr an andere als an sich selbst.«

»Sagen Sie mir, was ich machen soll! Ich bin zu allem bereit. Und wenn ich den Messerberg ersteigen müßte oder in den Kessel mit siedendem Öl tauchen!«

»Es ist ganz einfach. Sie brauchen nichts zu machen, im Gegenteil: Sie *sollen* gar nichts machen, ihn einfach nicht mehr aufsuchen, dann ist die Sache schon gelaufen.«

»Reden Sie von...« Liu Meipings Stimme zitterte.

»Korrekt – ich rede von Wang Mingshui. Er hat mich beauftragt, Ihnen auszurichten, daß er Sie nicht mehr sehen möchte, und wünscht, daß auch Sie ihn in Ruhe lassen.«

»Soll das ein Scherz sein?«

»O nein, nach Scherzen ist mir nicht zumute. Werden Sie es schaffen?«

Liu Meiping erbleichte, machte auf dem Absatz kehrt und stürzte davon, aber Yu Guan rannte ihr hinterher.

»Rücken Sie ihm lieber nicht auf die Bude«, sagte er, als er sie eingeholt hatte.

»...«

»Rücken Sie ihm lieber nicht auf die Bude!«

»Tu ich ja auch gar nicht!«

Liu Meiping blieb stehen und zeigte ihm ein Kußmündchen: »So recht?«

»Bitte regen Sie sich nicht auf. Ist doch alles halb so schlimm.«

»Ich rege mich auch gar nicht auf. Ich weiß, daß alles halb so schlimm ist. Das brauchen Sie mir nicht tausendmal zu erzählen. Ich muß jetzt gehen, hab noch was zu erledigen. Lassen Sie mich bitte gehen – Sie sollen mich durchlassen!«

Liu Meiping ging weiter, ohne nach rechts und links zu schauen. Yu Guan sah ihr von den Stufen eines Obstladens aus hinterher, bis sie in der dichten Menschenmenge verschwunden war. Dann betrat er den Laden, betrachtete flüchtig die Früchte, deren Farbenpracht im hellen Licht der Leuchtstofflampen von zahlreichen Spiegeln reflektiert wurde, und ging wieder hinaus. Die Sonne knallte auf das Pflaster, und die Mädchen, die dem langsam Weiterschlendernden entgegenkamen oder ihn überholten, streiften ihn immer wieder mit ihren Sonnenschirmen. Er kam an einem Selbstbedienungswarenhaus vorbei, dessen Schaufenster mit allerlei elektrischen Haushaltsgeräten und in Wollmäntel gehüllten Puppen dekoriert waren, an einem mit bunten Magazinen zugepflasterten Zeitungskiosk, einem Restaurant, einem Fotogeschäft und einem Schuh- und Hutsalon. Als er an der Kreuzung um die Ecke bog, erblickte er hinter den Fenstern eines Eiscafés an einem der schmierigen Tische Liu Meiping, die dort unter Tränen einen Joghurt trank.

Yu Guan ging hinein, bestellte ebenfalls eine Flasche Joghurt und setzte sich zu dem Mädchen, trank aber nicht, sondern beobachtete schweigend den endlosen Strom der draußen vorbeieilenden Menschen und Fahrzeuge. Zwei untergehakte Mädchen in duftigen Kleidern blieben vor den braungetönten Scheiben stehen, durch die der Sommertag trüb und dunkel erschien. Sie spähten nach drinnen, sagten etwas zueinander und gingen weiter. Ein Mann mit gesenktem Kopf schleifte im Vorbeigehen an dem Glas entlang, sah auf und warf einen Blick in das Café. Liu Meiping hatte aufgehört zu weinen. Ohne Yu Guan anzusehen, saugte sie mit dem Trinkröhrchen ihren Joghurt aus der Flasche.

»Sie finden mich gemein, nicht? Alle Männer sind gemein.«

Das Mädchen schloß für einen Moment die Augen, trank aber weiter und schlug die Beine übereinander.

»Wissen Sie, es handelt sich hier nicht um Gutmütigkeit oder Mitgefühl oder Mitleid oder so – ich erfülle nur meine Pflicht.«

»Ich mache Ihnen auch keine Vorwürfe«, erwiderte Liu Meiping mit leiser Stimme. »Sie können ja nichts dafür.«

»Dabei möchte ich Ihnen wirklich helfen, daß Sie drüber wegkommen – bißchen traurig sind Sie, stimmt's?«

»Kein Wunder.«

»Seien Sie nicht traurig.«

»Sie haben gut reden.« Liu Meiping mußte unwillkürlich lächeln, doch gleich darauf zitterten ihre Mundwinkel erneut. »Sie betrifft's ja nicht.«

»Gut, dann seien Sie traurig, aber nicht zu lange, okay? Reicht eine Stunde?«

Liu Meiping lachte unter Tränen: »Nein!«

»Anderthalb Stunden? Eindreiviertel Stunden? So lange wie eine Kinovorstellung dauert – das müßte aber wirklich genug sein!«

»Da ist man traurig, und Sie reißen auch noch Witze. Glatte Fehlbesetzung! Trösten müßten Sie mich!«

»Okay. Dann trinken Sie jetzt noch einen Joghurt.« Yu Guan schob dem Mädchen seine Flasche hin. »Immer wenn Sie traurig sind, müssen Sie was essen oder trinken, hm?«

»Woher wissen Sie das?« fragte Liu Meiping, den Strohhalm zwischen den Lippen. »Was sollte ich sonst tun? Sterben kann ich ja nicht.«

»Recht haben Sie! Weiterleben heißt die Devise! Jetzt erst recht!« Yu Guan lächelte.

»Wer hat eben meinen Anruf entgegengenommen?« Mit diesen Worten stürmte ein wutschnaubender alter Mann – Typ pensionierter Offizier: stramme Haltung, Uniform ohne Kragenspiegel – in das Büro der Firma »3 TD«. »Unerhört, was der sich rausnimmt, der verdammte Lümmel!«

»Worum geht es denn, bitte?« tat Ma Qing dumm. »Bitte keine Aufregung! Nehmen Sie doch erst mal Platz, dann besprechen wir in aller Ruhe, was anliegt.«

»Ich werde nicht Platz nehmen!« brüllte der Mann. »Kommt mir nicht auf die Tour! Der's war, soll vortreten und sagen, warum er den Leuten dumm kommt.«

»Er – er ist gerade außer Haus. Der mit Ihnen gesprochen hat, ist außer Haus«, sagte Ma Qing mit strahlendem Lächeln. »Aber wenn Sie einen Auftrag haben, kann ich ihn auch entgegennehmen.«

»Außer Haus? Die Stimme klang wie deine!«

»Nein, nein! Ich – ich bin gerade erst gekommen.« Ma Qing trat der Schweiß auf die Stirn.

»Er war's wirklich nicht, er ist gerade gekommen«, sprang Yang Zhong ihm eilig zur Seite, während er einen Stuhl für den Alten heranschob. »Wenn der andere zurückkommt, werden wir ihn kritisieren.«

»Wo ist Yu Guan?« fragte der Mann und setzte sich hin, die Beine gegrätscht, den Oberkörper kerzengerade. »Wo steckt der Kerl? Bringt ihn her!«

»Direktor Yu?« Yang Zhong und Ma Qing tauschten einen schnellen Blick. »Er ist ebenfalls außer Haus. Sie können sich aber durchaus auch an uns wenden.«

»An euch?« Der Alte musterte die beiden von oben bis unten. »Also gut, dann erzählt mir mal, was er in letzter Zeit angestellt hat, mit wem er sich rumtreibt und ob die Polizei schon wieder ein Auge auf ihn geworfen hat – der traut sich ja vor lauter Angst nicht mehr nach Hause.«

»Doch nicht Direktor Yu! Der ist so was von anständig! Den hat niemand auf dem Kieker – im Gegenteil, der wird immerzu gelobt, weil er so viel Gutes tut.«

»Ich hab's gewußt, ihr deckt euch gegenseitig – steckt alle unter einer Decke, was? Alles Lügner und Betrüger! Ich weiß längst Bescheid über eure sogenannte Firma! Ein Witz ist das: ›Wir lösen Ihre Probleme‹ – ausgerechnet ihr!

Wozu brauchten wir dann noch die Partei? Sobald Yu Guan zurückkommt, will ich ihn sehen.«

»Erlauben Sie mal, wer sind Sie denn eigentlich?«

»Sein Vater!«

Kopf an Kopf beugten sich Liu Meiping und Yu Guan über die langen Vitrinen und betrachteten interessiert in Harz eingeschlossene Spinnen und versteinerte Käfer. Sie befanden sich in dem fast menschenleeren, prächtigen Großen Saal des Museums, dessen Wände mit farbigen Grafiken und Fotos von Realien bedeckt waren und auf dessen spiegelglattem Terrazzofußboden man leicht ausrutschen konnte. In Glaskästen entlang der Wände lagen dicht an dicht Mineralien aller Art. Die geschliffenen Schnittstellen der sonst unansehnlichen, dunkelglänzenden Gesteinsproben funkelten und leuchteten im Schein der Lampen, besonders farbenprächtig einige Proben von verwachsenen Erzen.

Die beiden schlenderten durch eine scheinbar endlose Folge von Ausstellungsräumen. Da war, aus farbigem Styropor geformt, naturgetreu eine urzeitliche Landschaft aufgebaut worden, komplett mit Geomorphologie, Vegetation und Himmelsgewölbe; gleich um die Ecke wurde der Besucher unversehens mit der lebensechten Nachbildung einer Bestie aus dem Paläozoikum konfrontiert; und ein paar Schritte weiter war er plötzlich von keulenschwingenden, zähnefletschenden Affenmenschen mit blankem Hintern umringt. Als Liu Meiping und Yu Guan den letzten Ausstellungssaal in der zweiten Etage betraten, blieben sie wie angewurzelt stehen, sprachlos vor der Pracht, die sich ihren Augen bot. Es war, als wären sie in eine Traumwelt geraten. In Vitrinen an allen vier Wänden des Raums waren unzählige wundervolle Diamanten ausgestellt, die im Licht der Punktstrahler so hell gleißten und funkelten, daß man kaum hinsehen konnte: die berühmtesten Diamanten der Welt. Und jeder einzelne trug noch dazu einen betörenden Namen. Eine sinnverwirrende Zauberwelt von lauter blendenden Imitationen, die einem förmlich den Atem verschlug.

»Dreh dich nicht um!« flüsterte Bao Kang Lin Pei zu. Die beiden standen vor dem Schaufenster des Süßwarenladens und betrachteten die verlockenden Pralinen und Sahnetorten in der Auslage, als sie im Spiegel der Scheibe die hinter ihnen vorbeigehenden Yu Guan und Liu Meiping bemerkten.

»War das nicht Yu Guan?«

»Sprich ihn nicht an. Er soll uns nicht sehen, sonst müssen wir bloß mit ihm reden. Ich mag ihn nicht.«

»Hast du nicht gesagt, du bist gern mit denen zusammen?«

»Pure Höflichkeit. Ich will jetzt nichts mit ihm zu tun haben. Bringt eh nichts.«

Erst als Yu Guan schon vorbei war, wandten die beiden sich um.

»Wo waren wir stehengeblieben? Ach ja, Langeweile. Der nächste Schritt ist dann die sittliche Verkommenheit...«

»Ach, da bist du ja!« begrüßte Yang Zhong Yu Guan mit lauter Stimme, als der zur Tür hereinkam. »Hast eben was verpaßt. Dein Alter war hier. Ma Qing hat Zoff mit ihm gehabt.«

»Sag mal, was ist denn in den gefahren, daß der so ausflippt?« fiel Ma Qing ein. »Kommt rein und macht Streß. Da kriegt man ja Angst um sein junges Leben!«

»Na, komm schon!« sagte Yu Guan über die Schulter. Liu Meiping trat zögernd ins Büro.

»Hallo, Ma Qing. Hallo, Yang Zhong.«

»Hi! Setz dich. Yang Zhong, willst du unserem Gast nicht was zu trinken geben?« Eilfertig holte Ma Qing einen Stuhl für das Mädchen heran, während Yang Zhong ihr ein Glas Wasser brachte.

»Ich bin nicht durstig.«

»Trink ruhig. Wir mögen alle keinen Tee, deshalb gibt's nur Wasser.«

»Danke.«

»Warum so förmlich! Sie sind hier zu Hause. Unter Freunden! Yu Guan, ich glaub, mit deinem Vater hab ich's verschissen.«

»Mach dir nichts draus. Der dreht immer gleich durch.« Yu Guan setzte sich an seinen Schreibtisch. »Am besten gehst du ihm aus dem Weg. Zu Hause beachtet ihn auch keiner.«

»Was denn, Sie weinen?« Yang Zhong bückte sich, um Liu Meiping ins Gesicht sehen zu können. »Ma Qing, hast du sie gekränkt? Was hast du schon wieder rausgelassen?«

»Ich weine ja gar nicht«, sagte Liu Meiping und blickte auf, das Gesicht tränenüberströmt. »Ich bin okay.«

Yu Guan und Ma Qing redeten ihr von beiden Seiten gut zu:

»Hören Sie nicht auf Ma Qing, der hat chronischen Dünnschiß – aber im Hals!«

»Genau, ich red nur Scheiße. Andere stinken unter der Achsel, ich aus dem Mund. – Was hab ich eigentlich gesagt?«

»Es ist wirklich nichts! Er hat überhaupt nichts gesagt, ich bin bloß plötzlich traurig geworden. Ganz von selbst.«

»Vielleicht schaust du doch erst mal zu Hause vorbei«, meinte Yang Zhong zu Yu Guan. »Womöglich liegt was Dringendes an.«

»Ach was, da kann gar nichts anliegen. Mein Alter mopst sich einfach zu Tode, was denkst du, warum der sonst hierher kommt und Terror macht. Mich braucht der bloß zum Abhusten!«

»Trotzdem! Der denkt am Ende, wir üben einen schlechten Einfluß auf dich aus, wenn du nicht gehorchst«, redete ihm auch Ma Qing zu.

Mit todernster Miene betrat Yu Guan die elterliche Wohnung. Ehe er ins Wohnzimmer ging, tauschte er die Straßenschuhe gegen ein Paar Pantoffeln, knöpfte sein Hemd auf – langsam, einen Knopf nach dem anderen – und warf erst dann, immer noch ohne etwas zu sagen, einen finsteren Blick auf den alten Mann, der da lächelnd auf dem Sofa saß, alle viere von sich gestreckt. Mit einem Ruck zog er das Hemd aus und ging im Unterhemd in die Toilette, drehte den Wasserhahn auf und wusch sich geräuschvoll. Nach einem Moment erschien er mit einem großen Handtuch wieder im Wohnzimmer und trocknete sich energisch ab, wobei er den Alten abermals finster beäugte.

»Was starrst du mich so an? Bist wohl böse, daß dein eigener Vater dich blamiert hat, hm?«

»Im Gegenteil. Endlich haben alle gemerkt, was für einen tollen Vater ich habe – so vital!« Yu Guan warf das Handtuch über die Armlehne des Sofas, schaltete den Ventilator ein und ließ sich anpusten. »Und ich weiß jetzt wenigstens, wozu du dich fit machst mit deinen Qigong-Übungen.«

»Erkälte dich nicht! – Haben sich deine sauberen Kumpane über mich beklagt?« Der Alte stand auf und marschierte im Zimmer hin und her. »Dabei war ich ausgesprochen höflich zu ihnen.«

Yu Guan schnaufte verächtlich und schwieg.

»Ich mache mir Sorgen um dich. Was deine – diese Gassenjungen da treiben, interessiert mich nicht, aber du, du bist schließlich mein Sohn!«

»Eben. Und deswegen hab ich jetzt auch nichts weiter gesagt. Wenn jemand anders mir so käme, der würde unter Garantie eine in die Fresse kriegen.«

»Du solltest dich was schämen! Kuck bloß mal in den Spiegel! So was Blasiertes, so was Unverschämtes! Die Jugend der neuen Zeit? Ha! – Wo bleibt die sittliche Reife?«

»Wir müssen halt noch nachreifen.« Yu Guan schaltete den Ventilator aus und wandte sich zum Gehen. »Typische Spätentwickler, weißt du.«

»Hiergeblieben!« Der Alte streckte den Arm aus und hinderte Yu Guan daran wegzulaufen. Er blickte zu seinem hochgewachsenen Sohn auf und sagte: »Setz dich. Ich will mit dir reden.«

Yu Guan hockte sich auf die Sofakante und begann, in *Chinas Senioren* zu blättern. »Deine Mah-Jongg-Partner haben dich wohl versetzt?«

»Benimm dich gefälligst!« Der Alte nahm neben seinem Sohn Platz. »Ich möchte wissen, was in dir vorgeht. Was treibst du so?«

»Essen, trinken, reden, schlafen. Dasselbe wie du.«

»Ich verbitte mir diesen unverschämten Ton! – Ich mache mir Sorgen um dich. Du bist schließlich kein Kind mehr. Willst du wirklich deine Tage weiter so verplempern? Denkst du gar nicht an die Zukunft? Willst du nicht auch mal etwas Nützliches für das Volk machen?«

Der Anblick seines bitterernsten Vaters reizte Yu Guan zum Lachen.

»Was gibt's da zu lachen?« Das Gesicht des Alten rötete sich vor Zorn. »Habe ich etwa nicht recht?«

»Doch, ich bestreite das ja gar nicht. Ich lache über mich selber.«

»Du bestreitest es nicht? Ich seh's doch an deinen Augen, daß du meine Worte nicht ernst nimmst. Gibt's denn überhaupt nichts mehr, womit man dich aufrütteln kann? Neulich habe ich einen Bericht über den Krieg an der Südgrenze gehört, da haben die Soldaten des Heldenregiments über ihre Taten an der Vietnamfront gesprochen. Erschütternd war das. Einer hat sein Augenlicht verloren und trotzdem weitergekämpft. Die waren alle sogar noch jünger als du. Schämst du dich da nicht?«

»Doch.«

»Bewegt dich das nicht?«

»Doch.«

»Uns Alten sind die Tränen gekommen.«

»Mir auch.«

»Hach...« Der Alte seufzte und stand auf. »Alles sinnlos, man kommt einfach nicht an dich ran. Kein Schamgefühl! Wie bin ich bloß zu so einem Sohn gekommen?«

»Was willst du denn von mir hören?« Yu Guan stand ebenfalls auf. »Daß ich ein Schweinehund bin? Ein Parasit? Was hast du eigentlich an mir auszusetzen? Ich hab keinen totgeschlagen, kein Feuer gelegt, nicht auf der Straße demonstriert. Treu und brav bin ich! Oder hab ich irgend jemand geärgert? Kopf hoch, Brust raus, vorwärts zu neuen Erfolgen – so hättest du mich gern, was? Dein Pech, daß ich so stinknormal bin.«

»Anscheinend hast du nicht die Absicht, dich ernsthaft mit mir zu unterhalten.«

»Weißt du was? Ich mach dir lieber was zu essen, hab gerade paar westliche Gerichte gelernt.«

»Bloß nicht! Nichts Ausländisches! Da ist doch das Fleisch immer roh, kann ich nicht beißen. Lieber richtige Hausmannskost. Wie wär's mit gedämpften Klößchen? Tofu, Rapsgemüse, Gurken, Pilze – haben wir alles im Haus.«

»Die gehören in getrennte Gerichte.«

»Ach was! Die werden zusammen geschmort, da bleibt auch der Nährwert erhalten.«

»Der Geschmack ist doch ganz verschieden.«

»Was heißt hier verschieden? Zum Schluß schmeckt sowieso alles nach Glutamat.«

»Wer kocht denn nun, du oder ich?«

»Überhaupt – was verstehst du schon vom Essen? Du weißt ja noch gar nicht, was gut schmeckt.«

»Okay, du hast gesiegt, ich bin ja nur dein Sohn. Leider!«

Yu Guan erhob sich lässig und ging in die Küche. Während er Gemüse wusch und Fleisch kleinschnitt, knipste der Vater sein Transistorradio an und stellte ein lärmendes Pekingopernprogramm ein. Dann setzte er die Lesebrille auf und vertiefte sich in *Chinas Senioren*. Nach einer Weile erschien Yu Guan, der eine Schürze umgebunden und die Ärmel aufgekrempelt hatte, mit nassen Händen und Armen und fragte:

»Willst du mir nicht wenigstens bißchen helfen?«

»Bin beschäftigt. Siehst du das nicht?« antwortete der Alte mit einem strengen Blick über den Brillenrand. »Ich hab mich eben erst hingesetzt. Gönne mir das bißchen Ruhe.«

»Komisch, sonst bist du nie beschäftigt. Nur wenn's Arbeit gibt. In der Kulturrevolution hätten sie dich drangekriegt – ›faul und verfressen‹ hätten sie dich genannt. Dabei hast du doch so 'ne schwere Kindheit gehabt, wie du immer sagst. Hast um Essen gebettelt und dich von den Hunden des Gutsbesitzers beißen lassen. Ich weiß doch noch, wie du immer die Hosenbeine hochgekrempelt und die Narben vorgeführt hast.«

»Was glaubst du, wie ich dich großgekriegt habe? Wärst du heute so gut im Fleisch, wenn ich wirklich ›faul und verfressen‹ wäre?«

»Du mich großgekriegt? Mich hat das Volk aufgezogen.

Es hat dir Geld gegeben, damit du den revolutionären Nachwuchs heranziehen kannst.«

»Weißt du nicht mehr, wie ich dich zum Pipimachen abgehalten habe, als du klein warst?«

»...«

»Ja, da bist du sprachlos, was?« triumphierte der Alte. »So'n Rotzjunge sollte sich eben lieber nicht mit erwachsenen Menschen anlegen!«

»Sagen wir so: Ich bin zwar dein Sohn, aber wenn ich dein Vater wäre, hätte ich dich auch ausgehalten.«

4

Hallo, Yu Guan, du Arsch, möchte bloß wissen, wo Du Dich die ganzen Tage rumgetrieben hast, also, das Ding bei mir ist, ich wollte wieder mal losziehen mit Dir, irgendwohin, wo Äktschn ist, bloß Du machst Dich ja total rar, echt Scheiße im Quadrat, na, ich muß jetzt los, aber keine Panik: nach Feierabend komm ich Dich einsammeln!

»Von wem ist der Zettel?« fragte Yu Guan schmunzelnd. »Echt verschärft.«

»Von Liu Meiping.« Auch Yang Zhong feixte. »Du, die kommt jeden Tag vorbei. Nächstens schlägt sie noch Wurzeln hier. Was hast du neulich mit der getrieben, daß sie so auf dich abfährt?«

Yu Guan wandte sich zu Ma Qing um. »Sag mal, du hast wohl die ganze Zeit nichts Besseres zu tun gehabt, als Liu Meiping fit zu machen? Merkt man sofort. Der Zettel könnte glatt von dir stammen.«

»Woher denn!« Ma Qing blickte von dem Roman auf, den er gerade las. »Geredet hab ich mit ihr, aber nur Wörter, die im *Wörterbuch für den Schulgebrauch* stehen.«

»Kennst du die überhaupt, du konterrevolutionärer Schwanzlutscher?«

»Der?« schaltete Yang Zhong sich grinsend ein. »Sollte mich wundern, wenn aus Ma Qings Dreckschleuder was anderes rauskommt als Scheiße.«

»War sonst noch jemand da?«

»Old Zhao kommt immerzu angeschissen. Bleibt stundenlang, obwohl wir kein Wort mit ihm reden. Sitzt da und läßt den Harten raus, und wenn ihm nichts mehr einfällt, verpißt er sich noch lange nicht, hängt einfach so rum. So 'n Oldie, dem kannst du auch nicht gut Beine machen – echt ätzend.«

»Warum schleimt der sich überhaupt so ein bei uns?«

»Keine Ahnung. Vielleicht glaubt er, wir haben ihn besonders nötig.«

»Nächstes Mal ruf ich die Bullen und laß ihn einbuchten«, erklärte Ma Qing. »Den Typ hab ich echt gefressen. Tut so, als ob er zur Familie gehört...«

»Hal-lo! Guten Tag miteinander. Na, heute sind ja mal alle drei da.« Huldvoll lächelnd, nach allen Seiten grüßend, jeder Zoll der alles verstehende, alles verzeihende große Gelehrte, war Zhao Yaoshun zur Tür hereingekommen.

Keiner von den dreien sagte etwas. Stumm kehrte jeder an seinen Schreibtisch zurück. Zhao ließ sich neben Yu Guan nieder und setzte seinen Faltfächer aus Papier in Bewegung.

»Wo waren Sie denn die ganze Zeit?«

Yu Guan warf ihm einen unwilligen Blick zu, antwortete aber nicht.

»Holen Sie mir doch mal ein Glas Wasser«, sagte Herr Zhao zu Ma Qing. »Nicht sehr viel los heute, was?«

»Nachmittags 'ne Trauerfeier.«

Ma Qing knallte das Glas vor Zhao auf den Tisch. Dann setzte er sich wieder an seinen Schreibtisch und sah zur Seite.

»Wer ist denn gestorben?«

»Ein Kind. Nichtschwimmer.«

»Ach, macht man in solchen Fällen jetzt auch schon Trauerfeiern? Eure tägliche Arbeit ist anscheinend wirklich absolut sinnlos.«

»Genau. Absolut sinnlos.«

»Ist ja auch nicht verwunderlich. Junge Menschen wie Sie, ohne jede Bildung – für die kann es keine Entwicklung mehr geben, die werden auf jede erdenkliche Weise diskriminiert, so daß sie innerlich ganz verzweifelt sind, auch wenn sie eine fröhliche Miene zur Schau tragen, weil ihnen ja gar nichts anderes übrigbleibt.«

Yu Guan zündete sich in aller Ruhe eine Zigarette an. Dann blickte er auf und fixierte schweigend Herrn Zhao.

Der erwiderte seinen Blick und kam erst recht in Fahrt: »Aber das ist nicht gerecht! Die Gesellschaft muß bessere Bedingungen für euch schaffen. Ich werde meine Stimme laut erheben, damit die ganze Gesellschaft sich um euch kümmert. Ich selbst bin nicht mehr jung, aber mein Blut ist immer noch heiß. Ich kann mich immer noch erregen, und wenn ich an so liebenswerte junge Menschen wie Sie und Ma Qing und Yang Zhong denke, gerate ich außer mich und habe schlaflose Nächte.«

»Wir sind also innerlich ganz verzweifelt?«

»Selbstverständlich, das ist doch nur allzu offensichtlich. Das spürt man doch, auch wenn Sie es nicht aussprechen.«

»Und wenn wir innerlich keineswegs verzweifelt wären?«

»Das ist unmöglich – das wäre unlogisch. Sie müssen verzweifelt sein! Wie denn nicht? Nur für den Verzweifelten gibt es Rettung.«

»Dann sage ich Ihnen hiermit: Wir sind nicht verzweifelt.«

»Wirklich nicht?«

»Wirklich nicht.«

»Dann – dann kann ich Sie nur bedauern. Das zeigt nur, wie sehr Sie schon abgestumpft sind. Dann gibt es für Sie kein neues Leben, sondern nur noch den Untergang! Sie sollten sich selbst beweinen.«

»Wir weinen aber nicht. Wir lachen!«

»Die Proletarier haben nichts zu verlieren als ihre Ketten...«

»Passen Sie mal auf: Wir können alle möglichen Unannehmlichkeiten aushalten und sind glücklich und zufrieden dabei, weil wir nämlich wissen, daß es nichts Perfektes gibt – wo auch immer. Wir stellen an andere keinerlei Forderungen, und wenn's im Leben nicht so läuft, wie wir uns das wünschen, geben wir auch nicht anderen die Schuld, und wir haben überhaupt nicht das Gefühl, ungerecht behandelt zu werden und deshalb mit der Welt grollen zu müssen. ›Der Erfolgreiche tue etwas für andere, der Erfolglose aber beßre allein sich selbst‹ – Mengzi. ›Reicht's nicht für Großtaten in dieser Welt, warten wir halt, bis zusammen sie fällt‹ – bekanntes Lied. – Sagen Sie, wie kann man eigentlich jemand Unerwünschten auf höfliche Art loswerden?«

»Am besten, Sie schweigen und zeigen ihm dadurch, daß Sie das Interesse an ihm verloren haben.«

»...«

»Also, dann werde ich mal gehen.«

Kaum war Zhao Yaoshun fort, hielt es Ma Qing nicht länger an seinem Schreibtisch. »Ich muß jetzt jemanden aufklatschen, verdammt noch mal, ich halt's nicht mehr aus!« schrie er und streifte sich die Ärmel hoch, ein irres Flackern in den Augen.

»Ich auch! Ich brauch das jetzt, jemanden richtig abmischen«, stieß Yang Zhong hervor, die Hände zur Faust geballt. »Ich hätt ihm längst eine in die Fresse gehauen, bloß hab ich mir immer gesagt: Du kannst den jetzt nicht abbürsten, sonst kriegst du's mit den Bullen zu tun und mußt womöglich die Arztkosten bezahlen. Vor allem bei so 'nem Ollen – wenn du da nicht aufpaßt, hast du den für den Rest seines Lebens auf dem Hals, dann mußt du sozusagen noch 'nen zweiten Vater durchfüttern.«

»Ist mir alles wurscht, was sein muß, muß sein, und wenn euch nichts Besseres einfällt, schlag ich mich jetzt mit euch beiden.«

Yu Guan stand entschlossen auf und entschied: »Okay, paßt auf, wir machen folgendes: Wir gehen jetzt raus und suchen uns so 'n richtigen aufgepoppten, fetten Stino. Und den Typ machen wir an.« Mit diesen Worten und geballten Fäusten ging er zur Tür.

Begeistert die Hände reibend, voller Vorfreude, folgten ihm die beiden anderen:

»Geil, eh! So was haben wir ja schon lange nicht mehr gemacht!«

Auf der Straße rempelten die drei wahllos ältere Passanten mit ordentlich gekämmtem Haar, scharfer Bügelfalte und grämlicher Miene an, drehten sich nach vollzogener Tat gleichzeitig um und fixierten ihr Opfer kampflustig, bereit, den Unglücklichen beim kleinsten Anzeichen von Empörung oder Wut zu umringen und auf ihn einzuschlagen. Doch kein einziger dieser schon ein wenig bäuchigen Herren im besten Alter zeigte irgendeine Reaktion, denn sie erfaßten mit einem Blick die Situation und zogen es vor, mit undurchdringlicher Miene und gespieltem Gleichmut über die drei hinwegzusehen und ihnen einfach auszuweichen. Dieses bei allen nahezu identische Verhalten machte die Burschen noch siegesgewisser und übermütiger.

Kampflustig marschierte Ma Qing an der Spitze, schüttelte den Passanten die Fäuste ins Gesicht und schrie: »Na, wer von euch Arschlöchern nimmt's mit mir auf?«

Ein großer stämmiger Mann in Arbeitskleidung näherte sich ihm und sagte ruhig: »Ich!«

Ma Qing stutzte einen Moment und taxierte mit einem schnellen Blick den Burschen, der eher an einen Mast für Hochspannungsleitungen erinnerte, so massiv war er gebaut. Dann sah er sich nach allen Seiten um und sagte:

»Und welches Arschloch nimmt's mit uns beiden auf?«

Ein Stück weiter die Straße herunter ging Zhao Yaoshun, ziellos und in gedrückter Stimmung. Soeben war er an einer Telefonzelle vorübergekommen. Plötzlich machte er kehrt, wechselte einen Geldschein an einem Kiosk für Zigaretten und Getränke und eilte dann mit einer ganzen

Handvoll Kleingeld in die Zelle, deren Tür er sorgfältig hinter sich zumachte. Er atmete tief durch, nahm den Hörer ab, fütterte den Apparat mit Münzen und steckte die restlichen in die Hosentasche. Er wählte und drückte den Hörer fest ans Ohr. Als am anderen Ende der Leitung ein »Hallo?« ertönte, sprach er ganz ernst und feierlich dreimal hintereinander »Du abgefucktes Arschloch!« in den Hörer.

In seiner Wohnung stand Bao Kang, den Telefonhörer in der Hand, das Gesicht zornrot, und schrie: »Selber Arschloch!«

Lin Pei, die am Tisch saß, drehte sich überrascht zu ihm um: »Mit wem redest du da?«

»Arschloch aller Arschlöcher! Vater Arschloch, Großvater Arschloch, Urgroßvater...«

Bao Kangs Nacken war vor Wut rot angelaufen und geschwollen wie ein erigierter Penis. Er schmiß den Hörer hin und lief mit großen Schritten erregt im Zimmer hin und her.

»So ein Schweinehund! Sagt kein Wort, fängt einfach an, einen zu beschimpfen. Soll sich nicht einbilden, bloß weil er seine Stimme verstellt, merke ich nicht, daß das dein sauberer Ma Qing ist, der Hundesohn.«

Zhao Yaoshun blätterte sein Notizbüchlein durch und suchte bedachtsam eine weitere Telefonnummer aus. Dann holte er Münzen aus der Tasche, steckte sie in den Schlitz und begann mit großer Sorgfalt zu wählen.

»Ja bitte?« – Die Stimme eines würdigen älteren Herrn.

»Du abgefucktes Arschloch!«

»O Heimatland, wie bist du schön, valleri, ein Blumengarten voller Pracht, vallera, wo frohe Menschen sich ergehn, valleri, und jeden Tag die Sonne lacht, vallerivallerivallera, valleravalleravalleri.«

»Geiles Organ, die Tussi!«

Auf der Tanzfläche des mit seinen vielen massiven Säulen altertümlich wirkenden Ballsaals, in dem die Sängerin – begleitet von den munteren Tanzrhythmen der Band – so inbrünstig schnulzte, drehten sich zahllose festlich gekleidete Paare wie die Kreisel. Die Stimmung hatte ihren Höhepunkt erreicht. Yu Guan, Ma Qing, Yang Zhong und Liu Meiping ließen sich sofort von ihr anstecken: Yang Zhong stürzte sich mit Liu Meiping ins Gewühl, und die beiden anderen schnappten sich jeder eins von den Mädchen, die das Geschehen von ihren Plätzen an der Seite aus verfolgten. Beim Tanzen stießen sie auf Bao Kang und Lin Pei und entdeckten Ding Xiaolu, die mit einem fremden Mädchen in einer Ecke saß und in aller Seelenruhe das bunte Treiben beobachtete, sowie neben der Bühne Zhao Yaoshun, der mit verkniffenem Gesicht die Tanzenden beäugte.

Als sie zum zweiten Mal an Ding Xiaolu vorbeikamen, entdeckte diese sie ebenfalls und winkte lachend. »Ein Bild für Götter, echt!« rief sie Yu Guan zu.

Der feixte, ließ seine Partnerin stehen und nahm Kurs auf Ding Xiaolu. Yang Zhong tat es ihm nach. Liu Meiping jedoch wurde sofort von einem neuen Partner übernommen, und auch Ma Qing ließ sich von der Masse mitreißen und entfernte sich wieder. »Haben uns ja 'ne Ewigkeit nicht gesehen. Wo hast du die ganze Zeit gesteckt?«

»Zu Hause! Sag jetzt bloß nicht, du hast mich überall gesucht und nicht gefunden«, antwortete das Mädchen lächelnd. »Hallo, Yang Zhong. Willst du nicht mal 'ne Runde mit dieser jungen Dame hier tanzen?«

»Darf ich bitten?« Yang Zhong ergriff die Hand von Ding Xiaolus Freundin, faßte sie um die Taille und walzte mit ihr davon.

»Mensch, bin ich k. o.!« Schweißüberströmt ließ Liu Meiping sich auf einen Stuhl neben Yu Guan fallen, saß aber kaum, da wurde sie schon wieder aufgefordert.

»Hast du Lin Pei gesehen? Die ist auch hier, mit diesem Bao Kang. Werden bald heiraten.«

»Was? Uns hat sie davon nichts erzählt. Na, dann hat sie ja ihr Nirwana gefunden.«

»Sie hat ein bißchen Bammel vor euch.«

»Vor uns? Weiß die denn nicht, was für welche wir sind?«

»Also, *ich* habe keine Angst, aber wer euch nicht kennt, könnte euch schon für ganz schön schlimm halten.«

Mit gerötetem Gesicht steuerte Lin Pei, allein, am Rande der Tanzfläche auf Ding Xiaolu zu. »Warum tanzt du denn nicht? Ach, Yu Guan! Hallo. Lange nicht gesehen.«

»Man hört, du wirst heiraten?«

»Ach so, ja. Mal sehen, ob's gutgeht. Wenn nicht, läßt man sich eben scheiden.«

»Na, na! So redest du vom wichtigsten Ereignis im Leben eines Menschen?« sagte Yu Guan schmunzelnd. »Aber du weißt doch, man kann auf hundert verschiedene Arten Selbstmord begehen. Eine davon ist, einen Schriftsteller zu heiraten.«

»Tatsache?« Lin Pei lachte herzlich. »Du läßt vielleicht Sachen raus!«

Grinsend, mit dem Finger auf Lin Pei zeigend, tanzte Ma Qing vorbei. »Vorsicht! V-Frau!« rief er ihr zu.

»Ekel!« Lin Pei schnitt dem längst Entschwundenen eine Fratze hinterher. Dann drehte sie sich wieder um und lächelte honigsüß. Sie hatte ein T-Shirt an, auf dem ein großes aufgedrucktes v prangte.

»Nein, setz dich gar nicht erst hin«, rief Ding Xiaolu dem gerade von der Tanzfläche kommenden Yang Zhong entgegen und führte ihn zu einem gelangweilt dasitzenden Mädchen. »Tanz mal 'ne Runde mit dieser jungen Dame, ja?«

»Na, los.« Yang Zhong zog das Mädchen auf die Tanzfläche, machte einen Wechselschritt, um in den Rhythmus zu kommen, und tanzte dann rasch mit ihr davon.

Als nächstes kam ein Tango. Die eng umschlungenen Tänzer lösten sich voneinander und versuchten, im nunmehr langsameren Rhythmus möglichst synchron die richtigen Schritte zu machen, sich vorzubeugen und zurückzuwerfen.

»Wo ist Bao Kang? Wieso kommt er nicht rüber?« fragte Yu Guan Lin Pei.

»Ach, der unterhält sich mit jemand, hat 'n paar Bekannte getroffen.«

»Denen kann man nicht über den Weg trauen.« Bao Kang und Zhao Yaoshun standen nebeneinander am Rand der Tanzfläche und beobachteten Ma Qing und Yang Zhong, die ihre Partnerinnen in den komplizierten Schrittfolgen virtuos führten, ohne die laute und angeregte

Unterhaltung miteinander zu unterbrechen. »Die sind verloren. Von denen kommt kein wahres Wort.«

Wieder war ein schneller Tanz an der Reihe, und wieder strudelten die sich im Kreis drehenden Paare in einer riesigen Spirale durch den Saal. Liu Meiping wurde von ihrem hünenhaften Tänzer so fest an dessen breite Brust gepreßt, daß sie von weitem kaum zu sehen war. Ganz benommen von dem wirbelnden Tanz, ein wenig töricht lächelnd, sagte sie: »Nein, ich bin nicht vom Ballett, aber getanzt habe ich schon als Kind gern. Meine Kollegen nennen mich immer Mandschurenkranich, weil ich so lange Beine habe.«

»O Mann, ich kann nicht mehr«, sagte Yang Zhong zu dem leichtfüßig an ihm vorbeitanzenden Ma Qing. Abermals mit einer vollschlanken Tanzpartnerin geschlagen, mühte er sich im Schweiße seines Angesichts redlich, das Mädchen zu drehen und zu schwenken. »Ding Xiaolu hat das so drauf, immer schmeißt sie mir die dicksten Melonen in den Schoß.«

Mit einem strahlenden Lächeln wie ein gerade der Sondermaschine entstiegenes Staatsoberhaupt, das mit ausgebreiteten Armen auf die zu seiner Begrüßung erschienenen Würdenträger zuschreitet, näherte Bao Kang sich raschen Schrittes Lin Pei.

Mit finsterer Miene, immer wieder auf seine Füße und auf die Tänzer hinter und neben ihm schielend, betrat Zhao Yaoshun, am Arm eine ältere Frau, die Tanzfläche.

Alle ringsumher tanzten und lachten, wiegten die Köpfe, schwenkten die Arme, warfen die Beine. Die Lautstärke der Musik hatte die Schmerzgrenze bereits erreicht.

Der Schweiß tropfte von den Gesichtern der Tanzenden und erfüllte den Saal mit wölkendem Nebel. Der funkelte im Licht der Scheinwerfer und ließ die Gesichter zu einer einzigen amorphen Masse verschwimmen, aus der nur ab und zu eine Nase oder ein Augenpaar für einen Moment auftauchte, während im Dunkeln unterhalb dieses hellen Nebels die sich bald einander nähernden, bald voneinander lösenden zuckenden Körper und stampfenden Beine hin und her wogten.

»Komm, wir tanzen auch mal«, sagte Yu Guan und streckte die Arme auffordernd aus.

Ding Xiaolu stand auf, strich ihre Jacke glatt und legte die Hände auf Yu Guans Schulter. »Du weißt ja, ich kann nur langsamen Walzer.«

Gemächlich bewegten die beiden sich am Rande der Tanzfläche entlang.

Nachts, bei Yu Guan zu Hause, drehte der Alte im Halbschlaf an seinem Transistorradio, doch auf allen Sendern tönte die Stimme des Sprechers: »Damit ist unsere Sendung beendet.«

Kein bißchen seriös

I

Was meinst du«, fragte ich An Jia, »womit schlägt einer am besten die Zeit tot, wenn er satt ist und nichts zu tun hat?«

»Mit Schlafen.«

»Aber wenn er ausgeschlafen ist? Nicht mehr pennen kann?«

»Hat er denn sonst noch irgendwelche Fähigkeiten? Gibt ja genug: den Staat regieren oder Watte zupfen oder Schweinsköpfe pökeln – was auch immer.«

»Totale Fehlanzeige! Zwei linke Hände und keine Ahnung von nichts.«

»Hat er wenigstens Sinn für Höheres?«

»Auf die Nase gefallen ist er jedenfalls schon oft genug.«

»Wie viele Schriftzeichen beherrscht er denn?«

»Vielleicht vier-, fünftausend. Wenn man die falsch geschriebenen mitrechnet.«

»Dann soll er Schriftsteller werden«, meinte An Jia ungerührt. »Wo er sonst nichts kann und trotzdem was Besseres sein will.«

»Hm, was anderes bleibt ihm wohl wirklich nicht übrig«, stimmte ich zu.

»Na, denn!«

»Na denn!« Ich stand auf, stellte mich vor den Spiegel

an der Tür des Kleiderschranks und betrachtete mich mitleidig: »Kuck dir bloß mal an, was aus dir geworden ist!«

An Jia erhob sich ebenfalls und trat neben mich. »Du, sag mal«, begann sie und sah dabei mein Spiegelbild unverwandt an, »wenn jemand mit leeren Händen dasteht, nichts hat, nichts ist, nichts taugt und nach nichts aussieht – wie kann so einer über Nacht reich werden? Bißchen in Richtung Senkrechtstarter, Identitätswechsel oder so.«

»Klauen. Rauben. Staatlich gestützte Rohstoffe für teures Geld auf dem freien Markt verschieben. Oder 'ne Millionärin aufreißen. Irgendwas in der Art.«

»Geht nicht. Keine Traute fürs Klauen, kein Händchen fürs Geschäft. Und impotent.«

»Ist er wenigstens frech? Und böse?«

»Frech wie Rotz und böse wie sonstwas.«

»Dann soll er Schriftsteller werden. Mit den Voraussetzungen ist er der geborene Schriftsteller.«

»Also – worauf wartest du noch?«

»Auf nichts! Ich bin entschlossen! Ich mach das! Die Welt will betrogen sein.«

»Genau! Wenn schon böse, dann auch richtig. So soll es sein!«

»Das Schlimme ist bloß«, seufzte ich und strich mir gedankenvoll über die Wangen, »ich bin einfach zu anständig. Eine kleine Schweinerei, und ich kann nicht mehr schlafen, träume schlecht und wache in Tränen gebadet auf. Hab Schiß vor Vergeltung. Daß ich in die Hölle komme und so.«

»Ach was! Schriftsteller gibt's außer dir noch viele. Du hast dort jedenfalls Gesellschaft.«

»Kann man nicht Schriftsteller sein, ohne in die Hölle zu kommen?«

»Unmöglich. Höchstens, daß sie dich vielleicht nicht gleich in die tiefste Hölle stecken.«

»Ich will jetzt schreiben. Hörst du? Ich will schreiben!«

Eine zerzauste An Jia, die alle Hände voll zu tun hatte mit Bettenmachen, Stubefegen, Wäschewaschen, Fläschchenwärmen und Babyfüttern, drehte sich um und warf mir einen wehen Blick zu. Ich saß auf einem bequemen Stuhl am Tisch und rauchte in aller Seelenruhe, vor mir eine leere Kladde und ein kleines Sortiment Füller, Kugelschreiber, Bleistifte und Pinsel.

»Ich will schreiben!« wiederholte ich vergnügt.

»Na los!« sagte An Jia, mich immer noch anblickend. »Dein Gesicht ist sauber, die Hände sind gewaschen, auf dem Klo bist du gewesen, mein halbes Frühstück hast du auch im Bauch, geraucht hast du, Tee getrunken, und jetzt sitzt du da und zutschst dir die Zähne sauber – worauf wartest du noch?«

»Ich hab meine Medizin noch nicht genommen.«

»... Du meinst also, ohne die geht's nicht?«

»Was denkst denn du? Beim Schreiben mußt du deinen Grips zusammennehmen. Und wenn der nicht mit bißchen Medizin geschmiert wird, vertust du dich hoffnungslos: Entweder wird alles kleinklein, oder aber du blähst die ganze Schose viel zu sehr auf.«

»Was haben wir denn im Haus? Aspirin und Retor-Magentropfen von mir. Die Grippekapseln, die der Arzt neulich Knöpfchen verschrieben hat. Erythromycin. Ach, und von den Enzephalitis- und Pockenschutzimpfungen, die du als kleines Kind gekriegt hast, ist auch noch ein Rest da. Also, was willst du, einnehmen oder spritzen?«

»Beides. Auf die Form kommt's mir nicht an, Hauptsache, es hilft. Ich hab nicht viel Ahnung von Medizin. Vielleicht wäre Kräutermedizin nicht verkehrt? Peppt auf, heißt es doch.«

»Okay. Ich hab hier noch 'n paar ›Schwarzhuhn-Weißphönix-Pillen‹, die kannst du ja erst mal einwerfen. Heut nachmittag hol ich dir bißchen Baumrinde und Wurzelwerk und koch dir 'n schönes Teechen.«

»Ich bitte darum.«

An Jia kramte in allerlei Schubladen und fand tatsächlich eine Schachtel Pillen: »Wie viele sollen's denn sein?«

»Ich nehme ruhig 'ne ordentliche Portion, das wird mich richtig antörnen. Wenn schon, denn schon!«

Ich schluckte die Pillen, trank Wasser nach, reckte den Hals, schloß die Augen, bekam einen Krampf und lachte dann befreit und erleichtert, schwer atmend, mit tränenden Augen, wie jemand, der gerade eine Katastrophe überlebt hat.

»Und? Wie fühlst du dich?«

»Echt erfrischt.«

»Na, dann los! Schreib, ehe der Trieb wieder vorbei ist.«

»Hier ist's noch staubig. Könntest du vielleicht mal nachwischen? Das Bettzeug bißchen ordentlicher falten? Und stell doch die Windeln ein wenig weiter weg, da trocknen sie ebenso gut. Auf die Art komm ich besser in Stimmung, weißt du.«

»Okay.«

An Jia brachte das Zimmer in Ordnung, und als alles blitzte und blinkte, fragte sie: »Liegt sonst noch was an?«

»Worüber soll ich schreiben?«

Knöpfchen saß in ihrem Sportwagen und heulte zum Steinerweichen. Mit einer Hand zeigte sie auf den halb aufgegessenen Brei, mit der anderen stützte sie sich ab und versuchte ein ums andere Mal aufzustehen, plumpste aber immer wieder zurück.

»Hör auf zu flennen!« schalt ich sie aus. »Bist ja 'ne richtige Ignorantin! Nichts als Fressen im Kopf! So benimmt sich doch keine Dame aus intellektuellem Hause!«

An Jia ging zu dem Kind hinüber und redete ihm zu: »Sei artig, Knöpfchen. Dein Papa ist schwer am Arbeiten, und Mama muß sich um ihn kümmern. Sollst mal sehen, wenn der's zu was bringt, haben wir alle ausgesorgt. Hab ein bißchen Geduld, ja?«

Heißt es nicht, armer Leute Kinder seien frühreif? Jedenfalls beruhigte sich Knöpfchen nach An Jias Ermahnung sofort. Ein Muster an taktvoller Rücksichtnahme, saß sie jetzt da und beobachtete still das Geschehen.

»Du weißt nicht, worüber du schreiben sollst?« fragte An Jia und strich sich nachdenklich über das Haar. Dann setzte sie sich neben mich und sah mich an. »Schreib doch über das, was dir am vertrautesten ist.«

»Am vertrautesten? Fressen, pennen, mit Frauen rummachen, Mah-Jongg spielen!«

»Eben! Ist doch prima – ›Erziehung durch das negative Beispiel‹! Und das Ganze mit Pekinger Kolorit! Liegt schließlich nahe, wo dein Name ›Dialekt‹ bedeutet –

wer weiß, vielleicht hatten deine Eltern ja eine Vorahnung…«

»Und was ist mit meiner Verantwortung gegenüber der Gesellschaft? Hm? Immerhin bin ich Schriftsteller. Muß anderen überlegen sein, damit ich sie erziehen kann. Die kucken doch alle auf mich!«

»Was willst du ihnen eigentlich beibringen? Wie man leben soll? Muß man das lehren?«

»Und wie! Einfach bloß selbst gut leben, das ist keine Kunst. Es kommt darauf an, daß es der Regierung gut geht. Dafür muß man sorgen! Das ist es, was man den Leuten verklickern muß! Sagen wir mal, die Regierung hat nicht genug Knete; könntest du als geneigter Leser sie da nicht bißchen sponsern? Oder: Die Polizei wird mit irgendwelchen Verbrechern nicht fertig; wie wär's, wenn du dein Leben für die gerechte Sache opfertest? Die Leute müssen begreifen, es ist jetzt das Allerwichtigste, daß die Regierung weitermachen kann. Mußt du dir mal vorstellen: zweihundert Millionen Analphabeten in China und über fünfzig Millionen Behinderte – ganz schön schwer, was? Da müssen schon alle mit zupacken.«

»Bloß, werden die Leute dann nicht meinen, die Regierung ist irgendwie eine überflüssige Last?«

»Stimmt! So weit hab ich gar nicht gedacht.«

»Siehst du, wenn du mich nicht hättest! Da wär der nächste Fehler vorprogrammiert.«

»Du sagst es.«

»Daß du der Regierung aus der Patsche helfen willst, ist ja schön und gut. Aber auch dafür brauchst du außer der guten Absicht eine Strategie. Denn jeder hat seinen Stolz.

Unser Land hat immerhin einen guten Ruf zu verlieren, da kannst du die Regierung nicht als Bettler hinstellen. Das würde am Ende auf uns zurückfallen, aufs Volk. Nein, irgendwie muß man den Leuten schon ihr Selbstwertgefühl lassen.«

»Mit anderen Worten, ich soll über die Vergangenheit schreiben?«

»Wär doch nicht verkehrt. Schreib über den Reform- und Pioniergeist des Volkes in alten Zeiten. Wie die Menschen damals gearbeitet und geliebt haben.«

Ich zog nachdenklich an meiner Zigarette, den Blick zur Decke gerichtet. »Wann ist noch mal dieser Staat jetzt gegründet worden?«

»Na, 1949«, sagte An Jia.

»Und wer war vor 1949?«

»Ich glaub, die Bande da auf Taiwan.«

»Über die kann man nicht schreiben«, belehrte ich sie. »Und wenn doch: kein gutes Haar an ihnen lassen! Davor kam wer?«

»Vor denen? War'n das nicht die Kumpels mit den Zöpfen und den langen Mänteln?«

»Genau, jetzt fällt's mir auch wieder ein. Der Chef von denen, das war doch diese Alte mit den langen Fingernägeln? Bloß das war'n, glaube ich, keine Chinesen wie wir. Das war'n Mandschuren! Über Ausländer kann man aber nicht schreiben.«

»Also, noch früher. – Ich glaube, da muß ich auch passen. Was gab's denn da noch mal? Gelehrte und vornehme Fräuleins, Kaiserinnen und kaiserliche Schwiegersöhne, edle Ritter mit schwarzen und Schurken mit weißen Gesichtern und so, hm? Anders geredet haben die als wir. Mit ihren langen Ärmeln haben sie immer so komisch rumgefuchtelt, und die Füße haben sie gehoben, als ob sie durch lauter schlammige Pfützen waten. Und in Gesang sind sie immer mal ausgebrochen.«

»Du hast wohl zu viel Pekingoper gesehen, was? Also, bleiben wir lieber in der Gegenwart«, sagte ich. »Damals die Leute, die hatten alle Kohle, und was in Geldleuten vor sich geht, das errät unsereins nie.«

»Mußt du denn unbedingt das Schöne-Wahre-Gute unter die Leute bringen?« unterbrach An Jia nach einem Moment unser Schweigen.

»Klar!« sagte ich. »Ich bin total entschlossen, das Volk zu agitieren, das Volk zu erziehen, das Volk zu ermutigen. Den Leuten zu erklären, daß sie in ihrer nächsten Existenz in Saus und Braus leben werden, so beschissen es ihnen auch in dieser jetzt gehen mag, trotz aller Verdienste, die sie erworben, und aller guten Werke, die sie getan haben – uff!«

»Bißchen zynisch, oder?«

»Was soll sein! Genau genommen – wenn ich die Leute nicht aufrufe, sie sollen Opfer bringen und lernen zu leiden, ohne zu klagen – wo würde ich denn da bleiben?«

»Hat die Regierung so was wirklich gesagt? Vergiß nicht, die Regierung ist für das Volk da.«

»Klar! Was hätten wir Schriftsteller sonst für eine Aufgabe? Unser Job ist es doch, den Leuten harte Wahrheiten auf schonende Weise beizubringen. Damit sie nicht gleich in die Luft gehen oder aufmüpfig werden.«

»Das hat doch nun wirklich null mit Literatur zu tun.«

»Literatur? Ich höre immer Literatur! Wildwachsende oder künstlich gezüchtete? Wieviel pro Kilo?«

»Nicht mal von Literatur hast du Ahnung. Und so was will Schriftsteller werden!«

»Klar will ich das! Aber was haben Schriftsteller mit Literatur zu tun? Du mußt echt noch viel lernen!«

»Wieso? Ich will ja nicht Schriftsteller werden.« An Jia stand auf, ging wieder zu Knöpfchen hinüber und fuhr fort, sie mit dem inzwischen kalt gewordenen Brei zu füttern. »Schreib, was du willst, mir soll's schließlich egal sein.«

»Solange diese Frage nicht geklärt ist, bin ich außerstande zu schreiben.« Endlich hatte ich einen triftigen Grund gefunden, vom Schreibtisch aufzustehen. Ich sah zu, wie Knöpfchen aß, und schäkerte mit ihr. Zu An Jia sagte ich, sehr ernsthaft: »Stell dir vor, du fängst ganz harmlos an zu schreiben, und es kommt Literatur dabei raus: Da käme doch jede Reue zu spät!«

Nach dem Abendessen – die Sonne war schon untergegangen, aber es war noch hell – belebten fächerschwenkende Spaziergänger beiderlei Geschlechts die Höfe und Straßen.

Fettmops Wu stand auf dem Balkon seiner Wohnung, rauchte und spähte durch ein Kinderfernrohr in die Runde. Durch sein Objektiv erblickte er zunächst das niedliche Gesicht einer plaudernden und lachenden jungen Frau; dann einen gebrechlichen alten Mann; weiter eine Gruppe rauchender und schwatzender Halbstarker mit ihren Fahrrädern, den Rahmen zwischen den Beinen, die

Unterarme auf den Lenker gestützt, die Köpfe eng beieinander; schließlich zwei junge Frauen mit Kinderwagen, die einander gegenüberstanden. Zuletzt fing er in seinem Fernglas mein Gesicht ein: undurchdringliche Miene, fest aufeinander gepreßte Lippen, ins Leere blickende Augen, sorgenvoll gerunzelte Stirn. Immer wieder blieb ich plötzlich stehen, als suchte ich etwas.

Fettmops Wu ging ins Zimmer zurück, goß kaltes Wasser in ein Glas und eilte wieder auf den Balkon, unter dem ich inzwischen angekommen war, so daß er in aller Ruhe zielen konnte, als er das Glas über mich ausleerte.

Ich stand da wie Piksieben und schaute entrüstet nach oben. Fettmops Wu blickte von seinem Balkon auf mich herab und lachte sich einen Ast.

»Sag mal, Genosse, du hast wohl deine sozialistische Kinderstube ganz und gar vergessen, was? Ich werd's deinem Papa sagen!« beschimpfte ich ihn von unten.

Er lachte nur noch mehr und gestikulierte: »Los, komm rauf!«

Ich schüttelte die Tropfen ab und ging um die Ecke zum Hauseingang, der hinten war. Dabei stieß ich auf Wus Mutter, die gerade mit ihrem Bambusstühlchen vors Haus trat, wo sie die abendliche Kühle genießen wollte. Sie stutzte, als sie mich sah, und schaute nach oben: »Was denn? Hat's geregnet?«

»Hm, paar Tropfen. Und ich hab sie alle abgefangen.«

Ich stieg die Treppe hinauf. Fettmops Wus Wohnungstür war nicht verschlossen. Ich stieß sie auf und ging hinein. Wu hatte seinen Ausguck auf dem Balkon noch nicht verlassen.

»Was gibt's denn jetzt schon zu sehen, du Spanner?« Ich durchquerte das Zimmer und trat auf den Balkon. »Ist doch noch viel zu hell für'n Stehfick.«

»Immerhin hab ich entdeckt, ihr seht alle unheimlich nachdenklich aus, als ob's euch die Petersilie verhagelt hat«, sagte Fettmops Wu und setzte das Fernrohr ab.

»War heute außer mir noch jemand nachdenklich?«

»Kuck doch selbst«, antwortete Wu, reichte mir das Fernrohr und wies auf ein Fenster in dem Haus gegenüber. Die Hände in die Hüften gestemmt, stand er da und rauchte.

Durch das Fernrohr sah ich Liu Huiyuan auf dem Bett liegen. Offenbar war er über seiner Lektüre eingeschlafen, denn sein Gesicht war von dem aufgeschlagenen Buch bedeckt.

»Ruf ihn an und sag ihm, er soll mal rüberkommen.«

Fettmops Wu ging ins Zimmer und wählte, während ich Liu Huiyuan weiter beobachtete. Er schrak auf und ging nach nebenan zum Telefon.

»Sind Sie Liu Huiyuan?« hörte ich Fettmops Wu mit verstellter Stimme fragen. »Ich rufe aus der Redaktion von *Ehe und Familie* an. Wir wollten gern ein Interview mit Ihnen machen...« Am anderen Ende der Leitung wechselte Liu die Hand, mit der er den Hörer hielt. »Wir haben gehört, Sie sind geschieden und grämen sich sehr...«

In diesem Moment sah Liu Huiyuan auf und erblickte mich. Ich machte ihm mit der Hand ein Zeichen, woraufhin er schnell etwas in den Hörer sprach.

Fettmops Wu prustete los: »Wer wird denn so vulgär sein, Genosse Liu Huiyuan!« Dann fuhr er in normalem

Ton fort: »Los, komm rüber! ... Was heißt hier, du hast zu tun? Liest ja doch bloß wieder so'n blödes Buch. Wir sind hier nämlich bestens informiert über dein Tun und Lassen. Komm schon! Wir warten.«

Wu legte auf, machte Licht im Zimmer und stellte den Fernseher an. Dann fingerte er auf der Fernbedienung herum, bis er die Nachrichten hatte.

Liu Huiyuan trödelte herum und las noch ein paar Seiten, ehe er sich – mit einer Schachtel Zigaretten bewaffnet – auf den Weg zu uns machte.

Ich ging vom Balkon ins Zimmer zurück, warf das Fernglas aufs Sofa, öffnete die Tür von Fettmops Wus Kleiderschrank und nahm mir in aller Ruhe eine Schublade nach der anderen vor.

»Sag mal, spinnst du?« fragte Wu, ohne den Blick vom Fernseher zu lösen. »Wieso wühlst du in fremder Leute Sachen rum?«

Ich kramte ein kunstgewerblich gestaltetes Feuerzeug hervor, betrachtete es genauer und probierte es aus.

»Komisch, genau so ein Feuerzeug habe ich gerade verloren.«

»Von wegen! Das hat ein Kumpel mir aus Tonga mitgebracht – leg das hin!«

Ich steckte mir mit dem Feuerzeug eine Zigarette an und setzte mich neben Fettmops Wu. »Schenk's mir!«

»Geht nicht. Hab nur das eine«, sagte er und beugte sich vor, um es mir wegzunehmen. »Du, da hängen Erinnerungen dran.«

»Hol's dir doch!« Ich wich ihm aus, aber am Ende mußte ich ihm das Feuerzeug doch lassen.

»Kriegst 'n Hemd statt dessen«, sagte Wu. »Polokragen, abgerundeter Saum, steht dir bestimmt gut.«

»Hast du's schon angehabt?«

»Erst einmal. Noch nie gewaschen.«

»Eben! Ich weiß doch, du trägst ein Hemd 'n halbes Jahr am Stück! Und wenn du's ausziehst, steht's von allein.«

Liu Huiyuan kam herein und sagte: »Was? Nur ihr beiden? Ihr braucht bloß 'n dritten Mann, stimmt's?«

»Im Gegenteil. Mit dir fehlt uns 'n vierter Mann.« Fettmops Wu trieb mich an: »Los, klopf mal an der Tür gegenüber und hol Ding Xiaolu.«

»Das ist deine Sache«, protestierte ich. »Du bist genauso ein Sohn der werktätigen Klasse wie ich. Gewöhn dir ja nicht an, andere rumzukommandieren!«

»Wieso ist dieser Kerl bloß so kleinkariert, kann mir das mal jemand sagen?« Fettmops Wu stand auf. »Na, aber dann könnt ihr wenigstens den Tisch ranrücken, Decke drauftun, Spielsteine bereitlegen.«

»Der versteht's, die Leute anzustellen!« sagte Liu Huiyuan und zeigte auf Fettmops Wu.

Zusammen trugen wir den Tisch in die Mitte, breiteten eine Wolldecke darüber und kippten die Mah-Jongg-Steine aus der Schachtel, daß es nur so klapperte. Dann sortierten wir die Platzsteine aus.

Schwatzend und kichernd erschienen Fettmops Wu und Ding Xiaolu, gefolgt von Yu Guan, den wir ein bißchen erstaunt begrüßten.

»Keine Bange, ich will nicht mitspielen«, sagte Yu Guan und zog sich einen Stuhl heran. »Ich kiebitze bei Xiaolu.«

Als alle saßen, ihre Steine in einer ordentlichen Reihe

vor sich aufgebaut und sich über die Regeln geeinigt hatten, begann das Spiel.

»Was hast'n du in letzter Zeit getrieben?« fragte ich Yu Guan, während ich einen »Wind« ablegte. »Hab dich ewig nicht gesehen.«

»Hör auf! Es ist mir ja so peinlich«, antwortete Yu Guan und spielte für Ding Xiaolu einen Stein aus. »Allein schon, darüber zu reden.«

»Er schreibt nämlich einen Roman – Pöng!« sagte Ding Xiaolu und sicherte sich den gerade abgelegten Stein für einen »Joker-Pasch«, den sie jetzt absetzte.

Liu Huiyuan und ich sahen uns an und platzten los: »Da ist noch einer auf den Hund gekommen! Wieso bloß alle auf den gleichen?« frotzelte Liu.

»Was denn, habt ihr etwa auch angefangen zu schreiben?« fragte Yu Guan feixend. »Kann doch wohl nicht wahr sein! Euch geht's doch nicht schlecht, oder?«

»›Roter Drachen‹! Nimmt ja kein Ende mit den Dingern.« Fettmops Wu setzte sich auf und zog an seiner Zigarette. »Du, das wird nichts«, meinte er zu Yu Guan. »Absolut tote Hose! Hast du das noch nicht gehört? Wer keinen Job hat in dieser Stadt, der sattelt jetzt um und geht unter die Künstler. Du hast Stimme? Okay, wirst du'n Popstar. Du bist gut zu Fuß? Wirst du Stardancer. Du kannst gut lügen? Dann ist die Schriftstellerei dein Ding. Der Staat kann dir auch keinen Job geben. Noch mehr Händler geht nicht – die Parterrewohnungen zur Straße zu sind eh schon alles Läden. Da ist echt guter Rat teuer!«

»Ja, total beschissen«, sagte Yu Guan kopfnickend. »Du weißt genau, du machst dich zum Affen, aber du tust es halt doch, denn als besserer Schnorrer kriegst du ja langsam Komplexe.«

Ich konnte das nur bestätigen: »Eben! Wir wär'n gern gut anstatt so roh, doch die Verhältnisse, die sind nicht so.«

»Also, ich seh das ganz anders« sagte Liu Huiyuan, spielte einen »Kreise-Neuner« aus und ordnete seine Steine neu. »Ein Job kann noch so schmutzig und mühsam sein, gemacht werden muß er ja doch. Wenn du's nicht machst, ist irgend 'n anderer armer Hund dran – willst du dem das wirklich antun?«

Alle stimmten zu: »Genau! Bei uns ist eh nichts mehr zu machen. Opfern wir uns halt! Gerät immerhin ein Jugendlicher weniger auf die schiefe Bahn, das ist doch auch schon was!«

»Und wenn die Leute uns verachten – soll'n sie ruhig!« redete Liu Huiyuan mir eindringlich zu. »Wir werden nicht mit dem Schicksal hadern, was? Schuld sind wir schließlich selbst. Warum haben wir als Kinder nicht fleißiger gelernt? Geschieht uns ganz recht, daß wir jetzt Schriftsteller werden müssen! Uns selbst verachten, das könnte denen so passen! Unwürdig sind wir zwar, aber unsere Ideale lassen wir uns nicht nehmen! Dem Schlamme entsprossen, befleckt doch kein Schmutz die Schönheit des Lotus – die Scheißhausbewohner stört nicht der Gestank in ihrer Umgebung. Und wenn nach durchlittenem Leid die Brüder einander begegnen, vergessen sie lachend Liebe und Haß.«

»Bloß, zu Herzen geht's einem halt doch«, sagte ich, den Tränen nahe, und legte aufs Geratewohl irgendeinen Stein ab. »Wo man seit seiner Kindheit voller Ideale, voller Ehrgeiz war und davon geträumt hat, als strahlender Held für Tugend und Recht zu kämpfen, Großes zu tun, es weit zu bringen… Und nun, wo ich erwachsen bin… Ach, das Leben ist hart…«

Ich flennte jetzt richtig. »Wenn mein Papa noch lebte und erführe, ich mache auf Schriftsteller, der würde mich glatt totschlagen.«

»Sag doch nicht so was!« Auch Fettmops Wu sah aus, als würde er gleich zu weinen anfangen. »Uns kommen ja auch fast die Tränen.«

Schnell wischte ich mir die Augen trocken. »Alles wegen mir!« sagte ich und zwang mir ein Lächeln ab. »Los, spielen wir weiter! Schluß mit dem Rumgejammer! Reden wir von was Lustigem. Vorgestern hab ich auf der Straße 'n Geldbeutel gefunden.«

»Verzeihung, aber ich mache Mah-Jongg«, sagte Ding Xiaolu, etwas schuldbewußt, und legte langsam ihre Steine offen. Eben hatte ich den »Bambus-Dreier« rausgelegt, der ihr gerade noch gefehlt hatte.

»Was wollt ihr eigentlich schreiben?« fragte Yu Guan, als das zweite Spiel begonnen hatte. »Ich meine«, sagte er und zog an seiner Zigarette, »welche Richtung, welcher Stil?«

»Wir dachten so an Literatur der Sorge um Volk und Vaterland«, antwortete ich stellvertretend auch für die beiden anderen.

»Na, so'n Zufall!« meinte Yu Guan. »Genau wie ich.«

»So ist das eben.« Ich beschloß, einen Pasch »Bambus-Einser« zu zerreißen. »Kein Wunder. Wenn man so viele Jahre mit der Kommunistischen Partei verheiratet ist, da entwickelt sich eben viel Gemeinschaftssinn.«

»Außerdem fällt's einem im reiferen Alter schwer, was Neues zu lernen«, meinte Liu Huiyuan und legte ebenfalls einen »Bambus-Einser« aus. »›Eins-Bambus‹ – zu viel Abwechslung kann nur schaden.«

»Aber außer uns paar Versagern gibt's in ganz China keine anderen versprengten Vasallen mehr, die loyal sind bis in den Tod.« Ich kippte meine Spielsteinreihe um, damit mir niemand hineinschauen konnte. »Gleich bin ich fertig – fehlt nur noch ein Stein.«

»Sorge um Volk und Vaterland, darüber schreibt's sich schwer!« sagte Yu Guan. »Wen Tianxiang dichtet sein *Lied von Anstand und Moral*, und es klingt toll. Unsereins könnte sieben solche Lieder machen, und es würde sich immer noch anhören wie purer Hohn und Spott.«

»Stimmt«, meinte Liu Huiyuan, ohne den Blick von den Steinen zu lassen. »Aber über alles, was schlecht ist, könnte ich ganze Romane schreiben. Alle wissen über die Krankheit Bescheid, bloß keiner hat ein Rezept. Ist ja auch nicht so leicht, eine Medizin für den Staat zu verschreiben.«

»Sagt mal, meint ihr nicht, es wird ein bißchen eintönig, wenn ihr alle in Sorge um Volk und Vaterland macht?« Ding Xiaolu legte einen »Schriftzeichen-Zweier« ab und drehte ebenfalls ihre Spielsteinreihe um. »Vielleicht könnten einige sich auf Moderne Literatur verlegen? Über die Melonenkerne knackende Landbevölkerung schreiben? Oder so.«

Liu Huiyuan kippte seinerseits seine Spielsteinreihe um und antwortete: »Landeier sind meine Spezialität, war doch achtundsechzig zwei Monate im Landeinsatz. Was da auf dem Dorf abgeht an Schweinereien, das hab ich alles gesehen und gehört. Und gemacht.«

»Okay, dann bist du der Mann fürs idyllische Landleben«, entschied ich. »In wilder Ehe leben, heimlich von zu Hause ausreißen, nichts zu futtern haben, nicht vom Ofenbett runterkommen, weil die Familienhose gerade unterwegs ist, vom Parteisekretär gebumst werden, bunt durcheinander ficken, all so'n Scheiß, der in der Stadt natürlich gar nicht vorkommt, den kannst du den Landeiern anhängen. Lesen können die ja eh nicht.«

»Die Bauern können nicht lesen, doch für die Städter wird's 'ne Gaudi«, stimmte Fettmops Wu zu, wobei er ebenfalls seine Spielsteinreihe umkippte. »Aber an den Gestaden des Gelben Flusses müssen deine Geschichten spielen! Fruchtbare Lößböden, Wiege der chinesischen Kultur und so. Da kannst du die schlimmsten Sachen über die Leute schreiben und wirst dennoch gelobt. Weil du die Dinge historisch siehst.«

»Anscheinend fehlt allen nur noch ein passender Stein!« Mit gespannter Aufmerksamkeit achtete ich darauf, was die anderen abwarfen, nahm dann entschlossen selbst einen Stein von der Mauer und rief beschwörend dazu: »Selbst gezogen!«

»Selbst gezogen!« riefen auch die anderen, als sie – ebenso voller Hoffnung auf den richtigen und ebenso vergeblich wie ich – ihre Steine nahmen.

Aber dann knallte – »Selbst gezogen!« – Liu Huiyuan den gerade gezogenen »Bambus-Siebener« auf den Tisch und deckte seine Spielsteinreihe auf: »Los, jetzt wird Kasse gemacht!«

Während ich bezahlte, tadelte ich die mir am nächsten sitzende Ding Xiaolu: »Du bist einfach zu knickrig. Keinen einzigen passenden Stein hast du für mich abgelegt!«

»Für mich hat ja auch niemand einen abgelegt«, erwiderte das Mädchen lächelnd. »Aber laß man, nächstes Mal sorge ich besser für dich!«

»Ich verlaß mich auf niemand!« sagte ich und baute meine Reihe auf. »Selbst gezogen! – Das ist meine Losung.«

»Also, nimmst du nun das Landleben oder nicht?« wollte Fettmops Wu von Liu Huiyuan wissen. »Sonst würde ich mich erbarmen.«

»Da will ich mal nicht so sein, ich weiß doch, du wartest auf 'ne Chance, Oma und Opa durch den Dreck zu ziehen.«

»Ich bin dagegen, daß er Dorfliteratur schreibt«, sagte Ding Xiaolu. »Fettmops Wu quatscht immer so wirres Zeug, der ist doch wie geschaffen zum Modernisten.«

Darauf Liu Huiyuan: »Sag mal, bist du schwer von Kapee oder was? Der will doch übers Bumsen schreiben!«

»Dann machen wir am besten 'ne eigene Richtung auf«, schlug Yu Guan vor. »Spezialist für Sexbücher – das wär's doch!«

»Okay«, stimmte Fettmops Wu zu. »Modernistische Pornos – klasse!«

Schmunzelnd sagte ich zu Yu Guan: »Bleiben also bloß wir beide für die Sorge um Volk und Vaterland, wo die anderen sich dafür zu schade sind.«

Aber Yu Guan wehrte ab: »Ach, ich mach mir auch keinen Kopf um Volk und Vaterland. Die verlorene Generation – das ist mein Ding! Bißchen gegen den Strom schwimmen, gegen die *political correctness,* verstehst du?«

»Haut bloß nicht hin! Irgendwann stehen wir anderen dann auf der Bühne, rote Blume vorm Latz, und fassen 'n Preis ab. Du aber sitzt unten und kriegst eins übergebraten.«

»Kein Problem! Kulturelle Vielfalt heißt die Devise. Da kommt doch Stimmung auf! Und daß ihr mir dann nicht zimperlich seid – richtig losknüppeln müßt ihr auf mich, unversöhnlich und kompromißlos. Nur so kannst du heute 'n Bestseller landen!«

»Das könnte dir so passen!« sagte Fettmops Wu. »Den Teufel werden wir tun – loben werden wir dich! Als Propagandisten der Mao-Zedong-Ideologie!«

»Zu loben wird's an meinen Werken nichts geben.«

»Irgendwas finden wir schon, und wenn's an den Haaren herbeigezogen ist. Du bist in Wirklichkeit ganz edel, ganz unschuldig, werden wir sagen, aber wo du Unrecht siehst, da packt dich heiliger Zorn.« Nach diesen Worten wandte Fettmops Wu sich zu mir um: »Mir fällt gerade ein, uns fehlt noch ein Kritiker, 'n Profi, der die Gullys saubermacht.«

»Hm, du hast als einzige noch keinen Job«, sagte ich mit Blick auf Ding Xiaolu.

»Okay, ich mach's«, sagte sie. »Aber ihr müßt zusammenlegen und mir'n paar ausländische Fachbücher kaufen.«

»Geht in Ordnung!« sagte ich. »Heute abend kassiert keiner, okay? Alle Gewinne gehen an Ding Xiaolu für Importbücher. Ausländische Kanonen schießen halt besser – haben schon die Kaiser gewußt!«

Wir spielten die ganze Nacht durch. Morgens um zwei Uhr erschien An Jia auf der Suche nach mir. Ich müsse jetzt nach Hause kommen. Ich entgegnete, sie solle nicht stören, wir seien mitten in einem Gespräch über künstlerische Schaffensprobleme. Dann erzählten wir ihr, was wir gerade beschlossen und auf welche Arbeitsteilung wir uns verständigt hatten. An Jia war darüber alles andere als erfreut und wollte wissen, wieso immer nur ihr Fang Yan – also ich – in die Pfanne gehauen würde. Immer fielen mir die undankbarsten Aufgaben zu, dagegen sei ich anscheinend nicht vorhanden, wenn es um etwas Vorteilhaftes gehe. Ich wies sie mit ernster Miene zurecht: Wie sie so etwas sagen könne? Daß die anderen mich für die offiziell anerkannte, seriöse Literatur eingeteilt hatten, sei doch ein Vertrauensbeweis, eine Ehre! Ich sei eben als einziger fähig, denen da oben zu lobhudeln. An so was könne man selbstverständlich keinen blutigen Anfänger heranlassen.

»Ich habe nichts dagegen, daß du den Hofdichter machst«, entgegnete An Jia. »Der springende Punkt ist bloß, wer einen Hund hält, muß ihn auch füttern! Umsonst ist der Tod! Wenn du jetzt hingehst und mit denen da oben verhandelst und sie versprechen dir, sie sorgen für dich, geben dir 'ne nette kleine Funktion und 'nen Titel, teilen dir 'ne Wohnung zu und zahlen 'ne Unterhaltsbeihilfe – na, da könntest du von mir aus der schlimmste Kuppelmacker sein, das wär mir dann auch egal.«

»Bloß, vorher mußt du erst mal was vorweisen, wie willst du dich sonst bei denen einschmeicheln? Du könntest ja schließlich 'n ganz falscher Fuffziger sein! Deine Ergebenheit nur spielen! Du mußt ihnen Zeit lassen, dich zu beobachten. Das ist wirklich wie bei einem Hund, da hast du recht. Den muß man ja auch erst mal 'ne Weile füttern, ehe man weiß, ob er treu und ergeben das Haus bewacht oder undankbar ist und die Hand beißt, die ihn füttert.«

»Mieser Schleimer!« An Jia sah mich voller Verachtung an. »So was Schäbiges!«

»Okay, ich bin 'n Schleimer – na und!« Ich warf mich in die Brust. »Für mich ist das 'ne Ehre! Macht mich nur alle fertig, hackt nur alle auf mir herum, das kratzt mich überhaupt nicht. Ist ja auch nicht so, daß ich mich vor Außenstehenden zum Affen mache – immerhin handelt es sich um unser eigenes Land.«

Fettmops Wu versuchte zu vermitteln: »Kommt, ihr beiden Streithähne, vertragt euch. Für An Jia ist's hart, ganz klar, aber Fang Yan ist doch auch ein unbeugsamer Kämpfer für die gerechte Sache.«

»Du hast ja keine Ahnung«, klagte An Jia unter Tränen, »wie's bei uns aussieht. Gerade, daß das Kind seine drei Mahlzeiten pro Tag kriegt. Wir Eltern müssen uns bei einer Mahlzeit um eine Portion streiten. Wer nicht schnell genug ist, geht leer aus. Ich hab nichts dagegen, daß er den Leuten in den Arsch kriecht, aber kann er sich dafür nicht jemand anders aussuchen? Der bißchen mehr Geld hat als ausgerechnet Partei und Regierung? Bei denen bringt das doch nichts ein.«

Ich sprang auf. »Was willst du damit sagen?« schrie ich. »Hast du überhaupt keine Prinzipien mehr? Würdest du dich vielleicht bei den Guomindang-Leuten anwanzen, bloß weil sie dir Geld geben? Moral und Integrität von uns Intellektuellen – bedeutet dir das gar nichts mehr?«

»Ihr habt ja beide recht«, schaltete sich Fettmops Wu eilig wieder ein. »Alles meine Schuld, alles mein Fehler! Zufrieden? Ich bin ein Idiot, ich bin ein Unmensch! Und ihr seid alles unbescholtene, aufrechte Menschen, verdammt noch mal, lauter zu Unrecht Verfolgte!«

»Ich finde, wir sollten Fang Yan aus der Bredouille helfen«, sagte Liu Huiyuan. »Losen wir doch! Jeder zieht ein Los und macht, was draufsteht. Da gibt's keinen Streit, und da kann sich keiner drücken.«

»Einverstanden! Richtig!« schlossen Yu Guan und Ding Xiaolu sich an.

Fünf Lose wurden gefaltet, eins für jede Stilrichtung. Liu Huiyuan nahm sie zwischen die hohlen Hände, schüttelte sie und ließ sie dann auf den Tisch fallen. Jeder griff sich ein Los und faltete es auf.

So und nicht anders begann die Große Umstrukturierung der Literaturszene!

Fettmops Wu und Liu Huiyuan tauschten die Richtung: ersterer bekam die Dorfliteratur, letzterer Modernismus plus Sex. Ich übernahm von Yu Guan das Ressort Gesellschaft, während Ding Xiaolu an meiner Stelle zur offiziellen Literatin und Yu Guan zum Kritiker bestimmt wurde.

»Dabei bleibt's jetzt! Tauschen ist verboten«, sagte Liu Huiyuan. »Jeder kämpft für sich allein.«

Am Morgen stieg der rote Ball der Sonne langsam zwischen den Wohnblocks vor den Fenstern hoch und überschüttete die Menschen mit hellem Licht. Ein wenig feierlich nahmen wir Abschied, nicht ohne das Versprechen, dieses Tages stets zu gedenken und nach zwanzig Jahren abermals in derselben Runde zusammenzukommen.

»Gleiche Stunde, gleicher Ort! Aber dann wird nicht Mah-Jongg gespielt, sondern wir heben das Glas auf die siegreichen Helden! ›In fröhlicher Runde schwingt dann zu den farbigen Wolken sich auf unseres Lieds heller Klang.‹«

2

Neben einem dreirädrigen Pritschenkarren am Straßenrand, der zum Bücherstand umfunktioniert worden war, stand Yu Guan und blätterte in der ausgelegten Herz-Schmerz-Literatur, lauter Schwarten über Liebesglück und Liebesleid sowie – ganz modern! – Scheidungsgeschichten. Plötzlich haute ihm jemand von hinten in die Kniekehlen, so daß er um ein Haar einen Fußfall gemacht hätte. Er drehte sich entrüstet um, bereit, mit den Fäusten auf den Übeltäter loszugehen: »Scheißkerl ...!«

»Hier bin ich!« rief jemand direkt vor seiner Nasenspitze.

Es war Ma Qing, der Yu Guan mit tieftraurigen Augen anschaute.

»Ach, du bist's!« Yu Guans finstere Miene klärte sich auf.

»Hör auf! Tu nicht so vertraulich«, wehrte der andere mit gramvoller Stimme ab, das Gesicht voller Kummerfalten. »Ich dachte immer, Kumpel teilen alles, und was ist?«

»Wieso?« wunderte sich Yu Guan. »Ich hab in letzter Zeit auch nur Reisschleim zu fressen gekriegt – hab schon Minderwertigkeitskomplexe, wenn ich 'ne Kneipe bloß von fern sehe.«

Als hätte er diese Worte gar nicht gehört, fuhr Ma Qing

fort: »Ich frage dich, hab ich dich jemals vergessen, wenn irgendwas Gutes anlag?« Und wiederholte, Yu Guan immer noch unverwandt anblickend: »Hab ich an dich gedacht oder nicht?«

»Bloß, wann lag denn bei mir was Gutes an?« wehrte Yu Guan ab. »Seit Monaten geht's mir total beschissen.«

»Warum wollt ihr mich nicht dabeihaben bei eurer Schriftstellerei?« entgegnete Ma Qing kummervoll. »Bin ich euch nicht gut genug?«

Jetzt ging Yu Guan ein Licht auf: »Ach, das meinst du! Was Gutes soll das sein? Da bist du der erste, der das findet.«

»Wieso kann ich denn nicht Dichter werden?« beharrte Ma Qing. »Weil ich nicht dicht bin im Kopf? Andere sind auch nicht dichter!«

»Du bist mir einfach zu schade dafür. Bei mir kommt's nicht mehr drauf an, aber du bist noch jung, aus dir kann noch was werden. Bleib lieber sauber und nähre dich redlich!«

»Was heißt zu schade? Ich bin mir aber nicht zu schade! Du, wir sind doch Freunde, oder? Freunde teilen Freud und Leid, oder? Außerdem – man lebt nur einmal, du weißt doch gar nicht, wie gut du's hast, wenn's dir nicht ab und zu auch mal bißchen dreckig geht, oder?«

»Hm, wenn du das so siehst...« Yu Guan verzog das Gesicht. »Also, von mir aus.«

Ma Qing strahlte und faßte Yu Guan freundschaftlich um die Schulter. »Ich hab's ja gewußt, du reißt deinen Kumpel vom Abgrund zurück, du läßt ihn nicht fallen! Oder fällst wenigstens mit ihm zusammen.«

Yu Guan nickte zustimmend. »Bloß, ich kann das nicht allein entscheiden, die anderen müssen auch ihr Okay geben. Wir haben nämlich jetzt so was wie 'ne Art Organisation.«

»Also, mit der Lobhudelei habt ihr mich voll verladen!« Mit diesen Worten empfing Ding Xiaolu, die an ihrem Schreibtisch hockte und ganz erschöpft aussah, Yu Guan und Ma Qing. »Seit einer Woche sitze ich jetzt hier und hudele und hudele, bloß raus kommt kein Lob – nur Beschwerden!«

»Ja, das Arschkriechen ist halt echt 'ne Wissenschaft für sich«, pflichtete Yu Guan ihr seufzend bei. »Noch dazu, wo wir als Schriftsteller unsere Maßstäbe haben – zu sehr an der Oberfläche kann man nicht bleiben, das muß schon bißchen tiefer gehen.«

»Eben!« Ding Xiaolu starrte verzweifelt auf ihr Manuskript. »Gerade mal der Titel klingt noch nach Lob, aber sonst… Ein einziger Verriß!«

»Wie heißt denn der Titel?« fragte Ma Qing, der näher getreten war und das Manuskript durchblätterte. »Aha: *Echt tiefsinnig* – klingt super. Total schade, wenn du das Buch nicht schreiben würdest.«

»Zur Not müßte man's so machen…« dachte Ding Xiaolu laut vor sich hin. »Titel: *Echt tiefsinnig*. Autor: Ding Xiaolu. Darunter, wie's jetzt in vielen Büchern Mode ist, Klammer auf ›An dieser Stelle wurden 1,2 Millionen Schriftzeichen getilgt‹ Klammer zu. Schluß: ›Geschrieben in der Klause des herbstlichen Windes und Regens in dem und dem Monat des Jahres sowieso.‹«

»Ja, zur Not müßte man's so machen«, stimmten die beiden Burschen zu. »Wär zu schade um den schönen Titel.«

»Übrigens«, wechselte Yu Guan nun das Thema, »wir wollten was mit dir besprechen. Ma Qing möchte unserem Verband beitreten.«

»Ehrlich, ich seh keinen anderen Ausweg für mich«, bestätigte Ma Qing. »Sonst würde ich mich da bestimmt nicht reindrängeln, das könnt ihr mir glauben, immerhin bin ich groß und kräftig und hab 'n Gesicht zu verlieren. Schon daß ich euch hier um Hilfe anhauen muß, find ich ätzend. Kann euch ja echt nicht mehr in die Augen kucken.«

Ding Xiaolu meinte: »Ich habe nichts dagegen. Ich finde immer, wo einer ißt, sollen die anderen auch nicht hungern. Das Problem ist nur, werden Fang Yan und die anderen zustimmen? Dazu kann ich natürlich überhaupt nichts sagen.«

»Reden wir mit ihnen«, schlug Yu Guan vor. »Böse mögen sie ja sein, aber ihr mitleidiges Herz werden sie sich wohl bewahrt haben.«

»Meinst du, wir kommen an sie ran? Wir hatten uns nämlich neulich geeinigt, uns in zwanzig Jahren wieder zu treffen«, erläuterte Ding Xiaolu Ma Qing. »Besser wär's gewesen, du hättest dich früher gemeldet, dann wärst du mit den anderen zusammen eingetreten. Jetzt stecken die wahrscheinlich tief im schöpferischen Schaffensprozeß und empfangen niemanden – man weiß doch, wie lästig da jede Störung ist.«

»Ich hatte ja vorher keinen Schimmer! Gestern – ich hab

gerade 'ne Flasche Sojasoße gekauft und bei der Gelegenheit 'n paar Lose von der Aufbau-Lotterie mitgenommen – da höre ich die Alte von der Fahrradaufbewahrung brabbeln: ›Alle Gauner in der ganzen Stadt sind jetzt plötzlich Schriftsteller!‹ Ich stell bloß schnell die Sojaflasche ab und mach mich wieder auf die Socken – halb Peking hab ich abgeklappert, ehe ich endlich Yu Guan gefunden habe.«

»Los, wir probieren's«, sagte Yu Guan zu dem Mädchen. »So eifrig werden sie ja wohl nicht schreiben, daß sie nicht mal 'ne Sekunde für 'n Kumpel übrighaben.« Und Ma Qing fragte er: »Stehst du dich eigentlich gut mit Fang Yan?«

»Im Kindergarten waren wir in einer Gruppe. Haben uns immer gekloppt.«

»Dann ist's okay! Da sieht die ganze Sache gleich viel besser aus.«

»Pst!« Ich legte den Finger an die Lippen und ermahnte Fettmops Wu: »Mach doch mal bißchen leiser, die Nachbarn brauchen ja nicht alles zu hören.«

Wir beide und Liu Huiyuan mischten vorsichtig die Mah-Jongg-Steine, stellten lautlos unsere Reihe auf und legten behutsam aus: »›Grüner Drachen‹.«

Plötzlich klopfte es laut und vernehmlich an der Wohnungstür.

»Gar nicht beachten! Wir tun so, als wäre niemand da.« Mucksmäuschenstill spielten wir weiter.

Das Klopfen wurde immer heftiger, und jetzt war von draußen Ding Xiaolus Stimme zu vernehmen: »Fettmops Wu, mach auf! Ich weiß, du bist zu Hause.«

»Pöng! ›Kreise-Vierer‹.«

»Nehm ich mal rein – ›Kreise-Einser‹.«

»Mah-Jongg!«

»Machst du jetzt die Tür auf oder nicht? Sonst schraub ich die Scharniere ab! Los, Yu Guan, hol 'n Schraubenzieher.«

»Schätze, ich muß doch mal nachsehen.« Fettmops Wu hielt es nicht mehr auf seinem Stuhl. »Hab bißchen Schiß wegen unserem Eingangsbereich.«

Ich ärgerte mich. »Die tickt wohl nicht richtig, diese Ding Xiaolu! Kann die nicht zu Hause bleiben und schreiben, wie's sich gehört? Wieso kommt die jetzt angeschissen? Und macht hier Terror, wenn du nicht zu Hause bist?«

»Ihr sagt keinen Mucks, okay? Ich frag mal, was sie will«, sagte Fettmops Wu, machte die Zimmertür hinter sich zu und ging die Flurtür öffnen. »Komme ja schon!« Und gleich darauf: »Mußt du ausgerechnet jetzt stören? Wo's gerade so schön flutscht.«

»Sind Fang Yan und Liu Huiyuan hier?« fragte Ding Xiaolu, bereit hereinzustürmen, Yu Guan und Ma Qing im Schlepptau.

»Nein. Wieso?« antwortete Fettmops Wu, der sich in voller Breite in die Tür gestellt hatte. »Wir treffen uns als alte Leute wieder – so war's ausgemacht. Nur du hältst dich nicht an die Regeln. Achtmal habe ich dich diese Woche schon gesehen!«

»An Jia hat aber gesagt, sie sind bei dir.« Mit diesen Worten schob Ding Xiaolu ihn beiseite. »Laß mich durch! Ich kucke selbst mal nach!«

Und schon war sie an der geschlossenen Zimmertür, hinter der wir versteckt waren.

»Geh nicht rein! Die Mieze da drin ist noch nicht angezogen«, rief Fettmops Wu hinter ihr her. »Wie find ich denn das? Rückt einem Genossen einfach auf die Bude und marschiert in sein Schlafzimmer!«

»Mir kannst du viel erzählen!« fertigte ihn Ding Xiaolu ab und riß die Tür auf. Wir saßen da und kicherten etwas verlegen. »Aha«, sagte sie, »ihr sperrt also die eigene Kollegin aus! Hockt hier zusammen ohne mich und laßt's euch wohl sein!«

»Was du aber auch immer gleich denkst!« entgegnete ich treuherzig. »Das hier ist 'ne Arbeitsberatung!«

»Ah ja? Die Mah-Jongg-Nationalmannschaft beim Training! Immer fleißig! Übung macht den Meister, was?«

Wir ließen Ding Xiaolus Hohn vornehm an uns ablaufen und begrüßten Ma Qing mit Handschlag: »Wie kommt's denn, daß du dir mal Zeit nimmst für uns?«

»Ich grüße die jungen Herren untertänigst«, rief Ma Qing und fiel mit einem Plumps vor mir auf die Knie.

»Also, was soll denn das nun wieder!« Schnell trat ich vor, um ihm aufzuhelfen. »Du zwingst mich noch, vor dir auch 'n Kotau zu machen!«

»Wenn du nicht ja sagst, mach ich mit diesem Kopf auf diesem Fußboden so lange Kotau, bis das Gehirn herausspritzt!« schwor Ma Qing und zeigte dramatisch auf seine Stirn.

»Klar sag ich ja! Zu allem! Und wenn der Herr verlangt, ich soll auf der Stelle aus dem Fenster hopsen, ich werde nicht zögern!«

»So ernst war's nun auch wieder nicht gemeint.« Ma Qing sprang kichernd auf. »Ich will doch bloß in euren Dichterklub. Wie ist es – ja oder nein?«

»Ach, das ist es also!« Ich ließ Ma Qing los und begann, im Zimmer auf und ab zu gehen, den Zeigefinger gedankenvoll an die Wange gepreßt. »Du, das will gut überlegt sein. Gibt's denn schon Werke von dir?«

»Von mir? Werke?« Ma Qing sah sich wild um, stürzte zum Bett und schlug mit dem Kopf immer wieder gegen die Matratze, wobei er schrie: »Ich will nicht mehr leben! Wär ich doch tot!«

»Hör auf!« Erschrocken sprang ich hinzu und versuchte, ihn festzuhalten. »Gafft nicht!« rief ich den anderen zu. »Tut doch was!«

Fettmops Wu trat in Aktion. Wie ein Kragenbär den Maiskolben, so klemmte er sich Ma Qing unter die Achsel. Der strampelte noch ein Weilchen weiter, bis er merkte, daß er nicht loskam. Da wurde er ruhig, schloß ergeben die Augen und seufzte nur noch, während ihm die Tränen über das Gesicht liefen. Nur ab und zu warf er einen scheelen Seitenblick auf mich.

Ich stand daneben, die Hände ehrfurchtsvoll vor der Brust übereinandergelegt, und sagte mit einer tiefen Verneigung: »Wir haben überhaupt nichts gegen Sie, mein Herr, bloß weil Sie momentan noch nichts vorzuweisen haben. Die Tür steht Ihnen weit offen! Die Entscheidung liegt allein bei Ihnen – Sie müssen sich das aber gut überlegen. Keine übereilten Entschlüsse! Wer so was macht, auf den zeigen die Leute mit Fingern! Ziehen über ihn her, daß seine Ahnen nur so im Grabe rotieren!«

»Wo ich schon so viele Jahre bei der Clique bin!«

»Eben! Eigentlich brauchten wir keinen Zweifel mehr zu hegen, bloß – ist der Herr nicht schon vor langer Zeit in aller Form ausgeschlossen worden? Das hat uns doch wieder ein bißchen unsicher gemacht. Könnte es sein, daß Sie sich verändert haben?«

»Überhaupt nicht!«

»Nicht? Wozu sind Sie dann ausgeschlossen worden? Das ist doch gegen die Logik.«

»Verdammt noch mal, ist doch alles 'n Mißverständnis. Na ja, da ist natürlich auch noch 'n anderer Grund: Es gibt zu viele talentierte Leute. Verglichen mit den Neuen erscheinen wir alten Genossen halt total halbgewalkt.«

»Okay.« Ich sah Liu und Wu an und verkündete dann meinen Spruch. »Also: Wenn Sie noch der alte sind, sind die Voraussetzungen, bei uns einzutreten, voll und ganz gegeben – wir wählen Sie zu unserem Lehrer!«

Fettmops Wu ließ Ma Qing los, der vor Freude strahlte und uns treuherzig versicherte: »Ein Gutes hab ich – ich gebe nicht an, sondern mache Nägel mit Köpfen! Ihr werdet's nicht bereuen, daß ihr mir vertraut. Ich verschaffe euch genug Vorteile, wartet's nur ab.«

»Oh, ja, im Vorteile wittern bist du Meister!«

»Also gut«, schaltete sich Fettmops Wu ein, »dann verschaff uns erst mal was zu essen.«

»Wenn's weiter nichts ist! Essen satt – das ist doch wohl das mindeste! Ich sage euch, keine drei Monate, dann wird euch schon schlecht, wenn ihr Speisen nur seht! Keine drei Monate, und ihr rennt schreiend davon, sobald ihr 'ne Tussi bloß vor die Pupille kriegt!«

»Okay, da haben wir wohl wirklich mal 'ne gute Wahl getroffen. Warten wir also ab.«

»Und noch was«, fuhr Ma Qing selbstzufrieden fort. »Um alles Geschäftliche braucht ihr euch keinen Kopf zu machen. Dafür bin ich jetzt da. Ihr könnt euch voll auf eure schöpferische Arbeit konzentrieren. Kommt was dabei raus, ist's gut, wenn nicht, ist's auch kein Problem. Wir werden trotzdem berühmt, und alle werden uns verehren und lieben. Wie heißt's immer? ›Am weitesten bringen's noch immer die schlechtesten Leute, mit bloßen Händen stets greifst du die fetteste Beute!‹«

»Dann fang mal an«, sagte Liu Huiyuan, »und besorg uns unser Mittagessen.«

Die feierliche Stille in den kaiserlichen Gärten hinter den zinnoberroten, von gelben Majolikaziegeln bekrönten dicken Palastmauern stand in krassem Gegensatz zu dem Lärm des Basars zu Füßen der Mauer und der hektischen Betriebsamkeit des belebten Einkaufsboulevards unweit davon.

Auf der Treppe eines Altwarenladens lungerte eine kleine Schar Müßiggänger – Typ: gelglänzende Tolle, Röhrenhosen, spitze Stiefel –, die Hände in den Taschen vergraben, und schaute betont gelangweilt in die Runde. Unter ihnen befanden sich Ma Qing und Yu Guan, in Aufzug und Haltung nicht von den anderen zu unterscheiden.

Wenn diese freischaffenden Devisenschieber ein potentielles Opfer unter den Passanten witterten, gleich ob jung oder alt, männlich oder weiblich, fragten sie verschwörerisch flüsternd:

»Change dollars?«

»Haben Sie Jappies?«

»Tauschen Sie Honkies?«

Nur Ma Qing und Yu Guan fragten etwas anderes: »Möchten Sie Schriftsteller bewirten?«

»Nein!« Eine modische junge Dame stutzte und ging, etwas verunsichert, weiter.

»Hab ich gerade erst gemacht«, so die höfliche Antwort eines würdigen älteren Herrn. »Jetzt will ich zur Abwechslung mal bloß mich selbst bewirten.«

»Hab ich gerade erst gemacht«, antwortete auch ein offensichtlich wohlsituierter junger Mann. »Wenn ihr Pop- oder Kinostars im Angebot hättet, tät ich's auch noch mal.«

»Außer uns sind, scheint's, alle Schreiberlinge dieser Stadt schon mal eingeladen worden«, sagte Yu Guan.

»Ist sinnlos, hier rumzuwarten«, befand Ma Qing nach intensivem Nachdenken. »Wir müssen uns was anderes einfallen lassen... Ich hab's!« Er schlug sich vor die Stirn und lachte befreit, als sei ihm gerade die Erleuchtung gekommen. Wichtig flüsterte er Yu Guan etwas ins Ohr.

»Meinst du wirklich?« Yu Guans Reaktion war nicht gerade begeistert.

»So, wie's jetzt aussieht, geht's nicht anders«, drängte Ma Qing und zog den Widerstrebenden weiter. »Komm! Wir suchen uns 'ne Stelle, wo richtig was abgeht.«

Die beiden überquerten eine Straße und gelangten zu einer belebten Kreuzung. Dort tauchte Yu Guan plötzlich in der Menge unter. Ma Qing übte im stillen noch einmal seinen Text. Dann brüllte er los, den Kopf in den Nacken gelegt: »Alle mal herschaun. Viel Spaß für wenig Geld. Für zwei Zehner sind Sie dabei: Mittagessen mit fünf Dichtern! Nur noch Restposten im Angebot – für Schnellentschlossene.«

Mit großen Schritten eilte Yu Guan herbei und rief schon von weitem, als ob er fürchte, zu spät zu kommen: »Ich nehme fünf! Ich nehme fünf!«

»Dieser Genosse nimmt fünf. Noch jemand? Letzte Gelegenheit! Wir sind gleich ausverkauft!« redete Ma Qing wie ein geübter Marktschreier auf die Neugierigen ein, die stehengeblieben waren.

»Wirklich preiswert«, wandte sich auch Yu Guan an die Umstehenden. »Wo man heute für vier Yuan nicht mal 'n Meter Baumwollstoff kriegt.«

»Genau!« stimmten zwei Männer mittleren Alters zu. »Außerdem sind wir keine starken Esser. Paar gefüllte Teigtäschchen, 'n kaltes Gericht, 'ne Pulle Bier, das wär's schon.« Dann wandten sie sich wieder an Ma Qing: »Machen Sie sich keinen Kopf wegen Tischordnung oder so. Wir setzen uns, wie's kommt. Immer fünf an einen Tisch.«

Wie auf Kommando zückten die Ma Qing umringenden Frauen und Männer ihre Mitgliedskarten vom Schriftstellerverband, bildeten – säuberlich getrennt nach Sektionen – lange Warteschlangen und harrten geduldig der Dinge, die da kommen würden.

Ma Qing verließ fluchtartig den Ort des Geschehens.

Als Yu Guan den immer noch ganz verschreckten Ma Qing in der stillen Gasse aufspürte, in die er sich geflüchtet hatte, machte er ihm Vorwürfe: »Du warst ja weg wie 'n geölter Blitz, aber mir haben sie die Klamotten zerfetzt und das Gesicht zerkratzt! Kann froh sein, daß ich überhaupt noch lebe. Zum Glück kam der Bulle vom Revier und hat mich rausgehauen.«

»War halt Künstlerpech.« Ma Qing behielt immer noch verstohlen die beiden Ausgänge der Gasse im Auge. Als er sah, daß ihm tatsächlich kein mordlustiger Schriftsteller auf der Spur war, beruhigte er sich. »Kann ja keiner ahnen, daß heute alle Dichter Ausgang haben«, meinte er.

Yu Guan betastete vorsichtig die Kratzer auf seiner Wange, sog geräuschvoll kühle Luft ein und betrachtete die Blutspuren auf seinen Händen.

»›Ist das Vaterland in Not, erinnert man sich an den guten General‹: Wäre Yang Zhong dabeigewesen, wäre mir diese – Unbill erspart geblieben!«

Auch Ma Qing seufzte: »Und ich würde jetzt auch nicht so blöd dastehen, als hätt ich nur eine Hand zum Klatschen. Wo steckt der Kerl bloß? Einfach weggetaucht, spurlos verschwunden wie der Gelbe Kranich!«

»Vielleicht denkt er auch gerade an uns«, meinte Yu Guan. »Was ist? Geben wir's auf für heute, oder hast du noch was anderes auf der Pfanne?«

»Immer! Eben hatten wir uns halt die falsche Stelle ausgekuckt. Wer konnte denn ahnen, daß da 'n Schriftstellernest ist. Los, wir gehen zur Xidan-Kreuzung. Ich mach wieder den Ausrufer, und du bist der Mann vom Gewerbeamt. Ramschverkäufe wegen Lagerräumung sind verboten, mußt du sagen. Und den Preis setzen wir rauf: vierzig!«

»Schon wieder so 'n Schrott! Fällt dir nichts Besseres ein? Vielleicht zur Abwechslung mal was Anständiges.«

»Wenn wir fressen und saufen wollen, müssen wir tricksen. Arbeit wär natürlich anständig, klar – aber was bringt das, hä?«

»Kaufe Schriftsteller, Maler, Journalisten, Regisseure...« Erst war nur der langgezogene Ruf zu hören, dann erschien der dazugehörige Rufer, ein stumpfsinniger Alter, der an dem breiten Schultergurt mit Taschen an beiden Enden und der Bambusklapper unschwer als fliegender Händler zu erkennen war.

»Das sind alles Schriftsteller! Echte Promis.« Einer nach dem anderen wurden wir von Ma Qing dem alten Knacker vorgestellt. Dabei flüsterte Ma uns zu: »Tut mir unheimlich leid, für'n richtiges Mittagessen ist's heute zu spät. Müßt ihr ausnahmsweise mit 'nem kleinen Nachtmahl vorliebnehmen. Aber von morgen an, da kriegt ihr drei Mahlzeiten.«

»Hör mal, du hast uns den ganzen Tag hingehalten, und wir haben uns nicht gemuckst«, sagte ich zu Ma Qing. »Hühner und Enten, Fisch und Fleisch verlangen wir nicht, aber wehe dir, wenn wir bei diesem ›Nachtmahl‹ nicht satt werden!«

»Kein Problem! Fünfhundert Gramm kurz gebratene Mehlklößchen pro Nase – reicht euch das?«

»Hm, aber der Koch soll kräftig salzen. Dann mag's angehen.«

»Je fünfhundert Gramm gebratene Mehlklößchen, reichlich gesalzen!« rief Ma Qing in Richtung Küche, während er dem anscheinend gerade der Mülltonne entstiegenen Serviermädchen den Putzlappen aus der Hand nahm, der ebenfalls vor Schmutz starrte, und mit ausladenden Wischbewegungen die malerisch über den Tisch verteilten Abfälle und Pfützen beseitigte. »Na los, warum sagt keiner was? Was ihr auf dem Herzen habt – raus damit!«

»Was machten Sie noch mal beruflich?« fühlte der Alte zögernd vor.

»Schriftsteller«, antwortete ich.

»Oh!« machte der Alte und ließ den Mund gleich offen. »Schriftsteller. Muß ich mir merken, sonst halt ich Sie nachher womöglich noch für Straßenräuber.«

»Wissen Sie, alles Materielle, da stehen wir echt drüber«, erklärte ich ihm. »Normalerweise speisen wir nicht mit jedem. Sie können wirklich von Glück sagen, daß wir Ihnen heute die Ehre geben. Noch dazu so viele auf einmal.«

»O ja, dessen bin ich mir bewußt. Also, Sie essen sonst immer für sich. Bestimmt weil Sie immer so beschäftigt sind, nicht?«

»Beschäftigt ist gar kein Ausdruck!« sagte ich. »Kommen keinen Tag vor Mitternacht ins Bett. Wenn der Schaffensrausch einen erst mal überkommt…«

»Was haben Sie denn alles geschrieben?«

»Würde Ihnen eh nichts sagen«, erwiderte ich, die Augen auf den Küchenausgang gerichtet. Mein Magen knurrte, und die Finger zitterten schon leicht. »Unsere Werke könnten wir Ihnen sowieso nicht zeigen – sind nur für Insider.«

»Wenn Sie sie lesen würden, wäre alles verdorben. Wär

'ne Entweihung, sozusagen.« Die anderen tuteten in dasselbe Horn, auch sie etwas geistesabwesend. Nur mühsam konnten wir uns beherrschen; einzig Ding Xiaolu wahrte einigermaßen die Form.

»Und Sie? Was machen Sie so?« fragte Fettmops Wu den Alten, wobei er mit den Eßstäbchen gegen die Tischkante trommelte. »Man wird ja wohl mal fragen dürfen. Wo Sie uns hier so verhören.«

»Ich? Alles mache ich! Heute verkaufe ich ›Schlank-im-Nu‹, morgen ›Üppig-über-Nacht‹, manchmal auch beides gleichzeitig.«

»Und fällt jemand drauf rein?«

»Viele! Kann man gar nicht zählen.«

»Na, wir machen morgen bißchen Publicity für Sie, da werden's noch mehr.«

»Ja, deswegen habe ich Sie heute eingeladen. Sie sind ja Spezialisten für so was. Wenn ich da an mich denke... Das ist wie mit dem Zauberlehrling und dem Hexenmeister. Gehört hat man schon oft von Ihnen, bloß gekannt hat man Sie nicht. Heute endlich – ich bin hin und weg!«

»Bloß, unsereins hat's auch nicht so leicht«, sagte Fettmops Wu, sehr von oben herab. »Denken Sie nur nicht, rumspinnen – das kann jeder. Lügen will gekonnt sein, damit man's nicht merkt!«

»Selbstverständlich! Ich weiß schon, das muß man auch trainieren und langsam entwickeln. Gutes lernt sich leicht, Schlechtes schwer. Bloß ein dickes Fell, das reicht nicht – 'ne schwarze Seele gehört schon auch dazu. Wie heißt es so schön? In hundert Jahren wächst ein Baum, in zehn Jahren entwickelt sich ein Mensch.«

Liu Huiyuan fragte: »Solche Mittelchen verhökern, das stell ich mir nicht gerade leicht vor.«

»Wie recht Sie haben!« bejahte der Alte aus tiefster Überzeugung. »Wenn man so will, ist es sogar noch schwerer als Ihre Schreiberei. Was Sie so absondern, dafür gibt's einen Markt, aber wir? Unser Ruf ist so schlecht, da müssen wir uns mit Leuten wie Ihnen zusammentun – Ihnen glaubt man wenigstens.«

»Gerade deshalb geben wir unheimlich acht auf uns.«

»Das müssen Sie auch«, stimmte der Alte zu. »Wenn die Leute erst mal rauskriegen, Sie sind ein Schwindler, dann ist's vorbei mit dem Schwindeln. Nehmen Sie mich – wer mich sieht, weiß, daß ich ein Betrüger bin. Wen könnte ich also noch betrügen? Muß mich ja vorsehen, daß ich nicht selber über den Tisch gezogen werde.« Der Alte sah uns treuherzig an. »Wirklich, ich passe so sehr auf, nicht betrogen zu werden, daß ich meine Arbeit darüber vernachlässige.«

»Ja, man hat's nicht leicht.« Alle seufzten verständnisinnig. »Auf eins kann man sich halt nur konzentrieren.«

»Bloß daß Sie jetzt nicht denken, ich habe eben auf Sie angespielt!«

»Das macht nichts! Kein Problem!« versicherten wir ihm im Chor. »Selbst wenn, es wäre uns egal.«

»Wieso kommt denn das Essen immer noch nicht?« rief Fettmops Wu und drehte sich um. »Die lassen uns verhungern, und das mitten in der Kneipe!«

»Kommt sofort!« versicherte die herbeigeeilte Frau Wirtin. »Noch ein Sekündchen, es ist gleich soweit. Waren einfach zu viele Mehlklößchen. Die müssen noch ein Momentchen braten.«

»Oder haben Sie vielleicht was gegen uns, hä?« ereiferte sich Fettmops Wu. »Hier, dieser Herr«, dabei zeigte er auf den Alten, »der hat Geld, der zahlt Ihnen die doppelte Zeche, wenn's drauf ankommt.« Bei diesen Worten machte er Anstalten, die Tragetaschen des Alten zu durchwühlen. »Geben Sie ihr das Geld, was ist schon dabei!«

»Lassen Sie das doch!« flehte der Alte und hielt die Taschen zu. »Warten wir noch einen Augenblick, ja? So lange kam mir das gar nicht vor.«

»Sie sollten sich wirklich beeilen«, schaltete ich mich nun auch ein. »Wir sind Schriftsteller und haben uns mit viel Mühe für diese Mahlzeit freigemacht. Passen Sie auf, daß wir nicht richtig wütend werden und Ihnen das Lokal zerdeppern! Dann können Sie sich noch so beschweren, Sie werden nirgendwo Gehör finden.«

»Wer ist hier der Chef?« Fettmops Wu ließ nicht locker. »Er soll sich herscheren, dann gehen wir zusammen aufs Revier. Und denken Sie nicht, das ist alles! Morgen bringe ich Sie in die Zeitung – Spitzenmeldung: ›Bekannte Schriftsteller im Restaurant Soundso scharenweise verhungert‹.»

»Die Chefin bin ich«, sagte die Wirtin.

»Na los, auf zum Revier!« schrie Fettmops Wu und schlug auf den Tisch. »Fang Yan und Liu Huiyuan, geht ihr schon mal mit ihr voraus.«

»Was geht hier vor? Wer schreit hier rum?« Diese barschen Fragen kamen von zwei Volkspolizisten, die soeben mit pendelnden Gummiknüppeln hereingeschlendert waren. »Wer will aufs Revier? Da haben wir den gleichen Weg.«

»Was schreien Sie hier so rum?« Ich war aufgestanden, zeigte auf den Alten und sagte zu den Polizisten: »Er will aufs Revier.«

»Ich dachte immer, ich bin ein Strolch«, sagte ein junger Mann, der mit seiner Freundin an einem Nachbartisch aß und das Ganze beobachtet hatte, »aber seit heute weiß ich, wie richtige Strolche aussehen.«

Als die Polizei um Mitternacht alle Beteiligten wieder auf freien Fuß gesetzt hatte, machten wir uns wutschnaubend auf den Weg zu Fettmops Wus Wohnung. Wir rückten uns Stühle zurecht, breiteten die Decke über den viereckigen Tisch, kippten die Spielsteine aus, daß es nur so klapperte, und bauten unsere Reihen auf.

»Wie wäre es denn, wenn ihr das Spiel für einen Moment vergeßt?« sagte Ding Xiaolu, die sich etwas abseits in einen Sessel gesetzt hatte. »Sollten wir nicht erst mal auswerten, was gelaufen ist?«

»Genau, gute Spiele soll man auch auswerten – das war'n eben sieben, und mit sieben Pärchen machst du 'n Durchmarsch.« Während ich mich vorbeugte, mir einen Stein nahm und ihn sorgfältig einordnete, fragte ich: »Wo steckt eigentlich Ma Qing – ›Ostwind‹!«

»Hier«, meldete sich Ma Qing kleinlaut aus der Ecke, in die er sich verkrümelt hatte.

»Und? Wie stehst du zu dem, was du angerichtet hast? Schmach und Schande über anständige Leute zu bringen – ›Roter Drachen‹ –, was hast du dir dabei eigentlich gedacht, du Penner, hä? Wirst du es nächstes Mal wieder so machen?«

»Bestimmt nicht. Nächstes Mal mach ich's anders!«

»Ich finde, Ma Qing kommt für uns nicht mehr in Frage«, äußerte sich Ding Xiaolu in ihrer unverblümten Art. »Der mit seinen Partisanenmethoden – nach dem Motto ›Die Straße zerstören und den Feind in die Falle locken‹ oder ›Sich verkleidet ins Lager des Feindes schleichen und einen Überraschungsangriff führen‹. Als ob wir die Kommunisten sind, die Achte Armee, die gegen die Japsen kämpft! Einen sauberen Deal bringt der doch gar nicht zustande.«

»Genau. Das muß kritisiert werden – volles Rohr! Ist ja echt keine Art. Muß wirklich anders werden – ›Schriftzeichen-Sieben‹, die ist was für dich, stimmt's?«

»Methoden wie die Achte Armee, also, das geht beim besten Willen nicht«, murmelte Liu Huiyuan vor sich hin, während er seine Spielsteine musterte. »Wo doch die Kommunisten selbst inzwischen 'ne ganz andere Strategie gegenüber den Japsen haben. Wie sagt man? ›Honig im Mund und Galle im Herzen‹ oder so – ›Schriftzeichen-Dreier‹, wer will noch mal, wer hat noch nicht?«

»Pöng!« Ich legte meine beiden ›Schriftzeichen-Dreier‹ offen und den gepöngten dazu. Dann streifte ich angriffslustig die Ärmel hoch und drohte dem Bankhalter: »Jetzt geht's los! Jetzt geht's dir an den Kragen!«

»Da bin ich auch mit dabei», kicherte Fettmops Wu und kippte seine Spielsteinreihe um.

»Von mir aus! Dann eben einer gegen alle!« erwiderte Yu Guan, der Bankhalter, vergnügt.

»Ich muß gehen.« Ding Xiaolu stand auf. »Laßt euch nicht stören!«

»Halt, halt! Bleib hier!« Mit gesammelter Energie nahm ich einen Stein auf, sah ihn kurz an und warf ihn wieder ab. Dann sagte ich zu Ding Xiaolu: »Gegen berufliche Rückschläge kann man nichts machen, und Ma Qing hab ich schon angeschissen. Er hat ja versprochen, sich zu bessern. Aber von mir aus, mach ihn noch mal zur Schnecke. Oder wir alle nehmen ihn uns noch mal vor.«

»Du bist echt 'n Penner«, sagte Liu Huiyuan zu Ma Qing, während er einen Stein ausspielte und die Mitspieler ängstlich musterte. »Macht doch ruhig Mah-Jongg! Sag mal, schämst du dich gar nicht? Bißchen zerknirscht könntest du wenigstens aussehen. Dann würden die Genossen dir gleich leichter verzeihen.«

»Kuck dir an, was du angerichtet hast! Unsere Xiaolu ist auf hundertachtzig! Also, wenn der Bankhalter gleich Mah-Jongg macht, dann soll er doch einfach aufs Ganze gehen!« sagte Fettmops Wu mit einem Blick auf Yu Guan, der unschlüssig dasaß und nicht wußte, welchen Stein er ausspielen sollte. »Los, entschuldige dich! Sag ›Es tut mir leid, ich schäme mich und werd's nicht wieder tun‹.«

»Es tut mir leid. Ich schäme mich. Ich werd's nicht wieder tun.«

»Bei mir brauchst du dich nicht zu entschuldigen. Zu schämen brauchst du dich vor mir auch nicht. Mach ruhig weiter so!«

»Ich sage nur: Kollektivschuld!« schaltete sich Liu Huiyuan ein. »Außenstehende sind nicht betroffen. Wir entschuldigen uns gegenseitig, und Schluß!«

»Nein, alles muß seine Ordnung haben: Wir tragen schließlich keine Schuld, das war nur Ma Qing – also bei mir ist's gleich soweit, wehe, einer macht jetzt Mah-Jongg! –, das wollen wir doch mal festhalten!« ermahnte ich Liu Huiyuan im Scherz.

»Ich gehe.« Ding Xiaolu stand auf. »Ich gehe jetzt wirklich.«

»Hau nicht ab, hau bitte nicht ab.« Ohne den Blick von ihren Spielsteinen zu wenden, versuchten alle, sie zum Bleiben zu bewegen.

Das Mädchen ging aus dem Zimmer, öffnete die Flurtür und verschwand in ihrer eigenen Wohnung.

»Oh, Mann, Scheiße!« Erregt durcheinander redend widmeten sich alle weiter dem Spiel. Mit vorgerecktem Hals musterte ich ungläubig die abgelegten Spielsteine und sagte: »Wieso klappt denn das immer noch nicht? Na schön, was du kannst, kann ich auch.« Und warf einen »Bambus-Vierer« ab.

»Weißt du, was ich jetzt kann? Mah-Jongg machen!« Triumphierend legte Yu Guan seine Stein-Reihe offen und ergänzte seine »Bambus-Sequenz« mit meinem gerade abgeworfenen »Bambus-Vierer«!

»Verdammt! Ich sitze schon eine Ewigkeit da und warte auf den richtigen Stein!«

»Ich auch! Mir fehlte die ganze Zeit 'n ›Bambus-Fünfer‹. Man sollte sich halt nie auf eine einzige Kombination versteifen!«

»Und ich hätte bei meiner Kombination bleiben und ›Bambus-Vierer‹ und ›Schriftzeichen-Achter‹ reinnehmen sollen. Da hätte ich längst Mah-Jongg gemacht.«

Aufgeregt debattierten alle über das gerade beendete Spiel, während sie gemeinsam die Steine neu mischten.

»Willst du mitmachen?« fragte Yu Guan Ma Qing, der immer noch abseits saß und rauchte. »Du kannst für mich spielen; hab keinen Bock mehr.«

»Bleib doch noch!« bedrängten alle Yu Guan. »Kannst doch jetzt nicht abhauen, gerade, wo's am spannendsten wird. Ist doch erst zwei Uhr – noch so früh am Tage! Und wenn Ma Qing mitspielt, gibt's mehr abzusahnen!«

»Mach dir keinen Kopf wegen Ding Xiaolu. Schnell auf der Palme, und schnell wieder runter. Ich kenne sie lange genug. Besser als du jedenfalls.«

»Es ist nicht wegen ihr. Ich bin einfach müde. Hab kein Auge zugetan, seit ihr mich hierher verschleppt habt. Laßt halt Ma Qing einsteigen. Ist doch egal.«

Yu Guan stand auf und überließ Ma Qing seinen Platz, während wir drei noch auf ihn einredeten: »Totaler Schlaffi! Also wirklich!«

»Okay, bin ich halt 'n Schlaffi«, gab Yu Guan lächelnd zu. »Warum darf ich nicht auch mal 'n Schlaffi sein?«

Nachdem er fort war, spielten wir vier weiter bis zum Morgengrauen. Ich sah vor Übermüdung alles doppelt, als ich aus Fettmops Wus Haus trat. »Los!« sagte ich zu Ma Qing. »Laß dir was einfallen! Und wehe, du kommst vorher angeschissen!«

3

Hey! Kommt mal her!« Auf einem blau-weiß gestrichenen Zaungitter am Straßenrand hockend, winkte Ma Qing zwei vorübergehende Teenies zu sich. »Ich muß mit euch reden.«

»Worüber denn?« fragte das etwas blassere Mädchen argwöhnisch, blieb aber stehen und näherte sich zögernd, die Freundin im Schlepptau.

»Ich möchte dir echt gern helfen. Dich besuchen!« fiel Ma Qing mit der Tür ins Haus.

»Und wobei willst du mir helfen?« Die Blasse sah verunsichert an ihrem Crushed-look-Röckchen herunter, befühlte den Knopf an der Taille und drehte den Kopf zur Seite, um ihr Gesicht in dem mit Sonnenschutzfolie verspiegelten Fenster eines Restaurants zu mustern. »Mir geht's bestens!«

»Überhaupt nicht! Da bin ich ganz sicher«, sagte Ma Qing. »Äußerlich würde man auf 'n Produkt mit Gütesiegel tippen, aber da drin sieht's ganz anders aus. Du bist total unzufrieden mit dir selbst.«

»Von wegen«, widersprach das Bleichgesicht, »ich bin äußerlich echt gut drauf, und innerlich genauso. Mehr kannst du nicht verlangen.«

»Okay, hab ich mich halt geirrt, und bei dir stimmt alles.

Aber vielleicht willst du noch eins draufsetzen? Blumen auf den Brokat sticken, den gemalten Drachenaugen die Pupillen auftupfen oder so?«

»Quatsch«, entgegnete das Mädchen mit schöner Offenheit. »Mir reicht's so, wie's ist. Besser kann ich's mir gar nicht wünschen.«

Sogleich pflichtete Ma Qing ihr überschwenglich bei: »Also, ehrlich bist du! Man merkt, du hast viel zu bieten: Ehrlichkeit, Gutmütigkeit – bist immer bereit, Menschen aus dem Elend zu erretten, greifst gebrechlichen Alten unter die Arme und führst hilflose Kinder an der Hand. Kannst vor allem nicht mit ansehen, wenn's anderen dreckig geht...«

»Genau! So bin ich wirklich. Wo du recht hast, hast du recht.«

»Barmherzig und voller Mitleid wie ein Bodhisattwa, gerechtigkeitsliebend und unbeugsam wie ein Heldenmädchen, mild und großzügig wie die Muttergottes!«

Das Mädchen nickte mit Nachdruck: »Du sagst es! Besser kann man's kaum ausdrücken!«

»Hätte ich sonst von all den schrägen Vögeln hier auf der Straße ausgerechnet dich angesprochen? Hab doch gleich geschnallt, die ist okay! Die weiß zwar selbst nicht, wie's mit ihr weitergeht, aber wenn sie merkt, jemand ist in Not, kann sie's einfach nicht mit ansehen und hilft. Der braucht man bloß zu sagen, wo's hapert...«

»Das nun auch nicht! Das kam nur eben im Gespräch so raus. Normalerweise kann ich das sehr wohl mit ansehen.«

»Jeder Mensch strebt doch danach, seinem Leben einen Sinn zu geben«, wies Ma Qing die Blasse väterlich zurecht.

»Ich will dir ja nicht zu nahe treten, aber: Reicht es denn wirklich, immer nur selbst gut zu essen, selbst schön angezogen zu sein? Muß man nicht dafür sorgen, daß auch andere gut essen, sich schön anziehen können? Daß alle gut essen und sich schön anziehen?«

»Wieso können die ›anderen‹ nur dann gut essen und sich schön anziehen, wenn andere dafür sorgen? Können die nicht für sich selbst sorgen?«

»Na, jetzt bin ich aber total enttäuscht! Da hat der schöne Schein wohl getrogen. In meinen Augen bist du häßlich – häßlicher als die da«, sagte Ma Qing mit Blick auf die dunkelhäutige Freundin der Blassen. »Die ist 'n bißchen mickrig und sieht nach nichts aus, aber innerlich ist sie unter Garantie schöner als du – ich frage dich: Läßt es dich kalt, wenn du einen Mitmenschen in Not siehst, zum Beispiel mich?«

»Und wie es mich kalt läßt!« erwiderte die Dunkle und funkelte Ma Qing wütend an. »Es freut mich sogar!«

»Aber mich läßt es nicht kalt!« antwortete Ma Qing, wie aus der Pistole geschossen. »Geht mir echt an die Nieren, wenn jemand so 'ne schwarze Seele hat wie ihr beiden. Deshalb hab ich ja gesagt, ich will euch helfen! Und ihr meint auch noch, da gibt's nichts zu helfen! Paßt auf, wir machen einen ehrlichen Deal, bei dem keiner zu kurz kommt: Ich rette eure Seelen, ihr rettet meinen Körper. Jeder nach seinen Fähigkeiten. Okay?«

»Hier wird nichts gerettet! Warten wir lieber ab, wer eher vor die Hunde geht!« Mit diesen Worten zog die Dunkle ihre Freundin am Arm. Im Gehen redete sie auf die Blasse ein: »Ich hab dir doch immer gesagt, bleib auf keinen Fall stehen, wenn dich jemand auf der Straße freundlich anspricht! Die Kerle führen nichts Gutes im Schilde, wollen dich bloß beklauen.«

»Ihr verpaßt 'ne Gelegenheit! Ihr geht tatenlos eurem Untergang entgegen! Ihr werdet's bereuen, bloß, dann ist's zu spät!« rief Ma Qing, der den beiden gefolgt war, ihnen nach. »Egoisten! Verlorene Generation! Schmarotzer!«

Als die Mädchen um die Ecke bogen, gab Ma Qing auf und schlich mit hängendem Kopf zurück, wobei er, immer noch zornig, vor sich hin brummelte: »So weit sind wir also schon gekommen! Was kannst du da noch erwarten? Daß jemand todesmutig den feindlichen Bunker erstürmt, sich vor die Schießscharten des Gegners wirft, um uns ein glückliches Leben zu sichern? Haha!«

»Wie lieb ich dich, du teures Fleckchen Erde…« Dieses Lied auf den Lippen, die Hände in den Hosentaschen, schlenderte Ma Qing ziellos die Straße entlang, entgegen dem Strom der hastenden und drängenden Menschen, von denen er sich nicht nur durch die Richtung, sondern auch durch Gang und Rhythmus deutlich unterschied. Um ihn herum die vertrauten Häuser und Geschäfte, Passanten und Fahrzeuge, Dekorationen und Reklametafeln, Farben und Formen, die vertraute Luft und die vertrauten Gerüche, die vertrauten Mienen und das vertraute Benehmen und die vertrauten Stimmen der Leute. Ma Qings Gesang ging in ein schrilles Pfeifen über, doch wechselte er das Lied nicht, sondern pfiff dieselbe Melodie immer wieder von vorne. In den vielen Geschäften – jedes anders in Sortiment, Ausstattung und Farbgebung – herrschte reges Kommen und Gehen, und im Lärm der Passanten war Ma

Qings Pfeifen nur bruchstückhaft zu hören, so wie auch er selbst bald in der Menge unter-, bald aus ihr wieder auftauchte.

In einer exklusiven Kunstgewerbe- und Antiquitätenboutique am anderen Ende derselben Straße geleitete Yang Zhong – herausgeputzt bis zur Unkenntlichkeit, in Anzug und Lederschuhen, eine Goldrandbrille auf der Nase – höflich und zuvorkommend eine juwelenbehängte, schwergewichtige ältere Dame mit Diamantringen an allen zehn Fingern durch die schmalen Gänge zwischen den überreichlich zur Schau gestellten Kostbarkeiten aus Gold, Silber und Jade, den Siegel-Steinen und Elfenbeinschnitzereien, den Teppichen und Porzellanvasen, nicht ohne hin und wieder das eine oder andere Stück einer näheren Betrachtung zu unterziehen.

»Was sagen Sie zu diesem Teppich? Reine Seide, je abgewetzter, desto neuer, je abgetretener, desto dicker! Winzig klein, und kostet dreitausend.«

»Billig!« schnaubte die Alte nach einem flüchtigen Blick verächtlich. »Neulich habe ich ein Cloqué-Ziertuch gekauft, das kam allein schon auf achttausend.«

»Wie wäre es mit diesem Väschen?« Yang Zhong zeigte auf eine übermannshohe Porzellanvase, die mit einem Bataillon bezopfter altchinesischer Kinder bunt bemalt war. »Zwölftausend.«

»Billig! Neulich habe ich einen Keramiknachttopf gekauft, der kam allein schon auf dreizehntausend.«

»Und hier, dieser Siegel-Rohling aus Hämatit? Über einen Zentner schwer. Dreißigtausend.«

»Ganz hübsch. Aber zu billig.«

»Das macht doch nichts. Hauptsache, er gefällt Ihnen. Über den Preis kann man ja noch reden.« Yang Zhong winkte den diensteifrig in einiger Entfernung wartenden Verkäufer heran, der auch sofort verbindlich lächelnd herbeigetänzelt kam.

»Was soll dieser Stein kosten?«

»Dreißigtausend.« Der Verkäufer zeigte auf das Preisschild. »Wie's hier steht.«

»Zu billig. Können Sie nicht ein bißchen draufschlagen?«

»Geht leider nicht«, antwortete der Verkäufer unterwürfig, »wir sind doch ein staatliches Geschäft. Wenn es eine Preiserhöhung gibt, wird durchgängig erhöht, Gemüse, Lebensmittel, Industriewaren, eben alles. Einen einzelnen Preis heraufzusetzen ist verboten.«

»Aber das Stück hier ist einfach zu billig! Dafür lohnt's ja gar nicht, das Portemonnaie rauszuholen!« sagte Yang Zhong zu dem Verkäufer. »Kommen Sie, das läßt sich doch regeln. Sie gehen ein bißchen rauf, und wir kaufen ein paar Sachen mehr. – Also schön, wenn's Ihnen wirklich so schwerfällt, geben wir uns mit einer kleinen Erhöhung zufrieden: sechzigtausend! Na? Hundert Prozent mehr sind doch wohl wirklich nicht zu viel, oder?«

»Hundert Prozent? Ausgeschlossen!« schaltete die Alte sich ein. »Unter zweihundert Prozent – ohne mich! Wenn ich mit einem so schweren Ding nach Hause komme und mein Gatte hört, es kostet nur sechzigtausend, da denkt der doch, ich kann nicht einkaufen!«

»Also dann – neunzigtausend«, drängte Yang Zhong

den Verkäufer. »Na, sagen wir: fünfundachtzigtausend. Weiter runter gehen wir aber nicht.«

»Das kann ich wirklich nicht entscheiden, ich kann den Stein nur für dreißigtausend abgeben.«

»Dann eben nicht!« entschied die Alte. »Wenn er nicht was drauflegen will, kaufen wir halt nicht.«

»Unmöglich, diese staatlichen Läden! Weigert sich einfach zu feilschen! So werden Sie nie auf einen grünen Zweig kommen«, sagte Yang Zhong zu dem Verkäufer. »Bei so einem Geschäftsgebaren!«

»Da hat man nun das Geld und wird es nicht los«, ereiferte sich die Alte, während sie – gestützt auf Yang Zhongs Arm – dem Ausgang zustrebte. »Ausgeben kann man es nicht, und obendrein steigen die Zinsen ständig – was soll man denn bloß mit dem ganzen Volksgeld anfangen!«

»Genau! Das machen die mit Absicht. Klar, daß da die Leute sauer sind!«

Nachdem Yang Zhong die alte Dame aus dem Laden geleitet hatte, winkte er und rief: »Rikscha!«

Eine Dreiradrikscha fuhr vor. Yang Zhong faßte die Frau mit beiden Händen um die Taille, stemmte sie mit zusammengebissenen Zähnen hoch und verstaute sie sicher auf dem Sitz. Dann sagte er zu dem Rikschamann: »Kannst ruhig bißchen mehr nehmen. Weniger als tausend wär'ne Beleidigung für die Dame!«

»Gibt's denn in ganz Peking keinen Laden, wo die Preise stimmen?« maulte die Alte noch in der Rikscha weiter. »Da macht man einen Einkaufsbummel und wird keinen müden Yuan los!«

»Ich werd mich weiter für Sie umhören«, versprach

Yang Zhong der Alten, während er sich zum Abschied höflich vor ihr verneigte. »Man sagt, die Regierung will Maßnahmen ergreifen. Es besteht also Hoffnung.«

Die alte Dame entschwand in ihrer Rikscha.

Yang Zhong sah auf die Uhr und trabte eilig in entgegengesetzter Richtung davon. Im Laufen setzte er die Brille ab und stopfte sie in die Tasche, knöpfte den Hemdkragen zu, band sich eine knallrote Krawatte um und tastete sämtliche Taschen ab, bis er endlich das Gesuchte fand: eine zerdrückte rote Papierblume; die steckte er sich ans Revers.

Inzwischen war er am Eingang eines unsäglich kitschig aufgedonnerten Restaurants angelangt, vor dem eine Schar nicht minder kitschig aufgedonnerter Brautpaare stand, unter ihnen ein besonders unsäglich zurechtgemachtes spätes Mädchen, das erkennbar ungeduldig war. Kaum hatte sie Yang Zhong gesichtet, stellte sie ihn mit finster zusammengezogenen Augenbrauen und mit einer Trompetenstimme, die den berühmten Tenor Liu Bingyi vor Neid hätte erblassen lassen, zur Rede: »Wieso kommen Sie erst jetzt? Im Vertrag steht, Sie haben eine Viertelstunde vor Beginn zur Hochzeit zu erscheinen.«

»Sie können mir ja fünfzehn Prozent abziehen«, entgegnete Yang Zhong, noch völlig außer Atem, ohne jeden Versuch, sich zu rechtfertigen, und begab sich an seinen Arbeitsplatz – neben der lieblichen Braut, wo er unverzüglich in seine Rolle einstieg. Die erste Freundin der Dame war nämlich bereits eingetroffen.

Ebenso wie die anderen Hochzeitspaare vor der Tür des Restaurants begrüßten Yang Zhong und seine »Braut« die zur Feier erschienenen Freundinnen und Freunde mit vor der Brust zusammengelegten Händen.

»Herzlichen Glückwunsch!«

»Alles, alles Gute!«

Ringsum nichts als strahlende Gesichter, freundliche Wünsche, Freude und Glück.

»Wie lieb ich dich, du teures Fleckchen Erde...« Immer noch sein Liedchen summend, war Ma Qing an dem Restaurant vorbeigegangen. Plötzlich machte er kehrt und starrte ungläubig Yang Zhong an, der dort auf der Treppe stand. War er das wirklich?... Er wagte nicht, sich zu erkennen zu geben, stand einfach nur da und beobachtete, ohne zu begreifen, was sich vor seinen Augen abspielte, so schlimme Varianten ihm auch durch den Kopf schossen.

Die Braut zur Seite, wandte Yang Zhong sich um. Da angelte die Frau hinter ihrem Rücken nach seiner Hand und legte sie sich um die Taille, wo sie nun notgedrungen verblieb. Eng umschlungen schritten die beiden sodann in das Restaurant.

Ma Qing sprang von seiner Balustrade und spähte durch das Fenster ins Innere des Etablissements: Umringt von lauter späten Mädchen saß dort Yang Zhong, verbindlich lächelnd und einen Becher Schnaps nach dem anderen leerend. Unter allgemeinem Gejohle plazierte die jungvermählte Braut blitzschnell einen dicken Kuß auf Yang Zhongs Gesicht...

Yang Zhong, die Wangen rötlich geschminkt, und die Braut im weißen Tüllkleid mit Plastikblumen in der Hand standen Arm in Arm vor der fahrbaren Kamera im Fotostudio. Hinter ihnen hing ein Panoramafoto von wildbewegten Meereswellen und blühenden Gebirgswiesen unter einem blauen Himmel mit weißen Wolken, während von den Seiten her je eine Batterie Scheinwerfer das junge Paar ins Schwitzen brachte.

»Noch zwei Ziegelsteine! Die Genossin steht zu tief«, befahl der Fotograf und kroch unter dem schwarzen Tuch hervor. Die Braut lächelte liebreich.

»Der Genosse bitte den Kopf etwas zur Genossin hinunterneigen und die Augen ein bißchen weiter öffnen – die Augen, habe ich gesagt! Nicht den Mund aufreißen!«

»Größer krieg ich sie nicht, hab von Natur aus große Augen wie'n Phönix!«

»Na schön, dann eben Phönixaugen«, brummelte der Fotograf, während er die Fotoplatte einschob und den Verschlußauslöser ergriff. »Achtung! Bitte lächeln! Etwas freundlicher, bitte!«

Endlich machte es »Klack«; allgemeines Gejohle unter den Anwesenden.

Nun zog die Braut Yang Zhong in die Mitte des Raums und nahm vor dem Objektiv die Pose einer im Walzertaumel ermatteten, selig in die Kamera lächelnden Tänzerin ein. Erneutes Gejohle.

»Und wenn ich Ihnen noch einmal fünfzehn Prozent draufzahle«, fragte die Braut nachdenklich, als wäre ihr soeben ein neuer Einfall gekommen, »würden Sie dann noch eine weitere Dienstleistung übernehmen? Mit mir in die Brautkammer gehen?«

»Ich bin Künstler, kein Gigolo«, erklärte Yang Zhong würdevoll.

»Der totale Terror!« sagte Ma Qing zu Yang Zhong, der ihm gegenüber in der kleinen Kneipe auf seinem Stuhl hockte. »Ehrlich gesagt, ich hätte nicht gedacht, daß du dich zu so etwas hergeben würdest. Wie konntest du nur! Okay, du strebst nicht nach Höherem, aber anständig könntest du wenigstens bleiben. Was sollen denn die Leute von uns halten – von der jungen Generation?!«

»Hör auf, mich zu beharken, ja? So weit kommt's noch – die Krähe wirft dem Wildschwein vor, daß es schwarz ist!«

»Dann hör wenigstens mit deinen Solonummern auf«, redete Ma Qing dem Freund eindringlich ins Gewissen. »Tun wir uns zusammen! Wie hieß es in der Kulturrevolution? Nach unserem gemeinsamen großen Plan ändern Sonne und Mond ihre Bahn! Gehen einig wir zu Werk, verrücken wir den Taishan-Berg! Wir lassen doch niemand im Stich – für jeden Rettich gibt's ein Pflanzloch! Und in der Not frißt der Teufel Fliegen! Wär doch gelacht, wenn aus uns kleinen, schwachen Habenichtsen nicht große, starke, reiche Männer würden!«

»…«

»Alle vermissen dich, echt! Wir brauchen dich!«

Yang Zhong sagte noch immer nichts, massierte nur immerfort die von der »Braut« abgeschmatzte Gesichtshälfte.

»Hach«, seufzte Ma Qing, »ich weiß ja, es tut dir weh, und du willst nichts mehr zu tun haben mit Kerlen wie diesem Bao Kang. Aber ich frage dich: Wo findest du jemand, der sauber ist, hä? Zeig mir einen, der 'ne blütenweiße Weste hat, der ohne Fehl und Tadel ist, zu dem man wirklich aufschauen kann – zu dem würde ich sofort gehen, bei dem würde ich sofort Schutz suchen! – Sagen wir mal so: Vergleichsweise sind Fang Yan und die anderen Kumpel ganz okay. Wenigstens geben sie selbst zu, daß sie nichts taugen. Außer daß sie Mah-Jongg spielen, kannst du ihnen sonst nichts Böses nachsagen. Sind nicht korrupt oder bestechlich und zwingen nicht andere, dies oder jenes zu lernen – mit denen kannst du gut zusammenarbeiten.«

»Was willst du denn nun eigentlich werden – Schriftsteller oder Mah-Jongg-Spieler?«

»Schriftsteller natürlich, das ist mein Beruf«, belehrte ich An Jia mit ernster Miene. »Mah-Jongg ist mein Hobby. Dürfte doch klar sein, oder?«

»Wieso klar? Hast du schon eine einzige Zeile zu Papier gebracht? Aber spielen tust du, bis dir schwarz vor Augen wird!«

»Das verstehst du nicht. Ich spiel doch nicht richtig Mah-Jongg! Ich zieh nur die Steine, aber mit den Gedanken bin ich bei meinen Werken. Wart nur ab, ich hab schon acht Romane im Kopf. Noch ein paar Tage, dann ist's soweit, und ich fange mit allen acht zugleich an.«

»Mir würde schon eine einzige Kurzgeschichte reichen. Schreib sie auf und laß sie mich lesen, dann reden wir weiter.«

»Aha, es geht dir also zu langsam. Du stehst auf schnellen Erfolg, was?«

»Fang Yan!« rief jemand auf der Straße vor dem Haus. »Fang Yan!«

Ich unterbrach mein Wortgeplänkel mit An Jia und ging

auf den Balkon. Unten standen Fettmops Wu, Ma Qing und Yang Zhong.

»Komm runter«, rief Fettmops Wu. »Versammlung!«

Ich ging ins Zimmer zurück und sagte zu An Jia: »Siehst du, ich kann echt nichts dafür. Da will man seine Ruhe haben, aber es ist einem einfach nicht vergönnt.«

Als wir bei Fettmops Wu ankamen, griff ich als erster nach der Schachtel mit den Mah-Jongg-Steinen.

»Immer langsam mit die jungen Pferde«, hielt Fettmops Wu mich zurück. »Wir haben erst was Ernstes zu besprechen.«

»Okay, reden wir über was Ernstes«, sagte ich, die Schachtel an die Brust drückend. »Was liegt denn an?«

»Kann Yang Zhong bei uns mitmachen?« fragte Ma Qing.

»Warum nicht?« sagte ich. »Dann fehlt nur noch einer, und wir können zwei Runden aufmachen.«

»Er hat da 'n paar Ideen, wie wir bißchen weiterkommen können.« Ma Qing wandte sich zu Yang Zhong um. »Erzähl lieber selbst, ich bring das nicht so gut.«

»Zunächst muß ich aber was fragen«, sagte Yang Zhong und blickte erst auf mich, dann auf die Mah-Jongg-Schachtel an meiner Brust. »Wollen wir wirklich was auf die Beine stellen oder einfach bloß tun als ob? Ich frage nur, versteht ihr? Möchte wissen, woran ich bin. Da muß man ganz unterschiedlich rangehen, sind ja schließlich zwei verschiedene Dinge.«

»Verschieden wie'n Donnerbalken und 'n Wasserklosett – natürlich wollen wir was auf die Beine stellen!«

Yu Guan schaltete sich ein. »Bloß zum besseren Verständnis: Yang Zhong, wir sind hier alle total gute Kumpel, und wenn jemand was zu sagen hat, sagt er's – wir haben nichts voreinander zu verbergen.«

»Wir wollen's echt packen. So geht's ja wirklich nicht weiter mit uns.«

»Genau! Packen wollen wir's!« pflichteten Liu Huiyuan und Fettmops Wu mir bei. »Geht echt nicht so weiter.«

»Also, ich finde, unter Kumpeln macht man sich nichts vor – das sparen wir uns für Außenstehende«, meinte Ma Qing und schaute mich treuherzig an.

Da schaute ich meinerseits Yang Zhong nicht weniger treuherzig an und sagte: »Na schön, lassen wir die Hosen runter: Wir tun nur so als ob!«

»Dafür bin ich genau der Richtige!« sagte Yang Zhong. »Für was Seriöses hätten die Herren sich jemand anderen suchen müssen.«

»Also, worauf warten wir noch? Die Welt will betrogen sein, je mehr, desto besser.«

»Ich hab mir das folgendermaßen vorgestellt«, begann Yang Zhong, als habe er sich seine Worte vorher zurechtgelegt. »Wenn wir den Leuten schon was vormachen, müssen wir's auch profimäßig anpacken. Brauchen wir 'ne Organisation, gründen wir eine, brauchen wir ein Dienstsiegel, lassen wir halt eins schneiden. Einer beschafft 'n kleinen Ausweis, 'n anderer läßt Visitenkärtchen drucken, der dritte besorgt 'n neues Outfit. Sollt mal sehen, das macht sich einwandfrei, wenn wir den Ausweis zücken oder die Visitenkarte rüberschieben. Da hat dann alles seinen Stil und seine Ordnung und sieht nach was aus.«

»Gebongt. So wird's gemacht!«

»Yang Zhong kennt 'ne Menge Leute mit zuviel Knete in der Tasche«, sagte Ma Qing. »Die wissen einfach nicht, was sie damit anfangen sollen. Am liebsten würden sie sich hinsetzen und die Scheinchen in kleine Schnipsel zerreißen.«

»Den Leuten kann geholfen werden, wir werden die Mäuse schon zum Laufen bringen! Fürs Geldausgeben sind alle Anwesenden hervorragend qualifiziert!«

»Die Sache hat bloß einen Haken«, sagte Yang Zhong. »Die werfen die Knete nicht einfach zum Fenster raus, die wollen was dafür sehen. Status ist für die alles. Wieviel sie ausgeben, ist denen egal, Hauptsache, es macht Sinn.«

»Macht Künstler sponsern vielleicht keinen Sinn? Genau das Richtige für Statusbewußte! Wo wir doch organisiert sind, mit Ausweis und allen Schikanen. Das dürfte ja wohl überzeugen, selbst wenn wir's als einzelne nicht tun.«

»Ganz meine Meinung. Gerade deshalb ist die Gründung einer Organisation so wichtig«, sagte Yang Zhong. »Und noch was anderes: Wir brauchen 'ne ganz enge Verbindung zur Literatur- und Kunstszene. Am besten wäre es, wir hätten eine Art Treffpunkt, wo du was essen und trinken und über Kunst quatschen und Informationen über dein künstlerisches Schaffen austauschen kannst.«

»Wie wäre es mit 'nem Salon? Paar Tische und Stühle, paar Pfund Tee – fertig!«

»Daran hatte ich auch gedacht, und wenn niemand was dagegen hat, würde ich mich gleich ans Werk machen«, sagte Yang Zhong. »Einen Raum hab ich schon ausgekuckt. Ein Nachbar von uns hat ’nen kleinen Küchenanbau am Haus, richtig massiv aus Ziegeln gemauert, mit verputzter Decke und Beton-Estrich. Groß genug wäre der – wenn alle stehen, passen ein Dutzend Leute locker rein.«

Fettmops Wu warf ein: »Wie wär’s, wenn wir ’n paar heiße Tussis als Hostessen engagieren?«

»Auf jeden Fall! Hab ich schon mit einkalkuliert«, erwiderte Yang Zhong.

»Yang Zhong und ich haben uns schon darum gekümmert«, ergänzte Ma Qing. »Da gibt’s bereits ganz konkrete Vorstellungen.«

»Aha, die alte Garde von der Firma ›3 TD‹ greift auf ihr bewährtes Know-how zurück!« sagte ich. »Während unsereins noch träumt, macht ihr schon Nägel mit Köpfen.«

»Kriegen wir denn ’ne Betreiberlizenz für unsere Organisation?« fragte Liu Huiyuan. »Kennt ihr jemanden im Gewerbeamt?«

»Kein Problem«, versicherte Yang Zhong. »Die Firma ›3 TD‹ hatte doch eine Lizenz, die brauchen wir bloß auf den neuen Namen umschreiben zu lassen.«

»Ach, übrigens – wie soll unsere neue Organisation eigentlich heißen?« fragte ich.

»Nach einem Vogel«, schlug Fettmops Wu vor. »Klingt irgendwie apart – Graustar oder Albatros oder so.«

»Vogelnamen fetzen nicht, ich finde Vierbeiner besser. Wo wir doch selbst welche sind«, sagte ich.

»Dachs?« meinte Yu Guan. »Wie wäre Dachs? Oder vielleicht Luchs?«

»Lieber nicht so vertraute Viecher«, befand Yang

Zhong. »Die kennen die Leute zu gut, da denken die womöglich sonstwas – wie wir sind und was wir machen.«

»Nehmen wir doch ein Phantasietier, eins, wo niemand richtig Bescheid drüber weiß«, sagte Liu Huiyuan. »Seepferdchen! Was sagt ihr zu Seepferdchen? Hört sich dynamisch an wie Pferd und schwimmt in Wirklichkeit still vor sich hin.«

»Das ist es! Seepferdchen!« sagte ich. »Prima: ›Dichterkreis Seepferdchen‹.»

Alle stimmten mir bei.

In diesem Moment ging die Tür auf, Ding Xiaolu erschien auf der Bildfläche, warf einen kurzen Blick auf die Versammelten und wandte sich wieder zum Gehen.

»Bleib hier!« rief Fettmops Wu. »Du wirst dich doch nicht vom Kollektiv absetzen! Wir haben schon 'ne Organisation und 'n Programm!«

»Organisation? Programm? Daß ich nicht lache!« Ding Xiaolu erblickte Yang Zhong und fragte ihn lächelnd: »Wie kommst du denn hierher? Ich hab immer geglaubt, du bist 'n anständiger Mensch.«

»Ich lerne von denen, wie man sich das abgewöhnt. Wär doch 'n Jammer, wenn so gute Lehrer ohne Schüler blieben.«

»Wer lernt hier von wem?« kam es von uns anderen. »Das Schlechte haben wir alle erst von dir gelernt. Ursprünglich waren wir hochanständig.«

»Bitte etwas mehr Ernst«, rief Ma Qing. »Rumblödeln könnt ihr nachher.«

»Die einzige, die hier nicht ernst ist, ist Ding Xiaolu. Kommt rein und stänkert!« Alle wandten sich wieder dem ursprünglichen Thema zu: »Los, machen wir weiter.«

»Setz dich doch und hör zu.« Yu Guan zog das Mädchen auf den Stuhl neben sich. »Warum so eilig? Hast doch gar nichts zu versäumen.«

»Das denkst du!«

»Da wäre noch was anderes, worüber wir reden müssen. Ma Qing und ich wollen das nicht allein entscheiden«, sagte Yang Zhong.

»Oho! Hört sich ja richtig ernst an!« höhnte Ding Xiaolu. »Bloß – ihr und was Ernstes …?«

»Komm, mach hier keinen Streß«, fielen wir ihr ins Wort und wandten uns – ganz aufmerksame Zuhörer – wieder Yang Zhong zu. »Was liegt denn an?«

»Auf dem Weg hierher haben Ma Qing und ich an der Kreuzung Lishi-Straße an einem Lichtmast 'n Anschlag gelesen«, sagte Yang Zhong. »Da gibt's so 'ne Zeitschrift, die ist kurz vorm Eingehen, und die suchen jemand, der sie übernimmt. Was man drucken will, ist egal, Hauptsache, das Heft kommt aus den roten Zahlen.«

»Beinahe hätten wir den Zettel abgerissen«, ergänzte Ma Qing. »Wir dachten uns, wär doch echt geil, wir hätten 'ne eigene Zeitschrift. Wo wir schon in Literatur machen. Aber dann hatten wir Schiß, ihr findet 'ne Zeitschrift zu stressig – die Schriftsteller seid schließlich ihr, von euch müssen die Manuskripte kommen. Da haben wir uns gesagt, wir beraten lieber erst mal mit euch.«

»Das heißt also, die Beiträge müßten wir schreiben?« Ich sah Liu Huiyuan und Fettmops Wu an. Stumm und bestürzt erwiderten die beiden meinen Blick.

»Wo liegt denn das Problem?« fragte Yang Zhong mich erstaunt. »Ihr könnt doch Chinesisch, da werdet ihr doch wohl 'ne Erzählung zustande bringen! Hätte ich die Zeit, würde ich glatt auch schriftstellern.«

»Da hast du auch wieder recht«, sagte ich. »Also gut: Holt den Anschlagzettel!«

»Sollten wir mal keine Texte haben, könnten wir ja Comics drucken«, meinte Yu Guan. »Kein Grund zur Aufregung!«

»Dann also los!« sagte Yang Zhong zu Ma Qing. »Sonst kommt uns womöglich jemand zuvor.« Geleitet von den anderen, machten sie sich auf den Weg.

Ding Xiaolu stand schmunzelnd abseits und beobachtete, wie wir rumalberten. Ich errötete und sagte verlegen: »Bißchen wie ›Mantel der Geschichte‹, was?«

»Bißchen«, antwortete Ding Xiaolu lächelnd.

4

Jene kleine Küche erwies sich tatsächlich als recht ansehnlich. Ohne Zweifel gehörte sie zu den besten kleinen Küchen der ganzen Stadt. Als wir das erste Mal dorthin aufbrachen, waren wir ziemlich aufgeregt, hatten wir doch keine Ahnung, was für Leute wir antreffen würden.

Unterwegs wurden wir von einem Hagelschauer überrascht.

Bei schönem Wetter waren wir von zu Hause losgegangen. Ein laues Lüftchen wehte, der Himmel war abendlich gerötet und so weiter, kein Mensch hätte da mit Unvorhergesehenem gerechnet. Es blieb auch noch schön, während wir uns in dem brechend vollen Bus inmitten all der aneinander klebenden, schweißdünstenden Passagiere mühselig genug unserem Ziel näherten. Dann aber sahen wir, wie der Himmel sich rasch verfinsterte und dicke schwarze Wolken über den Dächern der Hochhäuser aufzuziehen begannen. Alle freuten sich. »Ein Glück, es wird kühler. Gleich gibt es einen Guß. Wird auch höchste Zeit, sonst vertrocknet der Weizen auf dem Halm.«

Noch als wir ausstiegen, waren wir optimistisch, obwohl bereits Sturmböen über die Straßen fegten und die Passanten sich eilig in Sicherheit zu bringen suchten. Wir dachten immer noch, es handele sich nur um ein Gewitter, und Fettmops Wu rief sogar zum Himmel hinauf: »Na los, mach schon!«

In diesem Moment ging der erste Hagelschauer nieder. Schnell wollten wir wieder einsteigen, doch der Bus war natürlich schon weitergefahren.

Wir liefen in Richtung der Geschäfte, die sich in einiger Entfernung befanden, mußten aber feststellen, daß die alle schon rammelvoll waren, so daß auch ohne ein Verbotsschild wie seinerzeit am Uferstraßen-Park in Shanghai keine Chinesen mehr Zutritt hatten, ganz zu schweigen von Hunden. Es hagelte inzwischen immer heftiger, die Eisbröckchen prasselten nur so auf uns und das Pflaster und spritzten nach allen Seiten auseinander. Schließlich blieben wir einfach stehen, wo wir waren, und schrien dem Sturm entgegen, er möge uns ruhig zermalmen.

Eine gutherzige alte Frau konnte das nicht mit ansehen und kam trotz des Hagels zu uns gelaufen. »So stellt euch doch unter!«

»Kommt nicht in Frage!« Wir waren jetzt so in Rage, daß wir dem Sturm erst recht die Stirn boten: »Komm schon! Wollen doch mal sehen, wer stärker ist!«

Als wir endlich in der zum Salon umfunktionierten Küche anlangten, boten wir einen ziemlich erbärmlichen Anblick, so daß selbst Ma Qing uns nicht erkannte: »Wer sind Sie, bitte?« rief er mir entgegen.

»Nicht mal du erkennst uns?« Es war Liu Huiyuan, robuster als wir anderen, der sich diese Worte abrang, während er sich erschöpft fallen ließ. Dabei landete er halb auf dem Schoß eines daneben sitzenden Unbekannten.

Drei andere, ins Gespräch vertieft, wurden von uns aus ihren Stühlen vertrieben.

Mir war das peinlich. »Bitte, bleiben Sie doch, wir können ja zusammenrücken. Da ist Platz für alle«, sagte ich zu dem von mir Verdrängten.

»Was denn? Ihr?« Jetzt erkannte uns Ma Qing, und auch Yang Zhong kämpfte sich mit Yu Guan durch die Menge zu uns durch, betastete mir Schultern und Kinn und fragte: »Wer hat dich vermöbelt?«

Ich deutete, immer noch wie benommen, mit dem Kopf auf die Straße.

Die drei stürzten sofort hinaus, erschienen jedoch gleich darauf wutschnaubend wieder auf der Bildfläche: »Da ist ja niemand!«

»Alles Partisanen! Diese Kerle schlagen zu, und weg sind sie«, sagte ein Mädchen voller Zorn.

»Müssen rauskriegen, was für Truppenteile in diesem Kiez zugange sind«, meinte Yu Guan zu Yang Zhong. »Wenn die schon unsere Kumpel fertigmachen, wie werden die dann erst mit den Normalos umspringen!«

»Weit kommen die nicht! Das waren bestimmt ›Doppel-Ei‹ und seine Bande!« rief wieder jenes Mädchen. Sie beugte sich zu mir herunter und fragte: »Wie geht's dir jetzt? Kleiner Cocktail gefällig?«

»Genau was ich jetzt brauche.«

»Das ist Meiping«, klärte Ma Qing mich auf.

»Was für 'ne Meiping? Von 'ner Meiling hab ich gehört, aber die hieß Song mit Nachnamen und war die soundsovielte Frau von Tschiang Kai-schek.«

Ich nahm das Glas mit einer giftgrünen Flüssigkeit entgegen und trank einen Schluck, prustete ihn jedoch sogleich wieder aus. »Schmeckt ja wie Plakatfarbe!«

Schnell hielt Ma Qing mir den Mund zu: »Pscht!« Dann, zu Meiping gewandt: »Hol ihm ein Glas ohne Farbe, ja? – Ach richtig, für dich ist Meiping ja neu, sie ist gerade erst beigetreten. Wir kennen sie gut, noch aus ›3-TD‹-Zeiten.«

Yang Zhong kam von draußen herein. Er war wieder ganz friedlich und sagte zu Yu Guan: »Hab mich erkundigt: War'n keine Schläger, war Hagel!«

»Tja, wenn der Himmel selbst euch so zurichtet, können wir natürlich nichts machen«, meinte Yu Guan. »Gegen den kann keiner anstinken.«

»Für euch gibt's wohl nur das Altbewährte?« Ich nahm das neue Glas, das Meiping mir reichte, entgegen, diesmal mit einer ungefärbten durchsichtigen Flüssigkeit gefüllt, und sagte mit Blick auf das Mädchen: »Unsere Organisation als Auffangstelle für die ›3-TD‹-Spezis. Oder wie sehe ich das?«

»Was redet denn dieser Mensch?« Meiping sah Yu Guan unschuldsvoll an. »Wieso redet ihr so anders, als ich mir das vorgestellt hatte?«

»Das war bloß der Hagel. Der hat uns bißchen durcheinandergebracht«, beruhigte Yu Guan sie. »Normalerweise ist das nicht so – jedenfalls nicht immer.«

»Na, dann ist ja noch Hoffnung.« Meiping drehte sich um und ging.

»Wo ist Ding Xiaolu? Wo ist Ding Xiaolu?« Eine aufgeregte Frau mit flächigem Gesicht, ein Glas gefärbte Flüssigkeit in der Hand, näherte sich uns.

»Ding Xiaolu ist nicht da«, sagte Yu Guan, und dann, zu uns gewandt: »Die Dame ist Reporterin der Zeitschrift *Junge Talente*.«

»Und wo ist Liu Huiyuan? Wo steckt er?« Ohne uns andere eines Blickes zu würdigen, bedrängte die Breitgesichtige Yu Guan.

»Der sitzt hinter Ihrem Rücken«, antwortete Yu Guan und zeigte der Frau den schläfrig dahockenden Liu Huiyuan.

»Wunderbar! Freut mich, Sie kennenzulernen.« Die Frau schwenkte Liu Huiyuans Hand wie einen Pumpenschwengel. »Habe gerade Ihre Erzählung im *Seepferdchen* gelesen. Sehr gut geschrieben.«

Blitzartig erwachten Liu Huiyuans Lebensgeister. Töricht grinsend stand er auf: »Sie schreiben aber erst spitzenmäßig! Ich habe auch gerade Ihre Erzählung gelesen, im *Flußpferd*.«

»Wer bin ich denn?«

»Weiß ich, wer Sie sind?« antwortete Liu Huiyuan und schlenkerte seine Hand. »Ho, Sie packen vielleicht zu!«

Yang Zhong schaltete sich vermittelnd ein: »Nun unterhaltet euch mal schön. Gegenseitig zu verhören brauchen wir uns ja hier wirklich nicht.«

»Was sind denn das alles für Leute?« fragte ich Yang Zhong mit Blick auf die vielen merkwürdigen Gestalten um mich herum, deren Visagen mir völlig unbekannt waren.

»Keine Ahnung! Hat sich wohl rumgesprochen, daß alle Assis der ganzen Stadt sich heute abend hier versammeln.«

»Und Sie sind Fang Yan, habe ich recht?« Die Reporterin mit dem grinsenden Vollmondgesicht wandte sich jetzt mir zu. »Von Ihnen habe ich auch schon viel gehört.«

Ich bejahte, deutete eine Verbeugung an und schüttelte ihre Hand. »Hab 'ne Zeitlang rumgegammelt und mir und anderen Ärger gemacht.«

»Ich hab die Arbeiten von Ihnen allen gelesen, und ich bin sehr beeindruckt. Flotte Schreibe, muß man sagen. Und bei allen derselbe Stil, dieselben Gedanken, dieselbe Sprache, derselbe Umfang, dieselben Überschriften, derselbe Inhalt – Sie tauschen sich gewiß häufig untereinander aus, nicht wahr?«

»Korrekt. Haben so ziemlich die gleichen Ansichten zum Leben. Klar, daß da der Eindruck entsteht, wir schreiben bißchen ähnlich. Leben ja schließlich auch ähnlich.«

»Kein Wunder, daß Ihre Sachen wirken, als habe sie ein und derselbe geschrieben.«

»Nein, das ist nun wieder ein Mißverständnis! Wenn wir am Schreiben sind, sitzt immer eine Aufsicht dabei – Abschreiben gibt's nicht! Bloß, weil alle über das gleiche Thema geschrieben haben, kam's dann ganz von selbst zu inhaltlichen Übereinstimmungen, verstehen Sie? Alle fanden nämlich, der Titel *Echt tiefsinnig* ist jedem einzelnen aus der Seele gesprochen. Daher auch als erste Nummer ein Sonderheft *Echt tiefsinnig*.«

»Na, dafür wird dann die nächste Nummer um so bunter – da werden Sie doch ›hundert verschiedene Blumen um die Wette blühen lassen‹, oder?«

»Wir haben hin und her überlegt, wird aber wieder ein thematisches Sonderheft.«

»Worüber denn diesmal?«

»Diesmal wird der Titel etwas länger, auch sprachlich bißchen komplizierter: *Unser Tiefsinn ist nicht Pose, sondern echt!*«

»Sie wollen also Ihren einmal eingeschlagenen Weg weitergehen?«

»Hm, uns schwebt keine Kursänderung vor. ›Ob am Fuße des Berges die Banner / noch wehen und die Fahnen im Wind, / wir wollen und werden nicht wanken, / solange am Leben wir sind‹ – Mao Zedong. Oder mit eigenen Worten: Wir machen halt unseren Stiefel.«

»Was schwebt Ihnen denn so vor?«

»Was uns vorschwebt?« Ich sah Liu Huiyuan und Fettmops Wu an, die prompt woandershin blickten. »Was schwebt euch so vor?«

»Vorschweben tut uns eigentlich nichts«, stotterte Liu Huiyuan, in die Enge getrieben. »Wir leben und schreiben einfach so, wie wir leben und schreiben.«

»Bißchen in Richtung eigenwillig«, ergänzte Fettmops Wu.

»Kann ich mal 'ne Aufnahme von Ihnen machen?« Die Reporterin kramte eine Knipskiste aus ihrer Tasche. Gleich darauf lud schnarrend das Blitzlicht nach.

»Lieber nicht«, sagte ich. »Keine Fotos. Quatschen wir doch einfach so. Sind alle nicht so fotogen.«

»Nur eine Aufnahme! Bitte!« beharrte die Frau. »Unsere Leser möchten doch wissen, wie Sie aussehen – ich wollte das übrigens auch, ehe ich Sie kennenlernte.«

»Wie sollen wir schon aussehen? Eine Nase, zwei Augen, sonst ist an uns nichts dran.«

»Kommen Sie, Yang Zhong, knipsen Sie uns mal!« Die

Reporterin drückte Yang Zhong die Kamera in die Hand und drängte sich zwischen uns. »Ein Foto muß sein. Sonst werfen mir die Leser schlampige Recherche vor.«

Ich legte ihr die Hand um die Schulter und grinste in die Kamera.

»Bitte lächeln – alle, nicht nur Fang Yan!« sagte Yang Zhong und drückte auf den Auslöser. »Wieso tut sich hier nichts?« Er richtete sich auf und betrachtete den Apparat von allen Seiten.

»Oh, ich hab vergessen weiterzudrehen.« Die Reporterin sprang auf, hantierte an der Kamera herum und nahm ihren Platz wieder ein.

»Achtung – Aufnahme!« Das Blitzlicht blendete alle.

»So, und nun reden wir weiter über Literatur!« ordnete die Reporterin an, nachdem sie ihren Fotoapparat wieder an sich genommen hatte.

»Hallo! Klasse, daß du auch gekommen bist!« Ich schnellte von meinem Platz hoch und schüttelte einem vorübergehenden Mann die Hand. Dabei flüsterte ich ihm zu: »Tun Sie, als ob wir uns kennen, reden Sie, lachen Sie! – Nicht umdrehen, wir werden beobachtet! Lachen! Bißchen herzlicher, bitte!«

Der Mann lachte, ich lachte – wir grinsten uns beide töricht an. Nach einem Moment sagte ich zu ihm: »Okay, Sie können jetzt gehen.«

Ich verkrümelte mich in der Menge und suchte Liu Meiping: »Meiping, haben wir irgendwas zu trinken außer Leitungswasser und Plakatfarbenbrühe?«

»Da in der Ecke steht noch 'ne halbe Flasche Reiswein. Damit hat die Hausfrau die Speisen abgeschmeckt.«

»Kochwein? Nein, danke!« Mein Blick fiel auf die Hackebeilchen und Schaumlöffel, die an der Wand hingen. »Haben die Leute die zurückgelassen, oder habt ihr sie als Dekoration aufgehängt?«

»Wir natürlich – primitive Kunst ist das!«

»Oh! Irgendwie echt stark!«

Nebenan unterhielten sich zwei völlig identisch aussehende Vollbärte mit Yu Guan. »Literatur, das hat was von Ausscheidungen, Exkrementen. Kummer und Kränkungen – alles wirst du los. Lustgewinn durch Sekundär-Koitus gewissermaßen...«

»Sag mal, du hast sie wohl nicht mehr alle?« Yang Zhong und Ma Qing bauten sich vor mir auf. »Wir sind hier, um über Literatur zu quatschen, und du verkrümelst dich!«

Damit eskortierten die beiden mich zu der Reporterin zurück. Liu Huiyuan und Fettmops Wu sahen mittlerweile ausgesprochen angeschlagen aus, wie sie da inmitten einer wißbegierigen Menge hockten.

»Oh, hier ist Fang Yan. Jetzt kann er ja mal was sagen«, riefen sie erleichtert.

»Literatur, das ist ein Kummer...« Ich nahm Platz und fuhr sinnend fort: »Der muß ausgeschieden werden. Ein gewaltiges Lustgefühl, wie ein Koitus... An die Arbeit!«

»Die Hauptsache ist...« Ich sah gedankenvoll an die Decke. »Die Hauptsache ist... Du mußt die Literatur packen, nicht die Literatur dich!«

»Brillant! – Oder?« sagte ein bebrillter junger Mann in die plötzliche Stille hinein.

»Brillant – was sonst!« erwiderte Ma Qing an meiner Stelle.

»Wo schleppt ihr mich hin?« schrie ich.

In der nächtlich stillen Straße hatte eine Horde bebrillter Studenten mich umzingelt und hinderte meine Hilfstruppen – die Generäle Liu, Ma und Yang – daran, mich zu retten. Als sie mich mit Gewalt am Arm weiterzogen, riß ich mich los und setzte mich einfach auf den Boden.

»Was hab ich euch denn getan? Darf man nicht mal was sagen?«

»Doch! Sogar auf 'ner Massenversammlung! Da kannst du deine Ansichten zur Literatur darlegen. Oder kneifst du?« fragte eine Studentin und fuchtelte mit ihrem Zeigefinger anklagend vor meiner Nase herum.

»Warum auf 'ner Massenversammlung? Ich hab Angst vor Fremden!«

»Traust du dich, oder nicht? Echtes Gold scheut nicht das läuternde Feuer!«

»Wozu brauch ich 'ne Läuterung?« erwiderte ich, überzeugt, Vernunft und Recht auf meiner Seite zu haben. »Echtes Gold muß man nicht läutern – hör auf, mich zu würgen!«

»Los, du kommst mit!« beharrten die Studenten und fingen wieder an, mich mit sich zu ziehen.

»Habt ihr sie nicht mehr alle?« schrie ich. Mir tat schon alles weh von dem Gezerre.

Da kam Yu Guan herbeigeeilt. Als hätte er eine Horde kulturrevolutionärer Rotgardisten vor sich, rief er: »Halt, ihr jungen Generäle! Man kann doch über alles miteinander reden! Hört auf, so an ihm herumzuzerren, sonst gehen die Schweißnähte auf, und er kann überhaupt nicht mehr sprechen, selbst wenn er's will!«

»Wir bringen ihn schon zum Reden. Hauptsache, er ist erst mal an Ort und Stelle!«

»Tut doch was!« flehte ich meine durch eine Menschenmauer von mir getrennten Hilfstruppen an. »Laßt euch was einfallen! Schnell!«

»Wir können auch nichts machen«, rief Liu Huiyuan resigniert. »Du siehst ja selbst – wir sind dir nah und doch so fern.«

»Könnt ihr für seine persönliche Sicherheit bürgen?« fragte Yang Zhong den Anführer.

»Überleben wird er auf jeden Fall. Höchstens, daß ihm das Fell über die Ohren gezogen wird und sein Selbstwertgefühl Schaden nimmt.«

»No! No!« In meiner Aufregung verfiel ich ins Englische.

»Na, dann nehmt ihn mit.« Yang Zhong sah mich mitleidig an. »Geh schön mit, und komm uns schön wieder zurück!«

»No! No!« Ich widersetzte mich, aber die Studenten hoben mich hoch und warfen mich auf einen Pritschenkarren. Dann zurrten mich zahllose Hände von allen Seiten mit Seilen fest, und fort ging es.

»Where am I?« fragte ich zähneklappernd. »Jugendstrafanstalt?«

Ich wurde abgeladen. Geleitet von mehreren Studenten gelangte ich in einen dunklen Raum mit Vorhängen an allen Wänden. Dort wurden mir die Fesseln abgenommen.

Ich rannte sofort los und suchte einen Ausgang, aber die Türen waren von Studenten versperrt, die mich von überallher anbrüllten: »Los! Los, los!«

Mir blieb keine Wahl, als durch die einzige unbewachte Tür zu laufen. Sobald ich draußen war, blieb ich wie angewurzelt stehen: Ich befand mich auf einem Podium, vor mir ein dunkler Hörsaal voller Studenten, die sofort in lautes Gelächter ausbrachen, als ich auftauchte.

Ich wollte zurück, aber die Tür war bereits von innen verschlossen worden. Notgedrungen wandte ich mich wieder zum Auditorium und versuchte es mit einem coolen Lächeln.

»Oho!« Beifall, gemischt mit Gelächter.

Jetzt bemerkte ich, daß auf der Bühne ein Rednerpult bereitstand, komplett mit Mikrofon und Teebecher.

Ich näherte mich ihm langsam. Unten wurde es ganz still. Alles starrte erwartungsvoll auf mich.

»Was macht ihr alle hier zu dieser späten Stunde?« fragte ich ins Publikum.

Gelächter, gefolgt von Applaus.

»Habt ihr etwa auf mich gewartet?«

Abermals Gelächter. Jemand rief: »Wer bist du eigentlich? Was willst du hier?«

»Ich weiß auch nicht, was ich hier soll. Freiwillig bin ich jedenfalls nicht gekommen. Bin gekidnappt worden.«

Noch größere Heiterkeit im Publikum. Manche pfiffen.

»Ihr studiert alle Literatur?«

Heiterkeit im Saal.

»Demnach bin ich, scheint's, nicht der einzige, der auf Abwege geraten ist!«

Großes Gelächter.

»Okay, reden wir über Literatur. Wo wir schon mal so schön unter uns sind.«

Erneut ging eine Welle von Heiterkeit durch die Zuhörer.

»Ich trete dafür ein, daß die Literatur den Arbeitern-Bauern-und-Soldaten dient.«

Diese kulturrevolutionäre Reminiszenz wurde prompt ausgezischt.

»Das heißt, wenn wir mit der Literatur spielen, tun wir das für die Arbeiter-Bauern-und-Soldaten.«

Brausendes Gelächter, gemischt mit Pfiffen. »Wir Älteren sind natürlich jenseits von Gut und Böse...«

Gelächter.

»Wir haben die Sorge um Volk und Vaterland richtig verinnerlicht, davon kommen wir nicht mehr los. Selbstachtung, das ist für uns ein Fremdwort. Irgendwelche volltönenden Ehrentitel – geschenkt! Und sonst? Lustlosigkeit, ein Gefühl der Vergeblichkeit. Totaler Frust!«

Gelächter.

»So ist das Leben dahingegangen bei unsereins. Und jetzt, mit achtzig, soll ich mich noch ändern? Kann ich das denn? Ich bin nun mal 'n Betonkopf!«

Beifall im Publikum.

»Wenn's nach euch ginge, hätte ich wohl umsonst gelebt, was? All mein Sehnen, all mein Streben mein Leben lang – alles müßte ich in den Wind schreiben, wie? Nicht mit mir!«

Gelächter. Jemand fragte: »Wie alt bist du eigentlich?«

»Jedenfalls noch nicht so alt, daß mir – frei nach Konfuzius – mein unermüdlicher Lehreifer vergangen wäre! Der hat längst in mir Wurzeln geschlagen. Und wenn ihr ihn mit der Sichel abschneidet oder mit der Hacke jätet – um mit Lu You zu sprechen: ›Der lenzliche Wind erweckt den schlummernden Trieb stets aufs neu‹!«

Pfiffe.

»Ach, ihr jungen Menschen! Ihr versteht nichts von Geschichte; kein Wunder, daß ihr so unbeständig und leicht beeinflußbar seid.«

Pfiffe, gemischt mit verstohlenem Gelächter.

»Wie ist es denn gekommen, daß wir seit Jahrzehnten von Erfolg zu Erfolg, von Sieg zu Sieg schreiten? Weil wir im literarischen Schaffen stets den Kurs des spielerischen Umgangs mit der Literatur unterstützt haben!«

Gelächter.

»Ich schlage euch vor, meine lieben Kommilitoninnen und Kommilitonen, daß ihr aufs neue die Kulturgeschichte Chinas und des Auslands in Vergangenheit und Gegenwart studiert und euch mit der Theorie des künstlerischen Schaffens beschäftigt. Darin steht alles so klar und deutlich geschrieben: Wer nicht mit der Literatur spielt, hat keine Perspektive. Und das hat sich seither kaum geändert, siehe heute der Ruf nach Weltoffenheit in der Literatur. Ich frage euch: Wie soll je ein Chinese den Literatur-Nobelpreis kriegen, wenn wir nicht mit der Literatur spielen?«

Pfiffe.

»Betrachten wir doch die Standardwerke in der Schatzkammer der chinesischen Gegenwartsliteratur, die Werke unserer großen Meister. Welches von ihnen spielt nicht mit der Literatur? Vonnöten ist doch ein Gefühl für gesellschaftliche Verantwortung! Wir sind Schriftsteller; und was für Menschen sind Schriftsteller? Übermenschen sind sie! Cleverer sind sie und kultivierter als gewöhnliche Sterbliche – die Hoffnungsträger der Nation, das Gewissen der Gesellschaft. Sie sind es, die dem Land seine Zukunft weisen, wie Ihr-wißt-schon-wer – genau, Mao Zedong! – in seinem ersten Gedicht schrieb. Würden wir nicht von unserer hohen Warte aus sagen, wo's langgeht, und zeigen, wo die Dinge im argen liegen, würden wir nicht in großen Zusammenhängen denken und den Kurs abstecken, ja dann befände sich unser Volk tatsächlich in einer ausweglosen Lage und wüßte nicht mehr ein noch aus, dann könnte es weder leben noch sterben – kurz, es würde bei lebendigem Leib ersticken.«

Noch mehr Pfiffe. Jemand rief: »Verpiß dich!«

»Nein, wirklich! Was ich euch hier sage, ist die reine Wahrheit! Ihr dürft nicht auf unsereins herabsehen. Ehrlich gesagt, ich möchte mich auch nicht mit euch herumstreiten, ihr habt eigentlich gar nicht das Recht, mich hier unter die Lupe zu nehmen. In meinem Alter! – Schließlich seid ihr unten und ich oben!«

Ein Mädchen stand auf. »Muß man denn unbedingt mit der Literatur spielen?« fragte sie mit lauter Stimme und rotem Kopf. Dann tauchte sie schnell wieder in der Menge unter.

»Ob man unbedingt mit der Literatur spielen muß? Ja, was denn sonst? Natürlich muß man das«, antwortete ich.

»Wir wollen das aber nicht«, erklärten ein paar wirklich reizende Mädchen im Parkett. »Wir spielen nicht mit der Literatur.«

»Womit denn sonst?«

»Mit gar nichts! Mit Spielen kann man uns jagen.«

»Und ihr hockt einfach so zu Hause rum?«

»Wir studieren die westliche Moderne«, erklärte eins der mutigeren Mädchen. »Sind blind und taub für alles, was draußen passiert. Literatur pur. Freies Spiel der Satzglieder. Nur Verben, keine Substantive. Über hundert Sätze ohne ein einziges Satzzeichen. Keine Rücksicht auf den Leser.«

»Ja, aber das *ist* doch Spielen! Lediglich für eine andere Zielgruppe: für euch selbst und Gleichgesinnte.«

»Na gut, wenn Sie das Spielen nennen wollen. Aber wir möchten nur auf diese Art spielen, nicht so wie Sie. Uns kommt es auf die Philosophie dabei an.«

»Was ihr wollt! Spielt so, wie es euch gefällt. Aber wenn ihr schon spielt, warum nicht für die Mehrheit?«

»Weil wir es auf die Elite abgesehen haben!«

»Das Problem ist nur, der Plebs hat's nötiger als die Elite, daß wir mit ihm spielen. Der Plebs ist nämlich wirklich arm dran, und niemand wird mit ihm spielen, wenn wir es nicht tun. Die Elite aber, nun, die findet immer irgend etwas, woran sie sich berauschen kann, und wenn sie sich mit ausländischen Büchern die Zeit vertreibt.«

»Ich teile Ihre Auffassung überhaupt nicht«, entgegnete die Studentin empört. »Ist etwa die Elite nicht arm dran? Da liest einer körbeweise ausländische Literatur, nur um dann auf seinem so erreichten hohen Niveau völlig zu vereinsamen – ›Keiner geht ihm voran, und keiner folgt ihm nach‹, ›Bedrängt von Mauern ringsumher zieht er das Schwert und stürzt hinaus‹, ›Hoch ragt der Berg, es rauscht der Bach‹, ›Und ach! er find't kaum einen Freund im weiten Rund‹. Dabei ist Einsamkeit noch nicht das Schlimmste, was ihm widerfahren kann. Wer weiß, ob er nicht aus Überdruß seinem Leben ein Ende setzt!«

»Da seht ihr's, nicht ihr spielt mit der Elite, sondern die Elite mit euch. Wenn einer von denen gut verdienen will, macht er doch einen Handel auf, ist morgens der erste auf dem Markt und abends der letzte. Um das Volk zu betrügen, reicht es vollauf, wenn man dreitausend Schriftzeichen beherrscht – so viele ausländische Bücher zu lesen wäre reine Zeitverschwendung. – Ich habe auf einschlägigen Versammlungen immer wieder nachdrücklich darauf hingewiesen: Elite hin, Elite her, wir dürfen niemals die neunundneunzig Prozent vergessen! Wenn Ruhe herrscht unter den achthundert Millionen Bauern und den drei Millionen Angehörigen der Volksbefreiungsarmee, dann ist die Lage stabil.«

»Hoho!« höhnte das Publikum.

»Wenn ihr immerzu dazwischenschreit, rede ich nicht weiter.«

»Hoho!«

»Auch noch zynisch, was?« Ich trank einen Schluck Tee gegen die Trockenheit in der Kehle und wartete, daß meine Zuhörer sich beruhigten. »Eine ganz schlechte Sitte, die jetzt eingerissen ist, diese Zwischenrufe. Alles wird ausgebuht, was immer man auch sagt, egal ob richtig oder falsch.«

»Hoho!«

»Je mehr man recht hat, desto mehr wird man niedergeschrien.«

»Hoho!«

»Auch in der Literaturszene ist das nicht anders. Literaten hacken am allerschlimmsten aufeinander herum – nichts da von Solidarität gegenüber dem gemeinsamen Feind! Je mehr und je gründlicher man selbst sich auf das Spiel mit der Literatur einläßt, desto weniger ist man bereit zuzugeben, daß man ebendies tut. Schlimmer noch, man hat eine Stinkwut auf andere, die das gleiche tun!«

»Als ob sich jemand für euch Wichser interessieren würde!« schrien einige Krakeeler dazwischen.

»Ja, schimpft nur, schreit nach Herzenslust. Schimpfen ist ja so leicht! Wenn ich loslegen würde, könntet ihr noch was von mir lernen. Wer recht hat, läßt auch mit sich reden; und wenn schon nicht miteinander geredet wird, reden wir halt alle nicht miteinander.«

»Schluß! Schluß!« Der Anführer der Studenten, die mich gefesselt hatten, war auf das Podium gesprungen. »Hau ab! Aufrichtig bist du ja, das muß man dir lassen.«

»Natürlich bin ich aufrichtig, verdammt noch mal!« schrie ich ihn an. »Sonst hätte ich längst angefangen, mit euch über Ideale zu sprechen.«

»Zieh Leine, fick deine Mama!« schrie ein Trupp Studenten, die sich unten vor dem Podium drängten.

»Eure Mama, meint ihr wohl?« brüllte ich zurück und knallte den Teebecher auf den Tisch. »An mich traut ihr euch ja doch nicht ran, ihr Arschlöcher!«

Inzwischen hatte eine Schar anderer Studenten – offenbar von der gemäßigten Partei – das Podium erklettert. »Hör schon auf! Reize sie nicht«, redeten sie mir zu und versuchten, mich fortzuziehen.

»Soll sich bloß keiner von euch Wichsern vor mir aufspielen! Ich bin ein Rowdy und fürchte mich vor niemand!«

Damit riß ich mich los und rauschte davon.

5

Der Anblick war wunderschön, aber was das für Bäume waren, hätte ich nicht sagen können – ich kenne nur Himalaya-Zedern, üppige Tannen und die Trauerweide mit ihren sacht schwingenden Zweigen. Erst recht vermochte ich keine der auf den Beeten und Rabatten angepflanzten Blumen zu benennen, sondern hatte nur den vagen Eindruck eines rot, gelb, grün und rosa prangenden Blütenmeeres, in dem die leuchtenden Farben förmlich miteinander wetteiferten.

Vor dieser Pracht stand An Jia und schäkerte mit Knöpfchen, die sie auf dem Arm hatte. Im strahlenden Licht der Sonne waren Menschen und Landschaft von einer geradezu herzbewegenden Schönheit. Die Sonnenstrahlen ließen das zarte Knöpfchen fast durchsichtig erscheinen, wie sie die Ärmchen nach den Blumen ausstreckte, lachte und jauchzte und dabei zwei makellos weiße Zähnchen aufblitzen ließ, so naiv und unschuldig, so sorglos und entrückt, daß man kaum hinschauen konnte.

»Das Leben ist schon schön«, brummelte ich und kniff geblendet die Augen zusammen. »Für Knöpfchen würde ich es mit jedem aufnehmen, echt.«

»Was brabbelst du da?« An Jia warf mir einen finsteren Blick zu. »Nimm du's erst mal mit dir selbst auf!«

»Knöpfchen!« Ich ging hinüber, nahm die runden Bäckchen der Kleinen zwischen meine Handflächen und gab ihr einen dicken Kuß. »Warum drehst du dich denn weg? Du, ich hab das Recht, dich zu küssen ... Knöpfchen, wenn dein Papa was Böses tut, tut er's doch nur für dich! Später, wenn du groß bist und unter Menschen kommst, brauchst du nur zu schauen, ob sie deinem Papa gleichen. Dann weißt du sofort, wer ein schlechter Mensch ist. Ach, was haben wir armen Eltern es schwer!«

»Was soll das Geseire!« sagte An Jia. »Reicht dir wohl nicht, daß ich auf dich reingefallen bin, was?«

»Ich will nur, daß Knöpfchen nicht in unsere Fußstapfen tritt.« Zärtlich betrachtete ich mein Töchterchen. »Knöpfchen, hör auf deinen Papa: Da draußen, das sind lauter schlechte Menschen. Die sagen nur immer, du mußt gut und brav sein, damit sie selbst Böses tun können.«

Da kamen Liu Huiyuan und Fettmops Wu kichernd und schwatzend des Wegs. Als sie mich erblickten, blieben sie stehen und riefen: »Pflückst du hier Blumen, oder wie?«

»Na, so was, ihr kennt mich noch? Erst laßt ihr mich allein im Regen stehen, und jetzt wollt ihr euch wieder anschleimen – mit mir nicht!«

»Hört, hört!« sagte Fettmops Wu grinsend zu Liu Huiyuan. »Der Herr hat seine Prinzipien!«

»Uns kann's ja egal sein, ob du kommst oder nicht«, fuhr Liu Huiyuan fort. »Aber heute hat ein Taiwaner eingeladen.«

Die beiden gingen ein paar Schritte weiter, blieben wieder stehen und riefen in meine Richtung: »Überleg's dir! Wir haben dir immerhin 'ne Brücke gebaut.«

»Falls du wirklich Prinzipien hast«, meinte An Jia mit dem Kind auf dem Arm, »dann gehst du nicht, selbst wenn sie dir 'ne goldene Brücke bauen.«

»Sind immerhin meine Freunde«, erwiderte ich. »Da kann man schlecht auf irgendwelchen Prinzipien herumreiten. Der Klügere gibt halt nach!«

Mit diesen Worten eilte ich hinter den beiden her, so schnell mich meine Füße trugen.

»Ein Taiwaner läßt sich herab – wie kam's denn? Wird uns doch wohl nicht als Agenten anwerben wollen?«

»Scheißegal! Hauptsache, es gibt was zu fressen.«

»Soll er ruhig versuchen, uns einzuwickeln!«

Ma Qing hockte mit einem Stück Wachsbatikstoff am Fuß einer Mauer an der Straße. Neben ihm stand Liu Meiping in einer knallbunten Weste bereit. Sobald ein ausländischer Tourist vorbeikam, wurde das Netz ausgeworfen, und Liu Meiping setzte sich in ihrem aufreizendsten Gang in Marsch. Tatsächlich nahm ein blonder, blauäugiger, etwa eins neunzig großer Ausländer in chinesisch geschnittener Hemdjacke und schwarzen Stoffschuhen die Witterung auf. Wie eine Schmeißfliege folgte er dem Mädchen, wobei er in seiner kehligen Sprache auf sie einredete, ohne daß sie ihn zu beachten schien. Nur hin und wieder warf sie ihm einen koketten Seitenblick zu. So führte sie ihn bis in Höhe von Ma Qing, der sofort aufsprang.

»Kann ich helfen? Ich verstehe gebrochenes Chinesisch!«

»Dies«, der Ausländer zeigte auf Liu Meipings Weste, »verkaufen?«

»Das Mädchen nicht, die Weste schon.« Ma Qing entfaltete seinen Batikstoff. »Und wie wäre es hiermit? Schon mal gesehen?«

»Gut!« Die Augen des Ausländers leuchteten auf. »Wo verkaufen?«

»Nicht so stürmisch!« Ma Qing nahm ihm den Stoff wieder ab. »Ich weiß, was Sie wollen: Sie möchten gern Schätze aus China kaufen, stimmt's? Ich biete Ihnen eine Riesenauswahl, kommen Sie nur mit. Meiping, geh doch mal voran.«

Damit nahm er den großen Blonden am Arm. »Wir folgen ihr einfach«, sagte er und zeigte auf das vor ihnen her wippende Mädchen. »Wir zwei Schatzsucher!«

»Wie weit?« fragte der Ausländer, verwirrt von dem Gang durch die engen, gewundenen Gäßchen.

»Gleich um die Ecke.«

Beschwingt marschierten wir zu dritt in die kleine Küche ein, will sagen: in den Salon Seepferdchen. Von der Tür aus fragte ich: »Wo ist der Taiwaner?«

Yang Zhong, der gerade mit einem ausländischen Riesenbaby ein Glas Farbwasser zur Brust nahm und mit ihm Stoffe ansah, drehte sich um: »Der kann heute nicht. Haben aber Ersatz – Reaktionäre aller Länder ...«

Mit offenen Mündern starrten wir den Ausländer an. Den schien unser Anblick nicht minder zu verstören.

»Sie sind doch hinter den Schätzen Chinas her – hier haben Sie die kostbarsten vor sich.« Dann stellte Ma Qing uns den Ausländer vor: »Das ist ein Chinawissenschaftler aus San Marino, der wollte euch unbedingt kennenlernen.«

»Ist er gut für 'ne Mahlzeit?« fragte ich und zeigte auf den Sinologen.

»Wird sich zeigen!« antwortete Yang Zhong. »Abgeschleppt haben wir ihn. Ob er sich 'ne Mahlzeit aus dem Kreuz leiern läßt, hängt von euch ab. Strengt euch an!«

»Was die vorhaben?« wollte der Ausländer wissen. »Die verkaufen keine Stoffe?«

»Nein! Nein!« wehrte Ma Qing ab und drückte den Mann auf einen Stuhl. »Nehmen Sie erst mal Platz. Im Sitzen redet's sich besser.«

Auch wir setzten uns und starrten den Ausländer schafsdumm an.

»Sitzt nicht so blöd rum! Unterhaltet euch!« ermunterte uns Ma Qing. »Wann habt ihr schon mal so 'ne Chance? Schreit nach Ausländern, und wenn man sie euch bietet, seid ihr stumm!«

»Was sollen wir denn sagen?« verteidigte sich Fettmops Wu. »Was will der überhaupt hören?«

»Irgendwas wird euch schon einfallen«, erwiderte ich, indem ich eine imaginäre Schüssel zum Mund führte und Reis zu schaufeln begann. »Schmeckt gut – chinesisches Essen?«

Das verstand der Ausländer: »Gut!« rief er und lächelte. »Nicht genug!«

»Aha, noch so'n Freßsack!« Ich zeigte erst auf mich, dann auf ihn. »Gehen wir zusammen essen! Sie laden ein.«

»Sie laden ein? Oh, Sie mich beschämen!«

»Nein, ich habe gesagt, Sie laden ein. Sie haben die Knete.«

»Sie mich beschämen.« Lächelnd schüttelte der Ausländer den Kopf. »Besser, jeder zahlen für sich.«

»Jeder für sich? Nein, Sie laden ein, ich – ich schenke Ihnen dafür die Freundschaft eines Chinesen.«

»Hör schon auf mit dem Essen«, schaltete Yang Zhong sich ein. »Themawechsel! Bißchen mehr durch die Blume!«

»Sie – wie alt?« Ich gestikulierte etwas hilflos – wie fragt man mit Gesten nach dem Alter? – und deutete in meiner Not die Körpergröße mit der Hand an.

»Einsneunzig. Sie?«

»Nein, nein, ich meine das Alter – das Alter, verstehen Sie?« Ich strich mir über einen imaginären Kinnbart, zog mir mit den Fingern Triefaugen, bleckte die Zähne und zählte: »Wie viele Jahre?«

»Was meint er?« fragte der Ausländer Ma Qing.

Der warf den Kopf zurück, wieherte wie ein Pferd und bleckte dann seinerseits die Zähne: »Er fragt nach Ihrem Alter.«

»Ich nicht kaufen ...« Der Mann wieherte ebenfalls mit zurückgeworfenem Kopf. »Haben Töfftöff!«

Yang Zhong merkte, daß wir so nicht weiterkamen. »Bäume. Kennen Sie?« schaltete er sich nun ein und zeigte auf die Bäume draußen, wobei er mit den Händen Kreise zog. »Jahresringe.«

»Bäume? Oh, kenne. Jahresringe auch kenne.«

Yang Zhong wies erst auf mich, dann auf den Ausländer: »Er fragen, Sie wieviel Jahresringe?«

»Drei Ringe.« Der Ausländer hielt drei Finger hoch und nickte. »Sie wieviel?«

»Auch drei Ringe«, sagte ich.

»Nein.« Der Mann streckte unzufrieden vier Finger aus. »Vier Ringe.«

Ich geriet in Wut und schimpfte los: »Was soll 'n der Scheiß«

»Hör auf!« ermahnte mich Ma Qing. »Unser ausländischer Freund ist eben aufrichtig. Und so falsch liegt er ja mit den vierzig auch wieder nicht.«

»Was er sagen?«

»Er lobt Sie. Sie hätten gute Augen.«

»Komisch. Sich anhören wie schimpfen.«

»Ach nein, wir Chinesen sind alle so. Loben und schimpfen klingen ganz ähnlich. Überschwang der Gefühle, verstehen Sie?«

»Wie man kann unterscheiden? Chinesen uns lieben oder hassen?«

»Wenn sie Sie anlachen, hassen sie Sie. Wenn sie Sie grimmig anschauen, lieben sie Sie – da behandeln sie Sie wie einen der Ihren.«

»Umgekehrt wie wir?«

»Korrekt. Immer genau umgekehrt. Zum Beispiel auch bei der Verkehrsampel. Wenn die Ampel auf Rot steht, müssen Sie losgehen, bei Grün bleiben Sie schnell stehen.«

»Aha.« Der Ausländer sah uns grimmig an und trompetete in schneidendem Ton: »Ich liebe China!«

»Sehr gut, lieben Sie! Lieben wir uns gegenseitig«, rief ich mit ebenso grimmiger Miene. »Sie lieben China, wir lieben San Marino.«

»Dann Sie hinfahren. Ich ja auch hier bin.«

»Echt schlagfertig, muß man ihm lassen.«

»Sieht ganz nach Flop aus. Wird wohl nichts mit dieser Mahlzeit«, meinte Liu Huiyuan zu mir. »Kommen einfach nicht auf einen Nenner. Reden aneinander vorbei.«

»Niemand will in Ihr Land fahren«, wandte Fettmops Wu sich nun wieder an den Ausländer. »Sind doch alle in unseren eigenen Ländern bestens aufgehoben.«

»Ja, ich neidisch bin«, erwiderte der Mann. »Nur in China gibt es. Bei uns keiner den ganzen Tag dasitzen und schwatzen. Würde verhungern.«

»Dann müssen Sie auch 'ne Revolution machen. Eine kleine Revolution, und schon verhungert keiner mehr.«

»Nicht Revolution machen können, trotzdem alle nicht verhungern. Beobachten, Sie machen Revolution.«

»Zusehen, wie wir hier was losmachen, wie? Das kennt man ja, ihr Langnasen seid alle Spanner!«

»Wieder Lob? Nein, nein – nicht immerzu mich loben! Wir nicht genug tun, können nicht mit Ihnen vergleichen. Sie alle Großgrundbesitzer im Land erledigen, wir nur entführen zwei Flugzeug, kidnappen einen Kapitalist.«

»Was? Was haben Sie gemacht? In Ihrem Land?«

»In mein Land ich bin guter Junge. In Deutschland ich bin Rote Armee!«

»Rote-Armee-Fraktion?!« Wir erschraken. »Terrorist? Scheiße – warum müssen wir ausgerechnet an so einen geraten! Wir hatten Sie für'n Kapi gehalten!«

»Wieder Lob? Ich spät geboren, nicht können machen Revolution mit chinesische Rote Armee, deshalb eintreten in deutsche Rote Armee.«

»Raus hier, aber ganz schnell!« Wir zogen den Ausländer hoch und drängten ihn zur Tür. »Sonst müssen wir Sie der Polizei übergeben. Internationale Verträge muß man einhalten!«

Der Mann war entrüstet über seinen Rausschmiß. »Warum Sie diese Haltung einnehmen? Wir stets nur bekämpfen Mißstand in kapitalistische Länder.«

»Und wir – wir warten auf die Kapitalisten! Auf Sie nicht!« Damit drängten wir den Ausländer hinaus, verschlossen hinter ihm die Tür und waren wieder allein mit uns und unserem Herzklopfen. »Rote-Armee-Fraktion? Eigentlich ja auch eine Armee der Armen…«

Aller Augen richteten sich nun auf Ma Qing. Der wurde ganz bleich und wich immer weiter vor uns zurück: »Meine Herren! Ich bitte um Gnade! Verschonen Sie mich! Ich geh auf der Stelle und bring Ihnen einen echten Kapitalisten, und wenn ich dabei draufgehe!«

»Schlepp uns nicht noch mal einen RAF-Ausländer an, sonst brauchst du dich nicht zu wundern, wenn wir gar nicht nett zu dir sind.«

»Mal langsam – solche Leute wie der eben haben auch Knete, sage ich euch.« Yang Zhong versuchte, ein gutes Wort für Ma Qing einzulegen. »Revolution und Terrorismus, das sind im Ausland Spielchen für die Reichen. So was liegt jetzt total im Trend!«

»Mit Ultralinken kann man uns jagen – weißt du doch! Sagst ja selbst, so was sind Spielchen der Reichen. Was hat das also mit uns zu tun? Erst mal reich werden, dann reden wir weiter.«

»Wer arm ist, hat keine Ideale«, warf ich ein. »Nicht

mal revolutionären Elan – außer, der ist gut für 'ne Mahlzeit.«

»Ha! Kommt ihr also doch noch angeschissen! Schmiert was zusammen und macht euch einfach dünn! Und Ding Xiaolu und ich sitzen uns den Arsch breit über eurem Stuß!«

Das war Yu Guans lautstarke Begrüßung, kaum daß wir in der Redaktion des *Seepferdchens* eingetroffen waren, wo er mit angewiderter Miene über unseren Manuskripten brütete.

»Komm mal her, Fang Yan! Hier, dieses Wort – mal sehen, ob du dein eigenes Gekrakel entziffern kannst. Soll das Chinesisch sein oder Arabisch?«

»Na, na! Wer wird denn so rumjammern! Und seinen Chef beleidigen, sobald der sich blicken läßt.« Ich ging zu ihm hinüber. »Dein Chef hat dich beauftragt, seine Manuskripte zu redigieren. Das ist ein Vertrauensbeweis! Dein Chef dreht schließlich auch nicht Däumchen. Hat gerade Geschäftsbeziehungen zu einem RAF-Mann aus Deutschland angebahnt... ›Kuhl‹ – das Wort heißt ›kuhl‹. Sag bloß, das kennst du nicht! Dabei schimpfst du dich Chefredakteur! Okay, bißchen flüchtig schreibt der Chef ja, aber lesen kann man's allemal.«

»So! Dann frag ich dich: Was bedeutet dieses ›kuhl‹, hm?«

»›Total gelassen‹. ›Unerschütterlich‹. ›Nicht aus der Fassung zu bringen‹. Oder so. ›Lächelte kuhl‹ – halt so gentlemanmäßig.«

»Wer ›lächelte kuhl‹?«

»Na, ich! Angesichts der Schwierigkeiten. Die machen mir halt nichts aus.«

»Und das Wort schreibt sich ›kuhl‹, ja?«

»Jedenfalls so ähnlich.«

»Das Wort schreibt sich ›cool‹! Kleines c, Doppel-o, l. Merk's dir, damit du's nicht noch mal falsch schreibst! Bist schließlich Schriftsteller.«

»Hör sich das einer an! Jedenfalls spricht es sich ›kuhl‹. ›Kuhl‹ oder ›cool‹ – stört doch keinen großen Geist!«

»Ihr beiden, kommt auch mal her«, forderte Ding Xiaolu Fettmops Wu und Liu Huiyuan auf. »Hier, eure Manuskripte, da sind genauso viele Fehler drin wie bei Fang Yan. Seid wohl alle beim selben Lehrer in die Schule gegangen, was?«

»Wenn's schnell gehen muß, schreib ich immer Englisch«, murmelte Fettmops Wu. »Übersetzen tu ich's dann zum Schluß.«

»In Zukunft gebt ihr euch gefälligst mehr Mühe«, fuhr Ding Xiaolu fort. »Bißchen Quatsch ist ja schön und gut, aber zu viel ist zu viel. Wir werden schließlich im ganzen Land gelesen!«

»Ich geb mir schon genug Mühe«, erwiderte Liu Huiyuan, der – über sein Manuskript gebeugt – die Fehler korrigierte. »Noch mehr, und es kann keiner mehr lesen.«

»Da fällt mir ein...« Ding Xiaolu öffnete eine Schublade und warf mir einen Brief zu. »Hier ist ein Leserbrief für dich. Kam gestern.«

»Mann oder Frau?«

»Dem Namen nach müßte es 'ne Frau sein: Zhen Wenwen.«

»Vorlesen! Vorlesen!« Fettmops Wu riß mir den Brief aus der Hand. »Mal sehen, was die schreibt.«

Er zog den Brief aus dem Umschlag, faltete ihn auseinander und begann sofort zu grinsen: »›Geliebter Bruder Fang!‹«

Alles prustete los.

»Was ist denn das für 'ne Anrede?« Auch ich schmunzelte. »Echt rattenscharf!«

»›Vielleicht kennen Sie mich nicht...‹«

Erneut allgemeine Heiterkeit. »So'n Stuß!«

»›Aber ich kenne Sie – natürlich noch nicht richtig, unsere Beziehung ist ja gerade erst über Ihr Werk entstanden.‹«

»Hört, hört! ›Unsere Beziehung‹! Die läßt nichts anbrennen!« höhnte Liu Huiyuan.

»›Ich hatte vorher noch nie ein Werk von Ihnen gelesen.‹«

Alle lachten: »Kunststück! Wo's doch vorher noch gar keine Werke von ihm gab!«

»›Aber es hat mir sofort gefallen.‹«

»Oho! Wenn sich da nicht zwei gefunden haben!« juxten die anderen.

»›Ich finde, Sie schreiben echt toll. Sie beobachten alles echt genau. Zwar gibt es nur wenige Dialoge, aber die gehen einem echt zu Herzen.‹«

»Mann, die geht ran! Schmiert dir den Honig nur so ums Maul.« Alle nickten sich feixend zu. »Weiß genau, was die Leute gern hören.«

»Die schreibt doch Tatsache ›Das ist keine Schmeichelei!‹«

»Was denn sonst?« johlten die Zuhörer.

Ich versuchte, sie zum Schweigen zu bringen: »Seid doch mal ruhig! Man versteht ja nichts.«

»Ts! Ts! Ts!« Alle schauten mich feixend an. »Richtig ernst ist der Junge! Ob dem vielleicht auch was ›zu Herzen‹ geht?«

»›...Ich meine das wirklich so.‹« las Fettmops Wu weiter. »›Dabei bin ich sonst eigentlich eher zu anspruchsvoll. Alle sagen, ich wäre arrogant und würde niemand mögen. Aber als ich Ihr Werk gelesen hatte, habe ich Sie...‹«

»...gleich gemocht!« setzten alle im Chor fort. »Da hat sie vielleicht 'nen Fang gemacht!«

»›Sicher sind Sie noch sehr jung? Jedenfalls habe ich aus Ihrem Werk diesen Eindruck gewonnen.‹«

»Klar bin ich jung!« griente ich. »Und vor allem vielversprechend!«

»›Auch ich bin jung.‹«

»Na also, paßt doch!« frotzelten die anderen.

»›Und die Literatur liebe ich auch.‹«

»Auch noch gemeinsame Hobbies! Da muß sich ja einfach was anspinnen.«

»›Aber geschrieben habe ich selbst noch nichts.‹«

»Macht nichts! Dein Bruder Fang hat auch noch nichts geschrieben.«

»›Ich möchte bei Ihnen lernen.‹«

»Na bestens! Bruder Fang hätte ja schon immer gern 'n Lehrling gehabt. Hätte sogar das Lehrgeld selbst getragen. Bloß hat sich bisher niemand gemeldet.«

»›Könnten Sie mich vielleicht unterweisen?‹«

»Natürlich könnte er!« riefen alle im Chor. »Bruder

Fang kann dich nicht nur unterweisen, der wird dir sogar das Händchen führen!«

»Höhnt ihr nur! Ihr wollt ja bloß, daß ich rot werde.«

»So, und jetzt ist 'ne Antwort fällig.« Mit diesen Worten warf Fettmops Wu mir den Brief zu. »Weiterlesen tue ich nicht. Zu peinlich!«

»Wieso peinlich?« Alle amüsierten sich über Fettmops Wus Skrupel. »Hat doch nichts mit dir zu tun.«

»Quatsch! Ich find das bloß zum Kotzen, wie die sich an so'n Piepel-Schreiberling ranschmeißt. Wenn die mal wirklich Feindberührung hat, fällt die glatt auf die Knie!«

»Wirst du ihr antworten?« fragte mich Yu Guan.

»Klar! Komm, ich diktier dir: ›Ich fürchte nur eins: daß Sie nicht hübsch genug sind...‹«

Die anderen johlten los: »Verdorben bis ins Mark! Hach, diese Schriftsteller!«

»Hey! Zu wem wollen Sie? Wieso kommen Sie hier einfach rein, ohne anzuklopfen?« fuhr Fettmops Wu einen alten Mann an, der ins Zimmer getreten war und sich suchend umschaute.

»Ich will zu Fang Yan«, sagte der Alte. »Hier ist doch die Höhle des *Seepferdchens*?«

»Wer sind Sie denn eigentlich?« entgegnete ich.

»Ich bin Gu Debai!« antwortete der Alte, jede Silbe bedeutungsvoll betonend.

»Und wer ist Goodbye?« fragte ich in die Runde.

»Keine Ahnung!« war die einhellige Antwort.

»Oh, ich weiß!« Ding Xiaolu stand auf und fragte den Alten: »Sind Sie der Gu Debai, der *Für wen brach der Sturm los* geschrieben hat?«

»*Für mich brach der Sturm los.*«

»Richtig, *Für dich brach der Sturm los*«, sagte Ding Xiaolu, zu uns gewandt. »Kennt ihr das nicht? Berühmtes Buch! Damals, im Krieg gegen Japan, hat es den Kommunisten unwahrscheinlich genützt: Viele von denen, die in der Achten Armee lesen und schreiben konnten, sind nämlich von zu Hause weggelaufen und Soldat geworden, nachdem sie das Buch gelesen hatten.«

»Ach so!« Ehrfürchtig sahen wir den Alten an.

»Da waren Sie es also, der die Drei Großen Berge von uns abgewälzt hat? Uns von Imperialismus, Feudalismus und bürokratischem Kapital befreit hat? Weiß man's doch endlich!«

»Nehmen Sie bitte Platz, verehrter Herr Gu.« Ich überließ ihm meinen Stuhl. »In welcher Angelegenheit möchten Sie Fang Yan denn sprechen?«

»Abrechnen will ich mit ihm!« schnauzte der Alte und setzte sich. »Er hat sich lustig gemacht über mich.«

»Wann hätte ich mich über Sie lustig gemacht? Bis vor einer Minute hatte ich ja keinen Schimmer, daß es Sie gibt!«

»Das ist nämlich Fang Yan«, erläuterte Ding Xiaolu und zeigte auf mich. »Sprechen Sie frei von der Leber weg!«

»Der da ist Fang Yan?« Der Alte musterte mich angeekelt von oben bis unten. »Worauf bildest du dir eigentlich so viel ein?«

»Worauf bilden Sie sich eigentlich so viel ein?« Ich musterte den Alten meinerseits.

»Ein Kopf auf zwei Schultern, zwei Arme, zwei Beine –

was soll an dir Scheißer Besonderes dran sein, möchte ich wissen.«

»Und Sie – wenn Sie sechs Finger an einer Hand haben, zeigen Sie sie mir!«

»Ich kann's einfach nicht fassen!«

»Machen Sie sich nicht mausig, sonst reiß ich Ihnen die Rübe ab!«

»Keinen Streit, bitte! Fang Yan, etwas mehr Respekt vor älteren Menschen!« schaltete sich Ding Xiaolu vermittelnd ein. »Und Sie, Herr Gu, regen Sie sich bitte nicht auf. Was liegt denn überhaupt an? Sagen Sie mir, womit hat Herr Fang sich über Sie lustig gemacht?«

»Womit? Auf einer Großveranstaltung hat er gesagt, ich spiele mit der Literatur. ›Die Standardwerke in der Schatzkammer der chinesischen Gegenwartsliteratur, die Werke unserer großen Meister – welches von ihnen spielt nicht mit der Literatur?‹ – hast du das gesagt oder nicht?!«

»Hab ich Sie denn genannt?«

»Als ob das nötig wäre! Außer mir gibt es keine anderen großen Meister in der Schatzkammer der Gegenwartsliteratur. Wer sollte sonst gemeint sein, wenn nicht ich? Komm mir nicht auf die Tour! Ich weiß doch Bescheid! Wozu verbringe ich sonst meine Tage auf Sitzungen? Und das ein Leben lang! Mir braucht keiner was über irgendeine Sitzung zu erzählen – ich war immer dabei!«

Ding Xiaolu versuchte es noch einmal: »Er wollte Sie doch nur loben! Er meint, Ihr Weg war der richtige. Von Ihnen müsse man lernen.«

»So? Und warum sagt er dann, ich könne mich nicht mehr ändern? Ich sei nun mal ein ›Betonkopf‹?«

»Woher wollen Sie eigentlich wissen, daß er das gesagt hat? Noch dazu so detailliert.«

»Du denkst wohl, du kannst einfach so drauflosschwatzen, was? Ich habe meine Kanäle! Alt mag ich ja sein, aber wenn jemand irgendwo was über mich sagt, spitze ich allemal die Ohren! Also, was wird nun? Du hast meinen Ruf geschädigt – Verleumdung nennt man so was. Die ganze Welt denkt jetzt, ich habe mit der Literatur gespielt.«

»Meinen Sie, die Welt hat nichts Besseres zu tun, als sich mit Ihrer Person zu beschäftigen?«

»Entweder du entschuldigst dich öffentlich und ersetzt mir den Schaden, oder wir sehen uns vor Gericht wieder.«

»Moment – spielen Sie nun mit der Literatur oder nicht?«

»Natürlich nicht! Von wegen, ich hätte mit der Literatur nur gespielt! In meinem ganzen Lebenswerk habe ich nichts anderes getan, als meinen Lesern, als unserem Volk unsere hehren Ideale des Opfergeistes und des harten Kampfes nahezubringen, sie zu Menschen ohne Fehl und Tadel zu erziehen – ich habe ja sogar einen solchen Menschen in meinem Werk als Vorbild geschaffen!«

»Aber das ist es ja eben! Herr Gu, ich bin Ihnen vielleicht ein wenig zu nahe getreten mit meinen Worten, bloß, sonst hätten Sie vielleicht bis zuletzt nicht kapiert, was ich meine. Sie sind doch nicht mehr der Jüngste, oder? Glauben Sie denn, die Leute lassen Ihnen das durchgehen, wenn Sie ihnen immer noch Lügen auftischen? In Ihrem Alter! Wo Sie schon mit einem Fuß im Grabe stehen oder, wie man früher sagte, reif für den Sarg sind. Wenn Sie jetzt immer noch nicht gelernt haben, in Ihren Worten und Taten und Gedanken ein bißchen ehrlich und redlich zu sein – ja haben Sie da nicht Angst, daß ...«

»Ich – Angst? Ich habe vor nichts Angst! Es stirbt der Mensch, verlischt das Licht – doch die Welt geht deswegen nicht unter. Seit ich diesen Weg beschritt, war mir klar, daß Schriftsteller gefährlich leben, aber Angst hatte ich nie!«

»Und ich sage, Sie sind einfach böse! Sie denken überhaupt nicht an die junge Generation! Wenn's flutscht beim Fressen und beim Scheißen, sind Sie schon zufrieden! Im Ernst, ich flehe Sie an, hören Sie auf, die junge Generation so unverantwortlich zu täuschen! Wohin hat uns denn der gesellschaftliche Fortschritt gebracht? Wer heute ein guter Mensch sein will, hat bloß das Nachsehen! Wenn Sie Ihren Lesern nicht wenigstens jetzt – kurz vor Ihrem Ende – ein paar saubere Tricks verraten und sie durch das eigene Beispiel eines Besseren belehren, wenn Sie sie statt dessen weiterhin nach Kräften drängen, mit geschlossenen Augen in den Abgrund zu springen, dann – ja, dann sind Sie einfach allzu zynisch, Herr Gu!«

»Na und? Komm mir bloß nicht so! Ich will nichts hören, ich glaube kein Wort – ich blicke nämlich durch! – Wenn's im Guten nicht geht, muß man eben andere Saiten aufziehen! Wart nur ab, ich kriege dich schon klein, oder ich will nicht Gu heißen! Ihr glaubt wohl, nur ihr habt Freunde? Auch unsereins hat welche, und die lassen einen nicht im Stich, wenn es drauf ankommt!«

»Alles Gangster!« bemerkte Ding Xiaolu zu Yu Guan. »Hab ich mir gleich gedacht.«

»Willst immer noch nicht kuschen, was?« Der Alte fixierte mich erbost. »Dann gibt's jetzt 'ne Tracht Prügel.«

»Das bringt nichts«, sagte ich und hielt Ding Xiaolu davor zurück, den Polizei-Notruf zu wählen. »Diese Sorte Gangster hat keinen Schiß vor den Bullen.«

»Überleg's dir gut«, warnte mich der Alte, die Augenbrauen wild gesträubt. »Es kann nämlich sehr ungemütlich für dich werden. Wer in dieser Branche weitermachen will, muß die Spielregeln kennen. Sonst wird dir am Ende dein Laden kurz und klein geschlagen, und dir werden Beine gemacht, daß du dich selbst nicht mehr einkriegst.«

»Okay, ich geb alles zu, 'tschuldigung, tut mir echt leid, ich komm für den Schaden auf. – Sonst noch was? Was immer Sie wollen!«

Als der Alte weg war, wollten mich die anderen trösten. Sie redeten mir zu, ich solle mich wegen Gu Debais Standpauke nicht grämen – es könnte ja sein, daß wir wirklich unrecht hätten.

»Ich bin überhaupt nicht sauer«, erwiderte ich. »Ist doch keine Schande, wenn ein kleiner Gangster von einem großen fertiggemacht wird.«

6

Der Raum wirkt plötzlich viel größer. Wie kam's denn?«

»Meipings Familie hat ihre Küche hergegeben«, erklärte Yang Zhong. »Die haben wir mit der anderen verbunden, wie im ›Tunnelkrieg‹ die Dörfer ihre Tunnel. Kämpft sich besser so. Merke: Kino bildet!«

Während ich meine Blicke durch den vergrößerten Salon schweifen ließ, sagte ich zu Liu Meiping: »Hast du ein Glück! Richtig beneidenswert! 'n Salon aus seiner Küche machen – das schafft nicht jeder!«

»Bißchen kümmerlich ist es halt immer noch, tut mir echt leid«, sagte das Mädchen. »Aber sobald mein Alter nicht mehr ist – schätze, es wird nicht mehr lange dauern –, könnt ihr das Wohnzimmer haben.«

»Macht nichts! ›Die Hütte mag bescheiden sein, doch weht in ihr der Geist der Tugend.‹«

»Genau! Hauptsache, die Leute sind okay«, sagte Yang Zhong. »Kuck dir unsere Gäste an: Stützen der Gesellschaft, einer wie der andere.«

Eigentlich müßte ich jetzt mit gewählten Wendungen wie »unter roten Laternen bei grünem Schnaps«, »brillante Jünglinge und liebliche Mägdelein« oder dergleichen, wie sie traditionell in der Literatur als Chiffren verwendet werden, die Stimmung und die Gäste im Salon charakterisieren, doch befürchte ich, in diesem Fall dem Vorwurf der Unbescheidenheit, ja Unverfrorenheit nicht entgehen zu können. Unsere Literatur ist nun einmal nicht wahrheitsgetreu, unsere chinesische Sprache meist nicht stringent, und sowie man ins Detail geht, entfernt man sich weit von der Realität, die man vor Augen hat, und macht sich so lächerlich. Also drücke ich mich lieber ein wenig umständlicher und weniger gewählt aus – mein Talent dürfte ohnehin für jeden ersichtlich sein, der Augen hat zu sehen. Ich brauche es ja nicht gerade in diesem Abschnitt zur Schau zu stellen...

Was übrigens ›rote Laternen‹ anbetrifft, so gab es sie tatsächlich, allerdings nur eine, und zwar eine rot angemalte 15-Watt-Glühbirne, wie sie von Fotoamateuren beim Filmentwickeln benutzt wird. Diese Lampe war ungefähr so aufgehängt wie die einsame Funzel, mit der in öffentlichen Toiletten die Abteilungen für Männer und Frauen gleichzeitig beleuchtet werden. Der Schnaps jedoch war alles andere als grün; auch ob es sich überhaupt um Schnaps handelte, darf bezweifelt werden. Höchstwahrscheinlich war Sprit mit schwarzgebranntem ›Drei-Geister-Wasser‹ gepanscht und dann in grüne Flaschen abgefüllt worden – garantiert ein Bretterknaller mit sagenhaften Umdrehungszahlen!

Hinsichtlich der Protagonisten des Geschehens verbieten sich vorschnelle Schlüsse: Zwar gab es unter den jungen Herren tatsächlich Langhaarige und Bärtige – neben hohen Denkerstirnen –, aber geredet wurde ausschließlich über Kunst, und auch Heiterkeitsbekundungen blieben stets diskret. Fällt es an sich schon schwer, ein tiefschürfendes Gespräch über einen solchen Gegenstand zu führen, so erst recht jungen Menschen wie diesen, mit einem so wenig einnehmenden Äußeren. Unter solchen Umständen verbietet sich jedes Herumkritteln – man wirft schließlich auch einem Ertrinkenden keinen Stein hinterher –, sondern da ist es sogar vertretbar, von hoffnungsvollen Talenten zu reden. Ja, und die Damen ... Wir möchten nicht unhöflich sein – sagen wir es so: sie stachen die Herren der Schöpfung ein wenig aus. Man sah ihnen an, daß es sich um *Berufene* handelte. Objektiv betrachtet, wäre es mithin ein geradezu unwissenschaftliches Herangehen zu leugnen, daß die angeborenen Schwächen des Menschen durch erworbene Fähigkeiten weitgehend ausgeglichen werden können.

Man stand in Zweier- und Dreiergrüppchen beisammen und vermittelte dem Betrachter – das läßt sich ohne Übertreibung feststellen – kraft jener unverkennbar bedeutsamen Miene, jenes gewissen intellektuellen Habitus durchaus den Eindruck, hier habe man es mit geistig hochstehenden Persönlichkeiten zu tun. Bei vielen handelte es sich freilich um bloße Wichtigtuerei, aber manch einem nahm man seine unbefangene Sicherheit doch ab – es sei denn, man sah auch darin nichts als unverschämte Anmaßung.

»Darf ich ganz offen sprechen? Sie verstehen herzlich wenig von Moderner Literatur!« sagte Bao Kang zu Liu Huiyuan. »Selbst ich, der ich mich mein Leben lang damit befaßt habe, stehe erst ganz am Anfang, wenn ich so sagen darf.«

»Genau! Wir tappen alle noch im dunkeln«, bestätigte Liu Huiyuan im selben Ton bedingungsloser Aufrichtigkeit. »Fang Yan hat halt drauflosgequatscht und sich über die Leute lustig gemacht. Einfach so auf den Busch geklopft hat er, niemand speziell gemeint – wen's trifft, den trifft's, verstehen Sie? Nehmen Sie sich das bloß nicht zu Herzen, tun Sie einfach, als hätte er gar nichts gesagt!«

»Sie müssen wissen, ich bin äußerst sensibel und reagiere besonders empfindlich auf Pfeile, die aus dem Hinterhalt auf mich abgeschossen werden, noch dazu, wenn sie aus dem eigenen Lager kommen. Wir sind doch alle zarte Triebe, die der wärmenden Sonne und des sanften Regens bedürfen. Da müßten wir uns gegenseitig Wasser spenden, uns gegenseitig düngen, uns gegenseitig vor der Jäthacke schützen, statt darauf zu hoffen, daß der Bauer das Nachbarpflänzchen ausreißt, wenn er seine Aussaat vereinzelt.«

»Genau! Das war wirklich nicht recht von Fang Yan. Muß echt mal ein ernstes Wort mit ihm reden. Denn – wessen Geschäfte besorgt er eigentlich?«

»Ja, reden Sie mit ihm. Schon die aufständischen Bauern wußten, erst müssen sie die Herrschaft im Reich erringen, dann können sie ihren inneren Zwist austragen!«

»Genau! Erst mit vereinten Kräften die Armee des Kaisers angreifen! – Unter uns – ich kenne Fang Yan recht gut. Er ist einfach neidisch, wissen Sie! Bringt selbst nichts Rechtes zu Papier, bekrittelt aber den hoffnungsvollen Nachwuchs, indem er ihn an den großen Meistern mißt. Tut so, als wolle er die orthodoxe Schule verteidigen, und würgt doch nur das Neue und Fortschrittliche ab, um so das eigene Unvermögen zu kaschieren – das alte Lied!«

»Genau! Wir Jungen sind rein und unverdorben, wir dürfen doch diese Literatur-Gangster, diese gewissenlosen alten Schreiberlinge und ihren Stil nicht kopieren!«

»Genau! Erst wenn wir selbst alt und grau sind, wollen wir die Jungen runtermachen, bis sie sich nicht mehr mucksen!«

»Genau! Denn dann sind wir die moralischen Autoritäten, die Respektspersonen! Dann wissen wir mehr oder weniger, wo's langgeht, und niemand wird uns mehr Rowdies nennen, so rowdyhaft wir auch sein mögen! ›Modern und avantgardistisch wollt ihr sein?‹ werden wir zu den Jungen sagen. ›Darüber sind wir schon längst hinaus!‹ Und wenn jemand seine Werke nicht gerade in einer Fremdsprache verfaßt, werden wir alles, was er schreibt, als einen alten abgenagten Knochen abtun, mit dem er ja nun wirklich keinen Hund mehr hinter dem Ofen vorlocken kann.«

»Und bei der Förderung des literarischen Nachwuchses konzentrieren wir uns auf die Frauen!«

»Nein! Wir kämpfen doch gegen alle, und da sind wir dann mit Sicherheit so alt und gebrechlich, daß wir nichts mehr beißen können, auch gar keinen Appetit mehr haben. Da kann man uns die zartesten Täubchen vorsetzen, daß uns das Wasser nur so im Munde zusammenläuft – alles umsonst!«

»Nein! Ich bin dennoch für die Förderung des schönen Geschlechts. Händchen streicheln und Zopfenden zwirbeln – wenigstens das wird uns bleiben, selbst wenn's zu mehr nicht reicht.«

»Wie Sie meinen, fördern wir die Frauenliteratur! Wird's halt wie in Taiwan: Die Hennen gackern, ehe die Hähne krähen.«

»Was habt ihr denn schon vorzuweisen in eurer Literaturszene?« Eine bescheiden wirkende Dame aus Taiwan und ein öliger Herr aus Hongkong waren die Objekte, an denen Fettmops Wu lautstark sein Mütchen kühlte. »In Taiwan 'n Haufen späte Mädchen, die sich über die Liebe auslassen und so tun, als wären sie ganz ganz rein, ganz ganz zart. Die immerzu traurig sind und heulen – jedoch immer nur Wasser, nie Rotz! Und in Hongkong diese kleinkarierten rumstreunenden Kung-Fu-Helden, die sich wegen irgendeinem Scheiß prügeln, bis das Blut nur so spritzt – alles natürlich im Dienste irgendeiner beschissenen gerechten Sache! Als ob der Mensch nur lebt, um rumzujammern oder irgendwelche Feinde aufzumischen! Total versaut habt ihr das Image von uns Chinesen! Und seid am Ende gar noch stolz darauf! Wißt ihr, was euch fehlt? Daß ihr befreit werdet wie wir 1949! Und euch auch euer Essen auf Lebensmittelmarken kaufen müßt!«

»Sehr richtig! Wirklich tiefempfunden sind nur Ihre Werke. Bei uns ist alles verlogene Gefühlsduselei«, stimmte die Taiwaner Dame zu.

»Nun mal halblang! Wir sind ja schon glücklich, daß wir hier mit Ihnen zusammensein dürfen.«

»Mit uns?«

»Ja, also mit Guomindang-Leuten – sagen Sie bloß, Sie wissen nicht, wie Sie damals nach Taiwan gekommen sind?«

»Wirklich nicht.« Die Taiwanerin schüttelte den Kopf und lächelte peinlich berührt.

»Stand wohl nicht im Schulbuch, wie?«

»Nein. Geschichte vor 1949 kam nicht vor.«

»Schlechtes Gewissen, was? Wer hätte gedacht, daß die Guomindang so schämig ist. Wollen wir Ihnen mal ein wenig Nachhilfeunterricht geben. Muß man Ihnen ja lassen, damals haben Sie jedenfalls bißchen was hergemacht...«

»Sagen Sie nicht immer ›Sie‹! Die Guomindang ist die Guomindang, ich gehöre dieser Partei nicht an!«

»Ach was, Sie gehören alle dazu. Für Sie sind wir doch auch alle Kommunisten, oder? Ist doch so, Ma Qing?« wandte sich Fettmops Wu an seinen Freund. »Die darf man nicht mit Samthandschuhen anfassen, oder?«

»Auf keinen Fall! Alles Banditen!« bestätigte im Brustton der Überzeugung Ma Qing.

»Und versuchen Sie gefälligst nicht, uns zu belehren – Sie haben schließlich historische Materialisten vor sich! Jedenfalls können die Guomindang-Leute von Glück sagen, daß sie rechtzeitig vom Festland abgehauen sind, sonst hätten wir ihnen den Nachttopf über die Ohren gestülpt. Gab's unter denen vielleicht einen anständigen Menschen?«

»Aber auf Taiwan haben sie ganz gut gearbeitet! Politisch natürlich finster, aber wirtschaftlich... Es gibt schon auch Leute, die hinter der Guomindang stehen.«

»Klar hat sie sich geändert«, räumte Fettmops Wu ein. »Ich an ihrer Stelle hätte es genauso gemacht, durch Schaden wird man halt klug. Immer im alten Trott, da würde man ja voll versacken. Dann gäb's keine Rettung mehr – verdammt in alle Ewigkeit!«

»Bestellen Sie Ihrem Präsidenten Li Teng-hui«, wandte sich nun Ma Qing an die Taiwanerin, »er soll schön auf seiner Insel bleiben und nicht immerzu auf den Drei Volksprinzipien und der Wiederherstellung der Einheit Chinas herumreiten. Was würde die Vereinigung schon bringen? Da würde lediglich eine Milliarde Menschen anrücken und von Ihnen durchgefüttert werden wollen – haben Sie überhaupt einen so großen Reistopf?«

»Und wenn die Guomindang nicht kuschen will, soll sie's doch ruhig probieren! Nur zu! Die werden was erleben! Was ich glaube? China, dieses Stückchen Erde – wer dürfte wagen, seine Farbe zu verändern? Jeder, der das versuchte, würde sich für alle Zeiten mit Schimpf und Schande bedecken. Wer sollte denn China verstehen, wenn nicht wir! Wo wir hier schon so ewig zugange sind.«

»Sie sind anscheinend sehr pessimistisch, was die Zukunft der Nation angeht.«

»Pessimistisch? Keine Spur! Ein toter Tausendfüßler wird nicht starr – unsere Nation bleibt groß trotz ihres Niedergangs! Wir sagen bloß, was wir denken, aber wenn ich wählen müßte, zu welcher von den vielen Nationen der Welt ich gehören möchte, ich würde die chinesische Nation wählen. In China lebt's sich immer noch am besten. Armselig soll's bei uns sein? Auch wir haben unsere starken Seiten – nicht zu knapp! Mal ehrlich, wie viele Nationen gibt es denn, zu denen wir aufsehen könnten? Bei anderen geht's doch gerade mal seit zwei Jahrhunderten voran, stimmt's? Unsere Zivilisation dagegen, die gibt's seit vier Jahrtausenden, da hat man ja beinahe ein schlechtes Gewissen, wenn man weiterhin zivilisiert ist!«

»Und wie bescheiden die Chinesen sind!« ergänzte Ma Qing. »Deshalb liebe ich diese Nation auch so. Ich bin übrigens hier eigentlich der einzige Ausländer. Angehöriger der Hui-Nationalität, also Araber.«

»Sie ein Hui?« Die Taiwanerin starrte Ma Qing mit weit aufgerissenen Augen ungläubig an. »Araber?«

»Als Rasse sind wir natürlich längst mit euch Han-Chinesen durchmischt. Nur an den Augen merkt man noch was, bißchen wie Persianerkatzen. Alles andere hat sich verändert, Nase, Achselschweißgeruch und so.«

»Und seit wann sind Sie in China?«

»Schon ewig. Ungefähr tausenddreihundert Jahre«, mischte sich Fettmops Wu ein. »Wir hatten doch damals hier die Tang-Kaiser, und da ging's uns wie heute den Amis: Alle wollten einwandern. Deswegen sind wir nun alle Mischlinge. Sehen Sie mal, da drüben, ein gewisser Yang Zhong. Der ist Jude! Auch schon seit achthundert Jahren im Lande. Ist extra hierher gekommen, um bei uns sein Glück zu machen, bißchen Bildung zu erwerben und so. Hat dann den Absprung nicht mehr gefunden. – Glauben Sie etwa, eine Milliarde Chinesen stammen alle von Han-Frauen ab? Wir sind größtenteils Ausländer! Jetzt sind alle neidisch auf die Ausländer, dabei haben wir voll vergessen, daß wir selbst welche sind.«

»Ja, und haben Sie denn Ihr Heimatland schon einmal besucht?« wandte die Taiwanerin sich wieder an Ma Qing.

»Nein«, antwortete der, »ich hab da niemand mehr. Die würden mich dort womöglich als Ausländer diskriminieren. Ich bin halt entwurzelt. Wüßte nicht mal, wo ich nach meinen Wurzeln suchen sollte.«

»Ja, ja, die Tragik des Mischlings.«

»Ein Ausländer kehrt um der Befreiung des chinesischen Volkes willen nicht in seine angestammte Heimat zurück, obwohl es dort Erdöl gibt, nach dem er bohren könnte, nimmt vielmehr das Schicksal der Chinesen auf sich – geteiltes Leid, geteilte Freud, vor allem ersteres – also, das nenne ich wahrhaft großherzig. Um so mehr müssen doch Sie als Chinesen Ihr Land lieben...«

»Eben! Kommen Sie, reichen wir Landsleute von beiderseits der Taiwan-Straße uns die Hand!« Fettmops Wu und die Taiwanerin schüttelten sich die Hände.

»Uns Hongkonger gibt's auch noch!« Der Mann aus der Kronkolonie streckte eilig seinerseits die Hand aus. »Auch wir sind Chinesen!«

»Sie? Reden wir lieber nicht davon«, meinte Ma Qing. »Schwer zu sagen, wie man solche wie Sie einordnen soll.«

»Die Situation bei uns in Hongkong ist natürlich anders als auf dem Festland oder in Taiwan.«

»Anders ist gut gesagt. Sie sollten sich lieber schleunigst mit uns gut stellen und bißchen mehr Abstand halten zu Taiwan. Sonst erleben Sie Ihr blaues Wunder, wenn's 1997 heim ins Reich geht.«

»Okay«, schaltete Fettmops Wu sich ein und zeigte auf die beiden auswärtigen Landsleute, »machen wir's so: Sie bringen beide von jedem von uns ein Buch raus und zahlen ein anständiges Honorar – in Ihrer Währung. Dafür legen wir für Sie ein gutes Wort ein, wenn's soweit ist. Passen auf, daß Ihnen nichts geschieht.«

»Ich fürchte nur, Ihre Bücher kommen bei uns in Taiwan auf den Index.«

»Kein Problem! Wir können für Sie was nicht so Radikales schreiben. Mehr in Richtung reaktionär und pornographisch, um in unserem Sprachgebrauch zu bleiben.«

»Keine Bange!« beruhigte Ma Qing die beiden. »Wenn jemand wirklich so was schriebe, brauchten Ihre Leute nicht erst auszurücken – wir würden den schon selbst abwürgen. Sind nämlich lauter Tausendsassas hier. Selbst wenn die Viererbande zurückkäme, sie würde uns nicht unterkriegen!«

»Nehmen Sie's nicht für bare Münze«, meinte der Hongkonger zu der Taiwanerin, »die machen nur Spaß – Sie machen doch Spaß?«

»Falsch! Total falsch. Wir machen nie Spaß. Wir meinen's immer ernst.«

»Sie kennen das Festland nicht«, fuhr der Hongkonger in seiner Belehrung fort. »Ich bin ja oft hier, da weiß ich besser Bescheid als Sie. Man ist jetzt sehr offen auf dem Festland, und die Jugend denkt, sie ist nicht modern, wenn sie sich nicht ein bißchen überspitzt ausdrückt.«

»Sie lassen uns ja nie ausreden! Wir kommen einfach nicht zu Potte«, sagte Ma Qing. »Da bleibt uns wohl nur die Drohung mit Waffengewalt.«

»Der Titel meines nächsten Romans ist *Seht mich bloß nicht als Menschen an!*«, verkündete ich in vollem Ernst einer Gruppe von Ausländern.

Die kicherten: »Warum? Warum dieser Titel?«

»Ganz einfach! Ein Chinese fleht alle anderen Chinesen

an: Seht mich bloß nicht als Menschen an! Denn sonst würde ich die Fehler eines Menschen aufweisen, und schon könnte ich mich nicht mehr richtig um die Angelegenheiten unserer Nation kümmern. Und das wäre doch schlimm.« Nachdem Yang Zhong an meiner Stelle diese Erläuterung gegeben hatte, wandte er sich zu mir um und fragte: »Stimmt doch so, Fang Yan?«

»Ja, freilich.« Ich nickte. »Für unsere Nation steht heute noch nicht das Glück des Einzelnen im Zentrum. Es kommt darauf an, daß es für die Allgemeinheit vorangeht.«

Die Ausländer verstanden mich nicht. Einer fragte: »Warum? Wer ist denn die Allgemeinheit?«

»Eben alle Menschen. – Hätte nie gedacht, daß es auch unter Ausländern solche Dummficks gibt«, murmelte ich, zu Yang Zhong gewandt. »Echt schwer von Kapee.«

»Hm. Ganz schön bescheuert.«

»Wenn wir Chinesen ›alle‹ sagen, schließt das den Einzelnen nicht ein«, setzte ich den Ausländern auseinander. »Was wir am allerwenigsten leiden können, ist euer Individualismus. Schon seit den Zeiten des Pekingmenschen arbeiten wir im Kollektiv.«

»Sie haben mal geschrieben *Gemeinsam schwingt das Volk sich in die Lüfte*.« Diese Worte untermalte der Ausländer mit übertriebenem Flügelschlagen. »Wie denn das?«

»Wir sind mit Stricken gebunden! Ich habe das überhaupt nicht geschrieben. Ich habe vielmehr darüber geschrieben, wie sich ein Mann in eine Frau verwandelt hat und dadurch echt froh und zufrieden geworden ist.«

»Hm, so was gibt's auch im Westen. Hermaphroditen. Homosexuelle.«

»Dummfick! Oh, sorry! – Nein, darüber habe ich auch nicht geschrieben. Mein Held ist weder Hermaphrodit noch schwul – einfach nur ein Kerl, dessen Geschlecht umgewandelt wurde.«

»Warum? Ich glaube das nicht.«

»Sie glauben's nicht! Also, diese Sinologen! So was Seichtes! Was verstehen die denn überhaupt von China? Kastriert – jawohl, aber im nationalen Interesse!« schrie ich den Ausländer an, wobei ich meine Worte mit entsprechenden Gesten untermalte. »Frauen braucht das Land!«

»Warum? Wo sind denn die Frauen alle abgeblieben?«

»Nirgendwo, verdammt noch mal! Die sind alle da, aber die nützen nichts. Die fahren alle auf den Kerl ab. Wollen, daß er zum Symbol der Frauen wird.«

»Warum? Ist er hübsch?«

»Ach, vergiß es! Yang Zhong, erklär du's ihm. Ich brauch 'ne kleine Pause.« Ich verzog mich.

»Also, hübsch ist er nicht, aber er hat besondere Fähigkeiten, die gewöhnliche Frauen nicht haben.« Yang Zhong machte ein paar Boxbewegungen. »Boxen, verstehen Sie? Den kann man losschicken, damit er mit Ihnen boxt.«

»Verstehe. Das gibt's auch im Westen – Boxen.«

»Na, wenn Sie kapiert haben, ist's ja gut.« Ich trat wieder hinzu. »Echt stressig, mit Ihnen zu reden.«

»Also, ein Sportler gibt sich als Sportlerin aus? Warum?«

»Fangen Sie schon wieder an? Um Sie zu besiegen!«

»Und macht er's?«

»Er macht's. Nachdem man ihn von der Leitung aus bearbeitet hat.« Ich deutete auf meinen Kopf. »Bis hier oben... Einsicht vorhanden war.«

»Aha, Gehirnwäsche!«

»Was heißt hier Gehirnwäsche? Man hat ideologisch mit ihm gearbeitet, und zwar so lange, bis die Einsicht da war! Wenn die Stimmung gut ist, ist man zu allem fähig.«

»Aha, da sind wohl Ihre Volleyballerinnen auf diese Weise gedrillt worden.«

»Um Himmels willen, nein! Reden Sie doch nicht solchen Quatsch! Unsere Volleyballerinnen und Basketballerinnen und Tischtennisspielerinnen, das sind alles todanständige Weiber. Mit meinem Roman haben die nichts zu tun. Ich blödele doch bloß rum. Ich sage allen, wenn du dich selbst nicht als Menschen siehst, tut es auch kein anderer und macht dir Schwierigkeiten. Dann bist du glücklich und zufrieden, und es gibt für dich keine unüberschreitbaren Schwellen.«

»Ihr Roman kommt bestimmt nicht durch die Zensur«, sagte der Ausländer mit einem scheelen Blick auf mich. »Weil er reaktionär ist.«

»Überhaupt nicht!« Ich lachte schallend. »Der ist nicht nur nicht reaktionär, der ist sogar ausgesprochen regimefreundlich.«

»Ich rede nicht mehr mit Ihnen.« Der Mann machte Miene davonzugehen. »Sie sind nicht seriös.«

»Hiergeblieben!« Ich hielt ihn am Arm fest. »Wieso bin ich nicht seriös?«

»Ach, Sie nehmen nichts ernst!« Er sah mich an und schüttelte bedauernd den Kopf.

»Wieso nehme ich nichts ernst? Weil ich nicht Chen Duxiu bin und gleich ihm in meinen Werken die Herren De wie Democracy und Sai wie Science als geistige Leitbilder propagiere? Das war in der Reformbewegung des Vierten Mai 1919 – und das ist lange her!«

»Sie sind Verfechter eines Hundelebens, das stößt uns Westler ab.«

»Da haben Sie was nicht richtig verstanden! Wir Orientalen finden seit jeher, daß das Verhältnis von Körper und Seele umgekehrt proportional ist. Je verkommener der Körper, desto größer die Chance, die Seele zu retten. Wir sehen da klarer als Sie, unser Geschichtsbewußtsein ist stärker ausgeprägt als Ihres. Wir haben uns stets von der Geschichte sagen lassen, wie die Zukunft sein wird – die Gegenwart zählt nichts.«

»Das ist doch Schwachsinn, was Sie da verzapfen!« sagte der Ausländer und stupste mich mit dem Finger an die Brust. »Galgenhumor!«

Ich lachte abermals schallend und sagte, ihn meinerseits vor die Brust stupsend: »In diesem Punkt haben Sie mal recht. Jawohl, das ist Galgenhumor! Humor ist, wenn man trotzdem lacht, sich 'nen anständigen Abgang verschafft – war doch gut gemacht, oder?«

Der Mann lachte gekünstelt und ließ mich stehen. »Diese Dummficks!« sagte ich, als er und die anderen Ausländer weg waren, zu Yang Zhong. »Halten uns Chinesen allesamt für humorlose, wirre Schwätzer. Dabei kann ein Chinese es leicht mit einem ganzen Rudel von denen aufnehmen, wenn er wirklich mal seine Cleverness rausläßt!«

»Fang Yan, komm mal her.« Das war Yu Guan, der

etwas seitlich stand und sich mit einem schmächtigen Jüngelchen unterhielt. Der war ebenso jung wie schmutzig und kratzte beim Reden in einem fort an seinen Jeans herum. Wahrscheinlich einer von diesen dekadenten Lyrikern und Onanisten.

»Wir sollen ihm seine Petition unterzeichnen.« Yu Guan reichte mir ein zerknülltes Blatt Papier, das so aussah, als habe jemand draufgepinkelt und es wieder getrocknet. Genau so stank es auch.

»So ist es«, bestätigte der Kümmerling, der seine Aufregung vergeblich hinter gespielter Gelassenheit zu verbergen versuchte. »Wir wollen das Chaos in der Regierung nutzen, um mehr Menschenrechte zu fordern. Haben schon viele unterschrieben, alle großen Namen...«

»Hier wird gar nichts unterschrieben!« Ich knallte ihm seinen Wisch vor die Brust und schrie ihn an: »Was mischt ihr euch in Dinge ein, die euch nichts angehen? Uns auf Abwege führen, das könnte euch so passen! Uns reichen die paar Menschenrechte, die wir haben. Mehr können wir gar nicht brauchen!«

»Ihr seid wohl von der Bande, die die ›totale Verwestlichung‹ predigt, was?« fragte Yang Zhong. »Verpiß dich, du Wichser, und bestell deinem Chef, ihr Klugscheißer könnt uns gestohlen bleiben. Braucht gar nicht erst die Hosen runterzulassen – an eurem Mast werden wir unsere Fahne sowieso nicht hissen! Alle wittern jetzt Morgenluft und wollen uns sagen, wo's langgeht – wir werden den Teufel tun und auf die hören!«

»Markieren den starken Mann, bloß, weil sie sich trauen, bißchen über die Kommunistische Partei zu meckern. Hört auf mit der Wühlerei – Tunnelkrieg wie damals gegen die Japaner, die Zeiten sind vorbei! Auf euch haben wir gerade noch gewartet!«

»Verdammter Scheißer!« Der Mickerling hatte längst vor unserer Schimpfkanonade die Flucht ergriffen, da konnten wir uns immer noch nicht beruhigen. »Ausgerechnet in Zeiten nationalen Notstands! Da kriecht solch Gesocks aus allen Löchern, da treiben alle möglichen Scharlatane ihr Unwesen.«

Wir gingen zu Ding Xiaolu hinüber, die sich mit einer Frau – oder vielmehr: einer Dame – unterhielt.

»Willst du uns deine Freundin nicht vorstellen?«

»Sie ist Japanerin. Japanische Journalistin.«

»Japanerin?« Wir musterten die Dame erstaunt. »Und aus welcher Stadt kommen Sie?«

»Hokkaido. – Da wir uns zum ersten Mal sehen, darf ich auf Ihre Gewogenheit rechnen?« erwiderte die Japanerin ausgesucht höflich, indem sie sich verneigte und uns ihre Visitenkarte entgegenstreckte.

»Zum ersten Mal? Das stimmt ja wohl nicht«, entgegnete ich. »Sind Sie nicht seinerzeit als Aggressor bei uns eingefallen?«

»Oh! Aber nein! Erstens war ich ja damals noch ein Kind, und zweitens gab es bei den japanischen Bodentruppen keine Frauenbataillone.«

»So? Na, mag sein. Aber denken Sie nicht, Sie selbst tragen keine Verantwortung!« sagte ich in scharfem Ton. »Gehen Sie ruhig bißchen in sich!«

»Hör schon auf!« unterbrach Ding Xiaolu. »Was soll denn das? Frau Keiko ist eine sinophile Persönlichkeit!«

»Tatsache? Sie sind Chinafreundin?«

»Ja.« Ganz verstört nickte die japanische Dame.

»Na, dann will ich mal nicht so sein. Eigentlich wollte ich ja mit den Japanern abrechnen, 'n Massaker in Tokio veranstalten als Rache für Nanking 1937, international für Schlagzeilen sorgen und so. Ist nun wieder nichts, schade!«

Yang Zhong sagte: »Sie sind also Journalistin? Da kann ich gleich mal was loswerden bei Ihnen.«

»Bitte schön! Gern!« sagte die Japanerin unter mehrmaligen Verbeugungen.

»Ich hab da 'ne Pioneer-Anlage gekauft, die war nach 'n paar Tagen im Eimer. Können Sie nicht was Kritisches über die Firma in Ihrer Zeitung schreiben? Ist doch keine Art – made in Japan, und dann Probleme mit der Qualität! Da tun sich ja Abgründe auf für uns als chinesische Verbraucher!«

»Und wie verheerend sich das auf unsere projapanischen Gefühle auswirkt!« ergänzte ich. »Wenn das so weitergeht, ist im einundzwanzigsten Jahrhundert Sense mit der Freundschaft zwischen China und Japan.«

»Im Moment sind wir bloß noch zu schwach, aber wenn wir mal stark genug sind, rechnen wir ab – egal, ob's sich um alte Rechnungen handelt oder um neue!«

»Schluß jetzt!« wies uns Ding Xiaolu zurecht. »Ihr beiden schafft es noch, unseren Gast zu vergraulen. Ist denn deine Stereo-Anlage tatsächlich im Eimer?«

»Klar!« sagte Yang Zhong. »Sonst hätte ich ja nicht so 'n Zorn auf die Jappies. Noch vor drei Monaten war ich total projapanisch.«

»Dann könntest du ja Frau Keiko bitten, sie soll sich mit

der Firma in Verbindung setzen, damit die deine Anlage reparieren. Statt daß du hier Terror machst, ehe du genau weißt, was Sache ist.«

Wir gingen wieder zu Fettmops Wu und Ma Qing hinüber und fragten: »Was machen denn diese beiden?«, wobei wir auf deren Gesprächspartner zeigten.

»Die Frau kommt aus Taiwan, der Mann aus Hongkong«, klärte uns Wu stolz auf. »Wir machen sie gerade zur Schnecke!«

»Macht ihr richtig! Weiter so!« Ich verließ die Gruppe und ließ mir am Tresen noch ein Glas ›Vier-Geister-Wasser‹ einschenken. Ich nahm einen Schluck und brüllte plötzlich los: »Arschlöcher!«

Es wurde ganz still. Aller Augen waren auf mich gerichtet. Ich schaute zur Decke und nippte an meinem Glas, als wäre nichts geschehen.

Langsam kam die Unterhaltung wieder in Gang. Plötzlich hörte man aus einer anderen Ecke des Raums abermals laut und vernehmlich: »Arschlöcher!«

Wie alle anderen drehte ich mich nach dem Rufer um. Es war Yang Zhong, der seelenruhig dastand und völlig ungerührt sein Glas zum Munde führte. Als er merkte, daß alle auf ihn schauten, prostete er ihnen lächelnd zu.

Fettmops Wu und Ma Qing waren begeistert und schrien ihrerseits: »Arschlöcher! Hurensöhne!«

Vom anderen Ende des Raumes brüllte Liu Huiyuan: »Fickt eure Mama!«

So schaukelten wir uns gegenseitig hoch, warfen einander aus allen Ecken des ›Salons‹ die Bälle zu und beschimpften unsere Gäste immer ungezügelter.

Die hielt es nicht länger. Fluchtartig verließen sie den Ort des Geschehens, verfolgt von unseren Verwünschungen.

»Haut doch alle ab, ihr Wichser! Und schleimt euch nicht bei uns ein! Wir sind keine Genossen – für niemand!«

An der Tür, dem einzigen Schlupfloch, stauten sich die Gäste, ehe sie – einer nach dem anderen – endlich das Freie gewannen. Zurück blieb nur unsere Gang, johlend und lärmend und balgend und sämtliche Gläser und Flaschen auf dem Fußboden, an den Wänden oder an der Decke zerschmetternd.

»Seid ihr alle verrückt geworden?« schrie uns Ding Xiaolu an, als sie wieder hereingestürmt kam. »Die Leute so zu vergraulen! Was wird jetzt mit unserem Salon?«

»Was soll schon werden?« lallte ich. »Schlimmstenfalls wird er geschlossen!«

»Genau! Was soll sein? Ham wir'n halt in den Sand gesetzt! Isses eben aus mit dem Salon! Könn' wir endlich wieder Mah-Jongg spielen!« pflichteten die anderen, ebenfalls mehr als angeheitert, quietschvergnügt bei.

»Ihr seid ja alle besoffen!« rief Ding Xiaolu wütend.

Wir lachten sie aus. »Stimmt! Sind alle besoffen. Allesamt! Nur du bist nüchtern.«

7

Ihr fühlt euch echt minderwertig, was?«

»Jawohl! Echt minderwertig.«

In der Redaktion des *Seepferdchens* hielt Bao Kang uns eine Standpauke: Er behauptete, die zuständigen Organe hätten ihn beauftragt, den »Dialog« mit uns zu führen. Am Vorabend hatten wir nach der Szene im Salon bis in den hellen Morgen Mah-Jongg gespielt. Übernächtigt und grüngesichtig hockten wir jetzt schlapp und träge auf unseren Stühlen. Bao Kang dagegen strotzte vor Gesundheit, wirkte frisch und ausgeschlafen, wie er so dastand und uns eindringlich ins Gewissen redete.

»Seid ganz schön abgedreht, was?«

»Jawohl! Abgedreht wie sonstwas.«

»Was ihr euch da gestern abend geleistet habt, war ein starkes Stück.«

»Jawohl! Starkes Stück.«

»Seht ihr das inzwischen wenigstens ein?«

»Jawohl! Wir sehen es ein.«

»Bloß, jetzt ist es zu spät! Der Schaden ist nun mal angerichtet. Wie stellt ihr euch das weiter vor?«

»Öffentliche Entschuldigung. Schadenersatz.«

»Was heißt hier Schadenersatz! Ihr habt die Gefühle der Leute verletzt. Wißt ihr überhaupt, wie das tut?«

»Wie denn? Klären Sie uns bitte auf.«

»Du verlierst den Appetit, schläfst schlecht, dir bricht grundlos der kalte Schweiß aus, du glaubst an nichts mehr, interessierst dich für nichts mehr. Würdest am liebsten immerfort weinen oder losstürzen und in den Fluß springen beziehungsweise an die Hochspannungsleitung fassen – was, glaubt ihr, kann man dagegen tun?«

»Besonders nett sein vielleicht? Gut zureden, ganz vorsichtig und liebevoll...«

»Und wenn der Betreffende nun ein unbarmherziger Mensch ist?«

»Ein unbarmherziger Mensch und in seinen Gefühlen verletzt? – Da ist doch nicht er zu bedauern!«

»Hier ist Post für dich«, sagte Ding Xiaolu und blickte von dem Stapel Briefe und Zeitschriften auf, den sie gelangweilt durchsah. Sie warf mir den braunen Umschlag zu, ich riß ihn auf, las ein paar Zeilen und ließ das Blatt sinken. »O Mann, wie peinlich!«

»Was? Was steht denn da?« Die Lebensgeister der anderen erwachten augenblicklich. Alle schauten mich erwartungsvoll an.

»Ich lese's euch vor«, erwiderte ich grinsend und faltete den Bogen auseinander. »›Geliebter Bruder Fang – Lehrer Fang!‹«

»Schon wieder diese Tussi!« freuten sich die anderen. »Prompte Antwort!«

»›Ich fühle mich Ihnen gegenüber echt schuldig. Ihre Empfindungen verstehe ich voll und ganz und bin echt bewegt. Um so schuldiger fühle ich mich.‹«

»Was denn?« frotzelte einer. »Hat die etwa schon 'n anderen Macker? Kein Problem, Bruder Fang ist Spezialist für doppelte Manndeckung!«

»Hört doch erst mal weiter! ›Ich glaube, Sie haben etwas mißverstanden – was natürlich kein Vorwurf sein soll. Schuld hat allein meine Mami, die hat meinen Vornamen ausgesucht...‹«

»Oh, no!« Alle johlten los. »Ein Kerl ist das? Das gibt's doch gar nicht!«

»Geht noch weiter: ›Es tut mir wirklich echt leid. Warum mußte ich auch ausgerechnet als Mann zur Welt kommen?‹«

»Gute Frage!«

»›Ich konnte mir echt gut vorstellen, wie Ihnen zumute ist, aber zugleich hatte ich Angst, Sie würden mich vor lauter Enttäuschung nicht sehen wollen. Deswegen habe ich lange hin und her überlegt, was ich mache. Sie täuschen? Das brachte ich nicht fertig, zumal ich ein echt ehrlicher Mensch bin und zeit meines Lebens noch niemand belogen habe...‹«

»Wo lebt denn der?«

»›... und erst recht nicht Sie belügen könnte, denn Sie sind der hochragende Mast...‹«

»Hochragender Mast ist gut – Ehre, wem Ehre gebührt! Bloß, woher weiß der, wie du gebaut bist?«

»›... an dem ich meine Fahne hissen will, damit ich niemals vom rechten Weg abkomme. Lieber Herr Fang, ich habe Ihnen die Wahrheit gesagt; nun dürfen Sie mich aber auch nicht dafür bestrafen.‹«

»Wen denn sonst?«

»›Ich bin nun voll und ganz auf Sie angewiesen.‹«

»Jetzt hast du'n Problem!«

»›Ich habe mich entschlossen, mein Leben ganz der Literatur zu weihen. Gestern bin ich von zu Hause aufgebrochen, um Sie aufzusuchen, wo immer Sie sein mögen. Heute schon bin ich am Ende, hungere und dürste und habe keinen Fen mehr in der Tasche. Sie müssen bitte unbedingt etwas Geld und ein paar Lebensmittelmarken für mich bereithalten, denn irgendwann werde ich vor Ihnen stehen, zerlumpt und schmutzig, abgemagert zum Skelett… Und wenn Sie mich dann nicht erretten, werde ich tot vor Ihnen zusammenbrechen.‹«

»O Mann!« grölten die Kumpel und stießen mich grinsend in die Seite. »Man darf gespannt sein, was Lehrer Fang jetzt tut!«

»Überhaupt nichts wird er tun! Jeder löffelt die Suppe aus, die er sich eingebrockt hat. Wenn der sich verschaukelt vorkommt, brech ich halt mit ihm zusammen zusammen«, flapste ich zurück, fügte dann aber mit einem Seitenblick auf Bao Kang, der immer noch dasaß, eilig hinzu: »Okay, jetzt mal wieder ernst. Woll'n doch hören, was Herr Bao uns noch zu sagen hat. Der ist nämlich seriös – der einzig Seriöse hier!«

»Diesmal habt ihr tatsächlich einen unbarmherzigen Menschen verletzt!« nahm Bao Kang seinen Faden wieder auf.

»Ach ja? Das war aber gar nicht recht von uns!«

»Ich bin euretwegen traurig. Ehrlich gesagt, ich würde euch wirklich gern helfen. Ich weiß bloß nicht, wie.«

»Kein Problem! Wir nehmen die gute Absicht für die Tat, okay?«

»Daß ihr Schriftsteller sein wollt, ist doch ein Treppenwitz der Weltgeschichte.«

»Genau, ein Treppenwitz! Ab mit uns in die Fabrik oder aufs Feld! Schriftsteller, das müssen Leute wie Sie sein!«

»Ja, und was habt ihr jetzt vor? Gibt es auf dieser unserer weiten Welt nicht unbegrenzte Möglichkeiten? Überall fehlt es an Reinigungskräften und Latrinenleerern! Da könnt ihr euch total einbringen! Statt unsereinem die Reisschüssel streitig zu machen. Jedem das Seine! So, wie's früher war. Also – was zögert ihr noch?«

»Alles unsere Schuld! Wir haben Ihre Gutmütigkeit ausgenützt.«

»Geht in euch! Unser Menschenleben ist so kurz, wir müssen uns hüten, die Zeit zu vergeuden; einen einzigen Fehltritt bereut man sein Leben lang; das Pferd zügelt man vor dem Abgrund; den Pferch flickt man, auch wenn schon Lämmer entwichen sind; man rennt nicht mit dem Kopf durch die Wand; Fehler sind dazu da, daß man sie berichtigt. Mehr fällt mir zu diesem Thema im Moment nicht ein.«

»Zeigen Sie uns bitte den Weg! Diesmal werden wir auf Sie hören.«

»Bin selbst schon ganz durcheinander... Kommt mir auf einmal so vor, als ob vor 'n paar Jahren jemand zu *mir* gesagt hat, was ich eben zu euch gesagt habe.«

»In der Kulturrevolution? Hat er mit den Fäusten vor Ihrem Gesicht rumgefuchtelt, hat er Graffiti gegen Sie auf die Mauern geschmiert?«

»Weiß nicht mehr genau. Vielleicht hab ich das ja auch zu mir selbst gesagt...«

»Ist doch egal, wer damals was zu wem gesagt hat. Hauptsache, es wurde gesagt.«

»Richtig! Die Erfahrungen der Geschichte muß man im Herzen bewahren, und harte Wahrheiten soll man aussprechen, so unangenehm sie auch sind, damit niemand sage, er sei nicht gewarnt worden. Man stürzt sich nicht blindlings ins Getümmel, sondern erkundigt sich erst nach den Spielregeln! Was mußte unsereins alles erleiden, wieviel seelische Kraft aufbringen, um endlich diesen Eindruck eines durch nichts zu erschütternden Schmerzensmannes zu vermitteln! Ihr dagegen, ihr haut auf den Putz und spielt euch auf wie sonstwas, respektlos, regellos, schamlos, kaum daß ihr auf der Bildfläche erschienen seid. Klar, daß man euch das übelnimmt.«

»Jawohl, alles braucht seine Zeit. War ja schon immer so, brauchen wir bloß an die Shanghaier Geheimgesellschaften vor 1949 zu denken – in der Grünen oder Roten Bande soll's 'ne ganz strenge Hackordnung gegeben haben, die Alten paßten auf, daß die Jungen nicht aufmuckten, und wehe, wenn doch... Tja, wir sind die Sache wohl wirklich zu leichtfertig angegangen.«

»Also, geht in euch; kehrt um, und überlegt euch, wie ihr's in Zukunft besser macht! Ich habe ja nichts davon, aber weil ich es gut mit euch meine, frage ich euch: Müßt ihr denn ausgerechnet Schriftsteller werden? Ihr seid doch nicht auf den Kopf gefallen! Im Unterschied zu mir – ich kann nichts anderes, sonst hätt ich die Puppenlappen längst hingeschmissen, das kann ich euch versichern. Die ganze Schriftstellerei ist nichts als nervtötende Schwerstarbeit! Man schreibt sich die Finger wund, trotzdem kommt bei den meisten ihr Lebtag nichts Gescheites dabei raus, alles wandert statt Brennholz in den Ofen – wenn ich einen Sohn hätte, ich würd ihm verbieten, Schriftsteller zu werden!«

»Ihre Worte sind echt ergreifend, geben echt zu denken. Wir werden uns wohl darüber klar werden müssen, welchen Weg wir künftig einschlagen.«

»Ja, überlegt nur, denkt gründlich nach, wägt genau ab. Laßt euch ruhig Zeit dazu – übereilen braucht ihr nichts! Und wenn ihr dann zu einem Schluß gekommen seid, ruft mich an.«

Kaum war Bao Kang weg, machten wir, daß wir nach Hause kamen, warfen uns aufs Bett und schliefen sofort ein. Es dämmerte schon, als wir einer nach dem anderen wieder erwachten, erfrischt und munter und bereit zu neuen Taten. Wir suchten uns ein anständiges Restaurant und gönnten uns ein erstklassiges Mahl, bei dem Fettmops Wu sich um ein Haar überfressen hätte. Dann wurde ich beauftragt, Bao Kang anzurufen. Den Zahnstocher noch zwischen den Lippen, wählte ich in aller Seelenruhe seine Nummer. Als er meine Stimme hörte, war er höchst erfreut: »Na? Was ist? Habt ihr's euch überlegt?«

»Haben wir«, sagte ich. »Wir haben uns dazu durchgerungen, auch weiterhin entschlossen an Ihrer Seite zu stehen – Hand in Hand, Schulter an Schulter sozusagen.«

»Was?!«

»Ja, wir haben hin und her überlegt und sind zu dem Schluß gekommen, wir dürfen Leute wie Sie um so weniger fallenlassen, je dreckiger es ihnen geht. Wenn wir nämlich eines sind – dann loyal!«

»Mit anderen Worten«, murmelte Bao Kang, »ihr seid eisern entschlossen, uns fertigzumachen. Laßt euch durch nichts und niemanden davon abbringen, ja?«

»Ja, wir sehen das als Schicksalsgemeinschaft – wie die von Kuomintang und Kommunisten im gemeinsamen Kampf gegen Japan, wissen Sie? Vereint in Ruhm und Schande, Leben und Tod! Und sollten wir darüber zugrunde gehen – kein Wort der Klage wird über unsere Lippen dringen!«

»Unter diesen Umständen möchte ich Sie offiziell davon in Kenntnis setzen, daß morgen früh um acht Uhr im Heziche-Gericht eine Verhandlung beginnt, zu der Sie, Liu Huiyuan, Fettmops Wu und Ding Xiaolu geladen sind. Sie haben sich dort einem Verhör durch den ›Untersuchungsausschuß für literarische Qualifikation‹ zu unterziehen.« Und weiter, bedeutungsvoll: »Noch ist es nicht zu spät für Reue!«

»Tschüß dann, bis morgen!«

Ein wahrhaft buntgemischtes Publikum von sensationslüsternen Müßiggängern füllte die treppenförmig ansteigenden Sitzreihen für Zuhörer im feierlichen Gerichtssaal bis auf den letzten Platz. Wir vier Angeklagten standen dicht gedrängt in einem käfigartigen Holzverschlag, so wie weiland die Viererbande von den Karikaturisten gezeichnet wurde, nachdem die starke Hand des Volkes zugeschlagen hatte, nur daß wir ein wenig jünger waren. Hinter dem hoch über uns aufragenden Richtertisch saßen nebeneinander ein kurzer Dicker, ein langer Dünner, ein Glatzkopf, einer mit Nickelbrille und zwei Frauen. Bao Kang saß seitlich auf dem Platz des Protokollanten, fixierte uns mit Blicken, in denen heiliger Zorn loderte, und murmelte etwas vor sich hin, das nur er selbst verstand: »Mal sehen, ob ihr euch jetzt endlich benehmt! Euch geht's nämlich an den Kragen! Geschieht euch ganz recht! Macht nur so weiter! Werdet schon sehen, was ihr davon habt!«

»Ich erkläre die Verhandlung für eröffnet.« Stolz aufgereckt, das Hemd über den Bauchfalten bis zur Brust offen, lehnte der Dicke sich in seinem Sessel zurück und fächelte sich mit einem Papierfächer Kühlung zu. Ein flüchtiger Blick auf die rechts und links von ihm aufgereihten Amtskollegen, ein gelangweilter Blick auf uns – dann hub er an: »Angeklagte, gemäß Prozeßordnung haben Sie das Recht, sich zu verteidigen. Wollen Sie sich selbst einen Verteidiger suchen, oder soll das Gericht einen Pflichtverteidiger bestellen?«

»Das ist nicht nötig«, antwortete ich. »Wir sind in der Lage, uns selbst zu verteidigen, aber was ist mit Ihnen? Brauchen Sie niemanden, der Sie verteidigt?«

»Nein.«

»Ist das nicht unfair? Wir können uns verteidigen, Sie aber nicht...«

»Das macht nichts. Wir haben ohnehin stets recht«, fertigte der Dicke mich selbstsicher ab. »Angeklagte, der beschäftigungslose Stadtstreicher Bao Kang hat eine Klage gegen Sie eingereicht, weil Sie erstens ohne entsprechende Ausstattung, zweitens ohne Investitionskapital und drittens ohne vorherige Genehmigung eigenmächtig schriftstellerisch tätig geworden seien. Dies stelle eine Geschäftstätigkeit ohne entsprechende Gewerbeerlaubnis dar, er beantrage daher das Verbot dieser Tätigkeit. Wollen Sie sich dazu äußern?«

»Ganz recht, ich habe die Klage eingereicht«, platzte Bao Kang dazwischen, noch ehe der Dicke seine Frage fertig gestellt hatte. »Na und? Ich habe geklagt, und ihr – ihr könnt mich mal!«

Ich beantwortete die Frage des Dicken: »Wir halten die Anschuldigungen von Herrn Bao für unhaltbar. Das Erstellen literarischer Texte erfordert ja nun wahrlich keine besonderen Fähigkeiten, jeder kann sich in seinen Mußestunden die Zeit damit vertreiben, ebenso wie andere Schach spielen oder mit ihren Vogelkäfigen spazierengehen. Ein Hobby eben – was bedarf es da noch einer Gewerbeerlaubnis?«

»Stimmt ja überhaupt nicht!« widersprach Bao Kang hitzig. »Für die ist Schreiben kein Zeitvertreib! Die führen sich schon lange auf wie Berufsschriftsteller! Das ist doch ein Widerspruch, oder?«

»Ob es sich um Zeitvertreib oder Spaß oder gelegentliche Beschäftigung handelt, hat hier nicht zu interessieren. Sofern es sich jedoch um private schriftstellerische Aktivitäten als zusätzliche Einnahmequelle neben und außerhalb von regulärer Erwerbstätigkeit handelt, wäre in der Tat eine besondere Erlaubnis erforderlich – Angeklagte, gehen Sie einer ordentlichen Berufstätigkeit nach?«

»Nein. Sie sehen in uns ebenfalls beschäftigungslose Stadtstreicher, die von der Hand in den Mund leben und deren letzte Rettung die Schriftstellerei ist. Ich frage: Ist es denn denkbar, daß ein Herr Bao Kang schreiben darf, während uns ebendies verwehrt bleibt?«

»Ganz recht. Sie sind allesamt beschäftigungslose Stadtstreicher, aber Sie – Herr Bao – dürfen schreiben, die anderen jedoch nicht, habe ich das richtig verstanden?« Die Blicke des Dicken und mit ihm des gesamten Richterkollegiums waren auf Bao Kang gerichtet.

»Euer Ehren müssen doch spinnen!« Vor lauter Erregung stampfte Bao mit den Füßen auf. »Warum mußte ich an solch einen Hornochsen geraten!«

Ich hakte sofort ein: »Hey! Was fällt Ihnen ein, das Hohe Gericht zu verunglimpfen?« Dann wandte ich mich an den Dicken: »Er hat Sie gerade beleidigt.«

Der Dicke setzte sich ruckartig auf und war mit einem Mal hellwach. Mit finsterer Miene fixierte er Bao Kang: »Was haben Sie da eben gesagt? Würden Sie das bitte wiederholen?«

»Ich habe gar nicht... ich würde es nie wagen... ich habe gesagt, ich spinne, ich bin ein Hornochse. Ich habe mich Euer Ehren gegenüber nicht klar genug ausgedrückt, das wollen die da bloß ausnutzen...«

»Beleidigung bleibt Beleidigung, streiten Sie das doch jetzt nicht ab!« Zu viert fielen wir über Bao Kang her.

In ihren Sesseln thronend, beobachteten der Dicke und seine Kollegen ihn lauernd.

In die Enge getrieben, trat Bao Kang die Flucht nach vorn an: »Okay, war vielleicht nicht so toll. Ich geb mir zwei Ohrfeigen. Hätte Sie nicht beschimpfen dürfen.« Er schaute gespannt zu dem Richter auf. »Bitte, verzeihen Sie mir dieses eine Mal.«

»Ich werde mir das merken«, erwiderte der Dicke mit strenger Miene, »abgerechnet wird nach der Ernte! Jetzt tragen Sie bitte Ihre Begründung vor.«

Bao Kang ließ niedergeschlagen den Kopf hängen. Dann warf er uns einen haßerfüllten Blick zu.

»Was denn? Unterstehen Sie sich, uns hier anzugreifen! Bloß weil Sie eine Wut auf uns haben«, fuhren wir ihn an.

Da Bao nicht wagte, sich auf weitere Wortgefechte einzulassen, setzte er ein Lächeln auf und sprach: »Ich bin auch ein beschäftigungsloser Stadtstreicher, das ist wahr; aber zwischen Stadtstreichern wie mir und Stadtstreichern wie denen da ist ein Unterschied wie Tag und Nacht. Schon meine Vorfahren pflegten den Müßiggang, hielten Vögel in Käfigen und rezitierten Gedichte über die Schönheit des Mondlichts. Danach ging es immer mehr bergab mit unserer Familie, erst recht in meiner Generation – Fressen, Saufen, Rumhuren, Spielen, nichts habe ich ausgelassen. Da ich mittellos war, aber aus gutem Hause stammte, war es nicht mehr als folgerichtig – war quasi durch die Familientradition vorgezeichnet –, daß ich Schriftsteller wurde. Damit erwarb ich zwar nicht die Chance, ein Amt zu bekleiden, doch zum Leiter eines Literaturzirkels im Kulturhaus oder dergleichen reichte es allemal. Dagegen diese vier – was sind das für Subjekte? Bettler waren ihre Ahnen, Bettler sind auch sie, und was ihre Bildung betrifft – die beherrschen doch zusammen nicht so viele Schriftzeichen, wie man braucht, um eine einzige Buchseite auch nur lesen zu können. Und so was wagt es, sich Schriftsteller zu nennen! Der wahre Intellektuelle wendet sich mit Grausen.«

»Ganz recht.« Fächerschwenkend wandte sich der Dicke uns zu. »Dummejungenstreiche! Beherrschen keine Schriftzeichen und wollen Schriftsteller sein!«

»Wer behauptet, wir sind Analphabeten?« protestierten wir. »Belesen und gebildet nennt man uns allenthalben.«

»Euer Ehren kennen gewiß den Spruch ›Konfuzius zieht um, und sein Hab und Gut besteht aus nichts als Büchern‹«, sagte Fettmops Wu zu dem Dicken. »Konfuzius ist mein Spitzname, alle nennen mich so, und zwar voller Achtung!«

»Gib nicht an! Widerlich!« höhnte Bao Kang.

»Ich muß gestehen, ich höre diesen Spruch zum ersten Mal.« Der Dicke brachte Bao mit einem finsteren Blick zum Schweigen. »Aber so ganz unrecht scheint dieser Kerl nicht zu haben – wie lautet denn wirklich Ihr Spitzname?«

»Konfuzius! Aber wenn Sie's nicht glauben, fragen Sie doch die« – Fettmops Wu wies auf die Zuhörer hinter sich – »ob sie mich so nennen.«

Der Dicke und mit ihm seine Kollegen richteten ihre Blicke auf das Publikum: »Verhält es sich, wie er sagt?«

»Jawohl, Euer Ehren!« kam es beflissen von Ma Qing, der sich von seinem Platz unter den Zuhörern erhoben hatte. »Der Dicke heißt bei uns Konfuzius. Wo er doch genau wie dieser der zweitgeborene und noch dazu ebenfalls unehelich ist.«

»Euer Ehren, glauben Sie ihm nicht!« rief Bao Kang dazwischen, nicht ohne sich devot vor dem Dicken zu verneigen. »Die stecken alle unter einer Decke, die kennen überhaupt kein Schamgefühl, aus denen kriegen Sie ohne Folter nie die Wahrheit heraus!«

»Folter? Was meinen Sie, sind Schläge zulässig?« wandte sich der Dicke an den langen Dünnen und die anderen. Aber die enthielten sich sämtlich der Stimme: »Machen Sie nur, was Sie für richtig halten. Wenn hier geschlagen werden muß, kann der Befehl nur von Ihnen kommen.«

Offenbar durch Erfahrung gewitzt, wies der Dicke dieses Ansinnen zurück: »Das könnte Ihnen so passen – ich bin doch nicht von gestern!« Dann wandte er sich mit ebenso undurchdringlicher wie bedeutsamer Miene wieder uns Angeklagten zu: »Wenn Sie schon so klug sein wollen und einen ›Konfuzius‹ unter sich haben, werde ich Sie jetzt mal ein wenig prüfen.«

»Aber untereinander tuscheln gibt es nicht!« schaltete sich der lange Dünne ein. »Es antwortet immer derjenige, der gefragt wird, Beratschlagung ist unzulässig!«

»Prüfen Sie uns ruhig»!« ermunterten wir den Dicken. »Von euch lassen wir uns vielleicht aufs Kreuz legen!«

»Haben Sie das gehört?!« Bao Kang wies anklagend auf uns. »Auch noch frech werden!«

»Was haben wir denn gesagt?« fielen wir über ihn her. »Der Herr hört wohl das Gras wachsen.«

»Ihr denkt vielleicht, weil ihr zu viert seid, könnt ihr mich fertigmachen?«

»Was brabbeln Sie denn in einem fort?« rügte der Dicke Bao ungehalten. »Sie sind es, der hier stört – Ihnen fehlt einfach jedes Fingerspitzengefühl. Wenn Sie noch einmal dazwischenblöken, lasse ich Sie hinauswerfen!«

Bao Kang mußte sich geschlagen geben. »Gut, ich werde nichts mehr sagen.«

»Das möchte ich Ihnen auch geraten haben!« schnaubte der Dicke und sah ihn durchdringend an. Dann setzte er wieder seine amtliche Miene auf und wandte sich uns zu: »Ich stelle Ihnen jetzt die erste Frage. Was ist das Abc der Literatur?«

»Zeit, Ort, Personen«, antwortete Fettmops Wu wie aus der Pistole geschossen. »Möchten Sie D und E hören? Ich kann auch bis Z!«

»Nicht nötig. Bis C reicht. – Was versteht man unter einer Komödie?«

»Den Inhalt von Comic-Heften«, antwortete ich. Als ich die Lachsalve im Publikum hörte, stotterte ich mit roten Ohren: »'tschuldigung, ich habe mich versprochen...«

»Darf ich diese Frage beantworten?« sprang Ding Xiaolu ein. »Eine Komödie ist ein komisches Spiel mit Wörtern, bei dem die großen Meister machen können, was sie wollen, während Neulinge die Regeln einhalten müssen.«

»Da ist doch Applaus fällig!« bedeutete ich den Zuhörern.

»Yeah! Geil!« rief Yang Zhong mit dumpfer Stimme durch die hohlen Hände, die er sich vor den gesenkten Kopf hielt. Die Zuhörer drehten sich sämtlich nach dem Rufer um, unter ihnen mit unschuldiger Miene auch Yang Zhong selbst. Aller Augen richteten sich auf den ganz hinten sitzenden Gu Debai. Der verteidigte sich erregt: »Ich war es nicht! Ich war es nicht!«

Alle starrten ihn weiter schweigend an.

Als der Dicke ihn erkannte, rief er in schneidendem Ton: »Verehrter Meister Gu! Ich muß Sie bitten, den Saal zu verlassen!«

»Ich war es wirklich nicht!« Gu Debai war aufgestanden. »War gerade ein wenig eingenickt«, sagte er achselzuckend, mit einem Verständnis heischenden Lächeln in Richtung des Dicken.

»Entfernen Sie den Mann!« befahl der Dicke mit steinerner Miene, drehte sich zur Seite und stieß zwischen den Zähnen »Einfach würdelos!« hervor.

Ein paar Männer packten Gu Debai, der weiter seine Unschuld beteuerte, unter den Achseln und schleppten den Kopfschüttelnden ab.

»Die dritte Frage…« Ehe der Dicke zu Ende sprechen konnte, schnitt ihm der lange Dünne das Wort ab: »Welche Voraussetzungen muß man mitbringen, um einen guten Roman zu schreiben?«

Der Dicke warf ihm einen vernichtenden Blick zu und beendete seine eigene Frage: »Welche elementaren Fähigkeiten muß ein Literat aufweisen?«

»Redner und Sänger, Stimmenimitator und Spaßmacher muß er sein«, zählte Liu Huiyuan die Talente jedes guten Kabarettisten auf. »Für alles muß er sich interessieren, aber nichts braucht er richtig zu können. Sein Arsch muß breit sein, weil er Sitzfleisch braucht, die Augen müssen scharf sein, damit ihm nichts Gutes entgeht, sein Fell muß dick sein, weil er sich für alle Gemeinheiten interessieren muß, die seine Vorfahren bis ins achte Glied begangen haben, und seine Beine müssen flink sein, damit er sich rechtzeitig vor dem Erschießungskommando in Sicherheit bringen kann.«

»Gar nicht uninteressant!« Der Dicke, die Nickelbrille und der Glatzkopf tauschten über den Kopf des langen

Dünnen hinweg Blicke aus. »Um totale Ignoranten handelt es sich anscheinend doch nicht.«

»Wie unterscheidet man einen guten Roman von einem schlechten?« fragte jetzt der lange Dünne, den offenbar nichts aus der Ruhe zu bringen vermochte.

Der Dicke verzog verächtlich den Mund.

»Ich werde es Ihnen sagen«, nahm abermals Ding Xiaolu das Wort. »Was ich mag, das ist ein unvergängliches Meisterwerk, und was ich nicht mag, ist unter aller Sau.«

»Würden Sie das wirklich so unverblümt sagen – auch gegenüber dem Verfasser?« mäkelte der Dicke.

»Lob kann man direkt ins Gesicht sagen und dabei durchaus auch einmal übers Ziel hinausschießen«, erwiderte Ding Xiaolu gelassen. »Für Tadel empfiehlt sich Diskretion – gegenüber dem Autor selbst sollte man höchstens Bedauern zum Ausdruck bringen.«

»Sie haben das Wesen erfaßt!« Der lange Dünne war voll ehrlicher Anerkennung.

»Falsch!« widersprach der Dicke eisig. »Wieso darf man Tadel nicht ins Gesicht sagen? Wieso Bedauern? Da fehlt Ihnen einfach ein Stückchen Lebenserfahrung. Mit Lob fängt man die Narren! Da lobt dich einer und verbirgt doch den Dolch im Gewande! Ich selbst bin seit jeher ein unerschrockener Mensch gewesen, und wenn ich jemand beschimpft habe, hat der es gar noch für eine Form der Anerkennung gehalten und war tief bewegt vor lauter Dankbarkeit.«

»Die fünfte Frage …« begannen der Dicke und der lange Dünne gleichzeitig. Sie blickten einander vielsagend an, der Dicke wütend, der Dünne duckmäuserisch. »Bitte sehr, fragen Sie!« gab letzterer gezwungen lächelnd nach.

»Die fünfte Frage…« Wegen der Unterbrechung hatte der Dicke den Faden verloren. Er lehnte sich zurück und fragte hinter dem Rücken des Dünnen die Nickelbrille: »Was wollte ich doch gleich fragen?«

»Sie wollten fragen: Wenn Sie die Macht dazu hätten – was würden Sie unterstützen, was bekämpfen?« Der lange Dünne nutzte entschlossen die Chance, dem Dicken doch noch das Wort abzuschneiden, indem er ihm die eigene Frage als die seinige unterschob.

»Wenn ich die Macht dazu hätte«, begann ich im lässigen Ton des sieggewohnten Macho, »würde ich natürlich für den sein, der für mich ist, und gegen den, der gegen mich ist. Und zwar ohne Rücksicht auf Ausdrucksform und Ideengehalt des betreffenden Werks. Wer mein Kumpel ist, dem helfe ich, und sollten tatsächlich einmal Hiebe unvermeidlich sein, werde ich gewaltig ausholen, aber ganz sachte zuschlagen. Wer dagegen mit mir über Kreuz ist und mich nicht achtet, den werde ich erbarmungslos bekämpfen, und sei er noch so gut. – Erlauben Sie im übrigen die Bemerkung, daß die fünfte Frage sich etwas mit der vierten überschneidet; der Gedankengang ist der gleiche.«

»Das ist mir nicht entgangen«, blaffte der Dicke mürrisch. »Auch ohne Ihren Hinweis. Die sechste Frage…«

Der Dicke hielt inne und sah den langen Dünnen an, aber der tat, als habe er es nicht bemerkt, und schlürfte weiter an seinem Tee. Das indignierte Räuspern des Dicken quittierte er mit einem befriedigten Lächeln.

»Die sechste Frage lautet«, hub der Dicke wieder an, »welche literarischen Werke gefallen Ihnen am besten? Und welche Werke haben Sie in Ihrem Schaffen am meisten beeinflußt?«

»Ihre Werke gefallen uns am besten! Sogar die, die wir nicht gelesen haben«, kam es prompt von uns allen vieren. »Sie haben unser Schaffen am meisten beeinflußt.«

»Schon gut, schon gut, ich wollte Sie nicht in Verlegenheit bringen«, sagte der Dicke aufgeräumt. »Damit sind die Fragen abgeschlossen. Als nächste Prüfung folgt das Bilden von Sätzen mit vorgegebenen Wörtern.«

Der lange Dünne lächelte verächtlich, erhob sich von seinem Sessel und entschwand, was der Dicke mit vornehmer Nichtachtung strafte.

»Jetzt werden Sätze gebildet«, wiederholte er genüßlich, rutschte auf seinem Stuhl vor und stützte die Ellenbogen auf den Tisch.

»Moment bitte! Verzeihen Sie!« Eine der bis dahin stummen Beisitzerinnen hatte ihre an Zwiebellauch erinnernden Finger gehoben und sich an den Dicken gewendet. »Darf ich vielleicht ein paar Fragen stellen?«

»Aber selbstverständlich!« Der Dicke schenkte der gepuderten Dame ein wohlwollendes Lächeln. »Fragen Sie nur!«

Die Gepuderte wandte sich uns zu und kam – sehr frostig – sofort zur Sache: »Ich möchte speziell Herrn Fang einige Fragen stellen. Welches ist Ihre Lieblingsfarbe?«

»Rot«, kam Ding Xiaolu mir zuvor.

»Ich habe aus-drück-lich gesagt, ich möchte spe-zi-ell Herrn Fang einige Fragen stellen! Die anderen mischen sich bit-te nicht ein!« wiederholte die Gepuderte in scharfem Ton, ohne Ding Xiaolu eines Blickes zu würdigen.

»Rot«, sagte ich. »Die Farbe der Republik.«

»Mit welchem Motto würden Sie Ihre Haltung zum Leben und zur Gesellschaft umschreiben?«

»Der Pfau schlägt Rad, und man findet's toll. Doch wenn er sich umdreht, sieht man nichts als sein Arschloch.«

Heiterkeit im Publikum. Mit gespielter Gleichgültigkeit schloß die Gepuderte die Augen und kniff die Lippen zusammen, als habe sich plötzlich eine Staubschicht auf ihrem Gesicht abgelagert.

»Was lieben Sie am meisten?«

»Wenn es jemand dreckig geht, dem es sonst nie dreckig geht.«

»Ich habe Sie gefragt, was Sie am meisten lieben, nicht, was Sie sich am meisten wünschen.«

»Am meisten liebe ich mich selbst, danach kommen Frau und Tochter, Verwandte und Freunde.«

»Was hassen Sie am meisten?«

»Leute, die ich nicht leiden kann, freundlich anlächeln zu müssen!«

Ich bleckte die Zähne und lächelte die Gepuderte an. Die verdrehte die Augen und sagte zu dem Dicken: »Das reicht mir. Ich danke Ihnen!«

»Ich habe zu danken!« Wohlerzogen verbeugte ich mich vor der Dame. Dann nahm ich wieder meine respektvolle Haltung vor dem Dicken ein.

»Es folgt jetzt die Prüfung im Sätzebauen«, verkündete der Dicke mit einem bedeutungsschweren Blick in die

Runde. »Als erstes bilden Sie bitte einen Satz mit ›sich verkleiden‹.«

Ohne auch nur einen Moment nachzudenken, preschte Fettmops Wu unerschrocken vor: »Am Ersten Mai, dem Kampf- und Feiertag der Werktätigen, verkleiden sich alle Chinesen bis zur Unkenntlichkeit.«

»Geil!« röhrte jemand im Publikum. Großes Gelächter. Wie ein Schauspieler, der vor den Vorhang tritt, nahm Fettmops Wu in tadelloser Haltung den Beifall des Publikums entgegen.

»Bilden Sie jetzt einen Satz mit ›kurzen Prozeß machen‹.«

»Früher machte man kurzen Prozeß mit Leuten wie mir, heute hört man sich sogar an, was sie für Sätze bilden können.«

»›Großer Sprung‹.«

»Manch Großer Sprung nach vorn geht nach hinten los.«

»›Ohm, Watt, Volt‹.«

»Ihr da ohm, macht, watt ihr wollt, aber laßt uns in Ruhe!«

»›Klein, aber fein‹.«

»Chinesische Einzelkinder sind oft noch ganz klein, aber feinmachen tun ihre Eltern sie schon als Babies.«

»›Arm, aber ehrlich‹.«

»Es heißt, bei uns ist bald niemand mehr arm, aber – ehrlich gesagt – ich glaube das nicht.«

»Geben Sie acht, jetzt wird es komplizierter: Bilden Sie einen Satz mit ›weil‹ und ›deshalb‹.«

»Weil Sie ›deshalb‹ nicht kennen?«

»Wer kennt ›deshalb‹ nicht?«

»Manch einer hält sich für einen intelligenten Menschen und fragt dennoch, wer kennt ›deshalb‹ nicht.«

»Ich will wissen, wer ›deshalb‹ nicht kennt!«

»Bloß, weil jemand sagt, ich will wissen, wer ›deshalb‹ nicht kennt, sage ich ihm noch lange nicht, was ›deshalb‹ bedeutet.«

»Blödsinn!«

»Er redet Blödsinn.«

»Das war nur ein Kommentar – unterbrechen Sie mich gefälligst nicht! Versuchen Sie es noch einmal mit ›weil‹ und ›deshalb‹!«

»Der Richter war sauer, weil er die Sprache des Halbstarken nicht kapierte.«

»Na also! Warum nicht gleich so?« Die Miene des Dicken hatte sich nur wenig aufgehellt, seine Stirn war nach wie vor umwölkt. Er zeigte auf Fettmops Wu: »Nach Ihrer Leibesfülle zu urteilen, dürften Sie nicht ganz ohne literarisches Talent sein; Sie erinnern mich entfernt an meine eigene Jugend. Weil ich heute gute Laune habe, werde ich jetzt einen kleinen Schneeball-Wettkampf mit Ihnen veranstalten.«

»Schneeball-Wettkampf? Wo ist denn hier Schnee?« Fettmops Wu schaute sich suchend um. »Wer weiter werfen kann, oder wie?«

Von uns vieren wußte nur Ding Xiaolu, was der Dicke meinte: »Jeder nennt einen Begriff und bildet damit einen Ausdruck, den er dann immer weiter ausbauen muß, was natürlich mit jeder Stufe schwieriger wird; 'ne umgekehrte Pyramide sozusagen.«

»Aha! So was Ähnliches wie Wettpinkeln. Na, denn mal los!« Kampflustig begann Fettmops Wu zu sparren.

Ich zupfte ihn am Ärmel. »Etwas mehr Respekt vor dem Alter!«

»Auf geht's!« rief er übermütig. »Wär doch 'ne Beleidigung für ihn, wenn ich kneifen würde.«

»Wir fangen an, junger Mensch!« begann der Dicke. »Meister.«

»Idiot«, konterte Fettmops Wu.

»Der größte Meister.«

»Ein kompletter Idiot.«

»Ich bin der größte Meister.«

»Unsereins ist ein kompletter Idiot.«

»Nicht ich bin der größte Meister.«

»Nur unsereins ist ein kompletter Idiot.«

»Sagt, nicht ich bin der größte Meister?«

»Nicht nur unsereins ist ein kompletter Idiot.«

»Wer sagt, nicht ich bin der größte Meister?«

»Durchaus nicht nur unsereins ist ein kompletter Idiot.«

»Genau registrieren, wer sagt, nicht ich bin der größte Meister!«

»Eindeutig feststellen, durchaus nicht nur unsereins ist ein kompletter Idiot.«

»Ich werde genau registrieren, wer sagt, nicht ich bin der größte Meister!«

»Wir müssen eindeutig feststellen, durchaus nicht nur unsereins ist ein kompletter Idiot.«

Fettmops Wu war offensichtlich höchst zufrieden mit sich selbst und spreizte sich wie ein Pfau. »Na, reicht's Ihnen?« fragte er. »Hab doch gut pariert, wie?«

»Du mußt echt ’n Ei am Wandern haben«, zischte ich ihm zu. »Haust hier aufs Blech und uns alle in den Sack! Schnallst du überhaupt nicht, was hier abgeht?« Dann lächelte ich den Dicken honigsüß an und sagte: »Euer Ehren sind scharf wie alter Ingwer! Euer Ingenium ist schlicht überwältigend, Eure Worte sind erquickender Tau für uns normale Sterbliche. Unwert, wie ich bin, mache ich mich dennoch anheischig, meine schwachen Kräfte mit Euch zu messen, um im ungleichen Kampf von Euer Ehren zu lernen.«

»Mensch!« stieß der Dicke nach kurzem verdrießlichem Schweigen plötzlich hervor.

»Wolf«, offerierte ich mit verbindlichemLächeln.

»Guter alter Mensch.«

»Böser grauer Wolf.«

»Ein herzensguter alter Mensch.«

»Ein bitterböser grauer Wolf.«

»Ich bin ein herzensguter alter Mensch.«

»Sie sind ein bitterböser grauer Wolf.«

»Kein Zweifel – ich bin ein herzensguter alter Mensch.«

»Ganz sicher – Sie sind ein bitterböser grauer Wolf.«

Der Dicke trommelte ungehalten mit den Fingerspitzen auf den Richtertisch. Die Atmosphäre unten im Saal war plötzlich spannungsgeladen.

»Es besteht überhaupt kein Zweifel, ich bin ein herzensguter alter Mensch.«

»Man ist inzwischen ganz sicher, Sie sind ein bitterböser grauer Wolf«, gab ich nach wie vor lächelnd zurück.

»Alle sagen, es besteht überhaupt kein Zweifel, ich bin ein herzensguter alter Mensch.«

Ohne eine Miene zu verziehen, hielt ich dagegen: »Es heißt, man ist inzwischen ganz sicher, Sie sind ein bitterböser grauer Wolf.«

»Ich kann mit Stolz feststellen, daß alle sagen, es besteht kein Zweifel, ich bin ein herzensguter alter Mensch.«

»Es ist eine unverschämte Lüge, wenn es heißt, man ist inzwischen ganz sicher, Sie sind ein bitterböser grauer Wolf.«

Während mir dieser letzte Satz glatt über die Lippen ging, strahlte der Dicke über das ganze Gesicht. Geradezu huldvoll sagte er: »Sie sind eindeutig der Klügste – die anderen drei können Ihnen nicht das Wasser reichen! So muß es sein, so sauber konstruiert, so parallel in Sinn und Form. Ja, so sehen sie aus, unsere klassischen chinesischen Spruchrollen, so etwas hängt man sich gern rechts und links neben die Tür! – Vielleicht können Sie noch ein Motto erfinden, das ich quer dazwischen über dem Wohnungseingang anbringen könnte?«

»Wie wäre es mit ›Hier wohnen herzensgute Menschen‹?«

»Ist das nicht ein wenig zu direkt?« zierte sich der Dicke. »Jeder Krämer lobt seine Ware – Sie kennen ja das Wort vom Melonenverkäufer Wang. Und meine Frau heißt auch noch ausgerechnet Wang...«

»Dann vielleicht ›Qualität wird garantiert‹?«

»Ach, nein! Immer noch viel zu direkt.«

»Das mag ja sein, aber wenn es mir doch aus dem Herzen kommt! Unsereins ist eben die Hefe des Volkes und redet, wie ihm der Schnabel gewachsen ist. Egal, ob gute Worte oder böse Worte – es sind immer grobe Worte!«

»Na, überlegen Sie doch noch einmal, vielleicht kommt Ihnen ja noch ein anderer guter Gedanke.«

»›Einmalig unter Tausenden‹? ›Wo find't man einen Besseren?‹ – Nein, das wäre vielleicht ein bißchen zu lang…«

»Moment – eben fällt mir selbst etwas ein. Was sagen Sie zu ›Mit jedem Tag besser‹?«

»Das ist die Lösung!« Ich klatschte begeistert in die Hände. (Hatte der Dicke wirklich vergessen, daß dieser Spruch überall in den Grundschulen hängt…?) »Etwas Treffenderes kann man gar nicht finden! Jeder andere Sinnspruch würde sich vergleichsweise vulgär anhören. Dabei bleiben wir, das wird über die Tür geklebt!«

»Über die Tür? Das wäre auch vulgär.« Bao Kang versuchte, sich wieder lieb Kind zu machen. »Meiner Ansicht nach müßte eigens eine Ehrenpforte aufgestellt werden, um diesen Spruch richtig zur Geltung zu bringen.«

In diesem Augenblick kam der lange Dünne zurück und ließ sich würdevoll auf seinem Sessel nieder. Seiner Miene konnte jeder entnehmen, daß er haushoch über den Dingen stand. Betont beiläufig bemerkte er: »Wie ich sehe, haben die vier es schon geschafft. Oder?«

»Haben Sie etwas dagegen?« Der Dicke warf ihm einen ärgerlichen Blick zu.

»Aber nein! Wie könnte ich? Lassen Sie ruhig alle laufen! Ich sehe mich sowieso nur als Tempelwächter-Figur, die dazu aufgestellt wird, um den kleinen Teufeln ein bißchen Angst zu machen.«

»Vielleicht darf ich noch die anderen Herrschaften um ihre werte Meinung bitten?« wandte ich mich ehrerbietig an den Glatzkopf und die Nickelbrille. »Uns wäre echt daran gelegen, auch von Ihren Belehrungen zu profitieren.«

»Nicht nötig, die sind auch nur Staffage«, erwiderte der Dicke laut mit einer wegwerfenden Handbewegung. »Ich entscheide ohnehin allein. Sollten Sie in Zukunft irgendwelche Probleme haben, kommen Sie ruhig zu mir, oder besuchen Sie mich einfach so!«

»Gewiß!« versicherten wir ihm. »Hauptsache, Sie sind uns gewogen.«

Plötzlich fiel dem Dicken Bao Kang ein. »Was haben Sie eigentlich noch hier verloren?« fuhr er ihn zornig an. »Verfolgen Sie etwa immer noch Ihren hinterlistigen Plan, diese vielversprechenden jungen Talente zu verleumden?«

»Ich – ich würde gern unter vier Augen mit Ihnen reden«, stotterte der bedauernswerte Bao Kang.

»Hier wird gar nicht geredet!« Der Dicke schlug auf den Tisch. »Sie haben mich beleidigt, das vergesse ich Ihnen nie!«

Er erhob sich, die anderen folgten. Dann verkündete er mit finsterer Miene: »Die Zeugenvernehmung ist abgeschlossen. Wir schreiten jetzt zur Urteilsverkündung…«

»Das war knapp! Aber Hauptsache, wir haben's geschafft!« Höchst zufrieden mit uns selbst verließen wir im Triumph das Gerichtsgebäude und nahmen die Glückwünsche der Kumpel entgegen.

Yang Zhong schüttelte mir die Hand und sagte: »Echt spitzenmäßig! ›Der Gefahr mutig ins Auge blicken, und dann den richtigen Einfall haben‹, oder so ähnlich, das macht dir keiner nach! Dagegen sind wir anderen die reinsten Waisenknaben.«

»Wer sich so hervortut, muß was springen lassen!«

»Ihr seid alle eingeladen!« rief ich. »Kommt mit!«

Bao Kang stand abseits und beobachtete uns aus den Augenwinkeln. Mehrmals machte er Anstalten, uns anzusprechen, doch genierte er sich zu sehr.

»Verpiß dich!« verscheuchten ihn Ma Qing und Fettmops Wu. »Und laß dich nie wieder blicken, sonst kannst du was erleben!«

»Nicht doch, Freunde! Ich bin ja Stadtstreicher wie ihr, da werden wir uns doch vertragen!« flehte Bao Kang.

»Von wegen Stadtstreicher!« bürstete ich ihn ab. »Anerkannte Literaten sind wir jetzt!«

Am Straßenrand hatte ein fliegender Händler seinen Stand aufgebaut. In einem großen Kessel auf einem Kanonenöfchen – beides hatte er an der Tragstange herbeigeschleppt – brodelte Huntun-Suppe. Davor hockte unsere Gang und ließ sich die Fleischtäschchen schmecken. Die heiße Brühe trieb mir den Schweiß auf die Stirn.

»Ihr könnt ruhig schon gehen«, sagte ich zu den anderen. »Ich komme gleich nach, sobald ich aufgegessen habe. Die Rechnung geht ja sowieso an mich. – Bitte noch eine Schüssel voll!«

Ich hockte mich wieder hin, schlürfte in aller Ruhe meine Suppe und sah den Freunden nach, die sich allmählich immer weiter entfernten. Als der Garkoch sich abwandte und Wasser in den Kessel nachgoß, stellte ich die Schüssel hin und rannte los...

Nachwort

Nichtchinesische Leserinnen und Leser der *Oberchaoten* mögen sich fragen, was Wang Shuo mit seinen Geschichten über Fang Yan, Yu Guan und ihre Kumpels eigentlich sagen will. Will er uns überhaupt etwas sagen? Oder will er wirklich nur »mit der Literatur spielen«, wie es Fang Yan (der wohl Züge eines Alter ego trägt) im Buch postuliert? Kommt es ihm vielleicht in erster Linie darauf an, seine Leser gut zu unterhalten und selbst - gut zu verdienen?

Daß er beides will, wissen wir von ihm selbst. Er hat – nicht nur für chinesische Verhältnisse – glänzend verdient mit seinen Erzählungen und Romanen und deren Verarbeitung zu Fernsehspielen und Filmen, und er schreibt erklärtermaßen für Leser, die unterhalten werden wollen. Die aber reden nicht über Politik, Moral oder die hehren Werte des Sozialismus. Sie wollen auch gar nicht allzu viel davon hören, sind eher wie Wangs Helden, oder Anti-Helden: »kleine Leute«, die »in Ruhe« und einigermaßen auskömmlich ihr eigenes kleines Leben leben wollen, auch auf die Gefahr hin, dabei mitunter an den Rand der Gesellschaft gedrängt zu werden.

Diese Menschen kennt Wang Shuo gut, er *ist* einer von ihnen, ein Pekinger, dem die – immer weniger werdenden – schmalen Gassen mit ihren verwinkelten Hofhäusern ebenso vertraut sind wie die breiten Avenuen der chinesischen Hauptstadt mit ihren gesichtslosen Hochhäusern, Kaufpalästen in bombastischer Schwimmhallenarchitektur und vulgär glitzernden Lokalen. Wang schreibt auf, was er sieht und hört und riecht. Selbstverständlich unter ausgiebiger Verwendung des dialektgefärbten

Slangs, des rotzig-lakonischen Wortwitzes der Hauptstädter, den er in seiner Figurensprache virtuos einsetzt.

Die Geschichten um die *Oberchaoten* wurden Ende der achtziger Jahre des 20. Jahrhunderts in Peking geschrieben, über und für Menschen in einem Land im Umbruch, über und für junge Menschen noch dazu, die die zehn traumatischen Jahre der »Kulturrevolution« mit ihrem verlogen-revolutionären Pathos – ganz zu schweigen von dem nicht minder verlogen-revolutionären Terror! – als Kinder erlebt haben und sich unversehens in einer manchesterkapitalistischen Ellenbogengesellschaft wiederfinden, in einem Staat, der mit seinem »Sozialismus chinesischer Prägung« die Quadratur des Kreises versucht, die Kombination von wirtschaftlicher Freiheit und politischer Repression. Das Lebensgefühl dieser jungen Menschen hat keiner so präzise erfaßt und dargestellt wie Wang Shuo in seinen *Oberchaoten*. Dies nun ist es wohl, was den faszinierendsten Zug dieser Geschichten, den eigentlichen Lesegewinn darstellt.

Den chinesischen und den nichtchinesischen Leserinnen und Lesern – wie übrigens auch dem Autor selbst – dürfte es dabei herzlich gleichgültig sein, ob es sich hier um »Herumtreiberliteratur«, »wertefeindliche Literatur«, »Neorealismus« oder gar »Avantgardismus« (horribile dictu!) handelt: Alle diese Bezeichnungen sind auf Wang Shuos Arbeiten angewendet worden, und er hat sich zweifellos darüber ins Fäustchen gelacht. Gerade in den *Oberchaoten* macht er sich ja unverhohlen lustig über die reaktionären Kulturbürokraten und die literaturbeflissene Intelligentsia, die »vulgäre« Werke wie die seinen verachtet, weil sie ihrem elitären Selbstverständnis als Verkünder des Wahren und Guten und als Vermittler von moralischen »Werten« so gar nicht entsprechen. »Wir werden nicht dulden«, tönte einer der parteiamtlichen Propaganda-Tugendwächter, »daß unsere Menschen« – unsere Menschen! – »in irgendeiner Form durch ›geistiges Opium‹ vergiftet werden und daß die gesunde Entwicklung der Gesellschaft ... aufs Spiel gesetzt wird.« (*China Daily*, 24. 2. 1995) Kultur und Kunst sollen immer noch und immer wieder »dem Volk und dem Sozialismus dienen«. Wie Wang Shuo mit seiner

»spielerischen Literatur« derartige Postulate aus der Mottenkiste des »sozialistischen Realismus« und der »Mao-Zedong-Ideologie« ad absurdum führt – das macht einen weiteren Reiz dieses Buches aus, das so erfrischend wenig ins volksrepublikanische Schema paßt.

Ungewöhnlich ist zumal der großstädtisch kesse Erzählgestus dieses Enfant terrible der chinesischen Kulturszene, sein – durchaus nicht immer geschmackvoller – Humor und seine Respektlosigkeit oder gar seine nachtwandlerische Gratwanderung zwischen Tiefsinn und Nonsens. Und kaum der Norm entsprechend ist – für China – auch die Biographie des 1958 als Sohn einer Ärztin und eines Offiziers geborenen Wang Shuo: Soldat von 1976 bis 1980, danach Angestellter eines Pharmabetriebs, Restaurantinhaber, Schieber, Playboy und Hobbyschriftsteller, seit 1984 freier Autor und Medienunternehmer, Mitinhaber einer Produktionsfirma für TV-Seifenopern. (Sie heißt übrigens *Seepferdchen*, für Leserinnen und Leser der *Oberchaoten* ein vertrauter Name.)

Von seinen schriftstellerischen Produkten sagt er selbst: »Was das ganze Gerede über geistigen Gehalt, große Linie, Philosophie angeht (...) – also, damit darf mir keiner kommen!« Kein geistiger Gehalt, keine Aussage, keine Tiefe? Trivialliteratur hin, Trivialliteratur her – Wang Shuo darf kaum erwarten, daß wir ihm diese Unbedarftheit abnehmen. In mehreren Werken, allen voran *Herzklopfen heißt das Spiel* (detebe 22971) oder auch *Ich bin dein Vater* – Filmtitel: *Baba* –, hat Wang Shuo schließlich das Gegenteil demonstriert, und – wie gesagt – auch die *Oberchaoten* sind längst nicht so harmlos, wie sie vorgeben zu sein. Aber wer den Narren spielt, ist natürlich sicherer vor der Zensur ...

In einem Interview (*China Daily*, 22.10.1992) erwähnte Wang, man habe ihm geweissagt, er würde mit 38 Jahren den Höhe- bzw. Endpunkt seiner Karriere erreichen. Inzwischen ist er zweiundvierzig Jahre alt, doch sein schöpferischer Elan scheint trotz wiederholter Maßregelung durch die Zensurbehörden ungebrochen. Und auch der Erfolg ist ihm treu geblieben: Seine Werke liegen in vier mehrfach nachgedruckten (wenn auch später verbotenen und daher um so populäreren) Bänden *Gesam-*

melte Werke und zahllosen Raubkopien vor; er hat zahlreiche Filmdrehbücher für chinesische Studios und, während seiner Amerika-Zeit Ende der neunziger Jahre des 20. Jahrhunderts, auch für Hollywood-Produzenten verfaßt; von ihm stammen die Drehbücher zu den Straßenfeger-Fernsehserien *Sehnsucht, Geschichten aus der Redaktion, Bedingungslose Liebe* und *Ein Pekinger in New York*; seine Romane *Oberchaoten*, *Das Bestiarium* und *Ich bin dein Vater* – Filmtitel: *Baba* – wurden verfilmt. Bei *Baba* führte er sogar selbst Regie, und zwar so erfolgreich, daß der bereits 1996 entstandene, in der Volksrepublik aber sogleich verbotene Film im August 2000 in Locarno den *Goldenen Leoparden* errang. Auch mit seinen »subversiven« Meinungsäußerungen zu literarischen und sonstigen kulturellen Themen hat Wang es bis heute verstanden, seine Stimme unüberhörbar in den kulturellen und politischen Diskurs innerhalb der chinesischen Gesellschaft einzubringen. So publizierte er z. B. respektlose Angriffe auf etablierte Größen der chinesischen Literatur wie den in der Volksrepublik hochgeschätzten Lu Xun (1881–1936), den populären zeitgenössischen Hongkonger Kung-Fu-Autor Louis Cha oder seinen Schriftstellerkollegen Jin Yong. Mit geschickt lancierten Verlautbarungen zu seinem Privatleben – Kostprobe: »Ich vermache mein Vermögen zu einem kleinen Teil meiner Frau und meiner Tochter, der größte Teil aber geht an eine Wohlfahrtsorganisation. Und ich, ich ziehe mich schon sehr bald als Mönch in ein Kloster im Wutaishan-Gebirge zurück!« (März 2000) – bleibt auch die Person Wang Shuo in der Öffentlichkeit stets präsent. Daß nach wie vor auch seine neuen Erzählungen und Romane (jüngst erschien *Schön anzuschauen*) in aller Munde sind, versteht sich fast von selbst.

Anders als vor dem auch in China unaufhaltsamen Siegeszug des Internets scheint heute jeder Versuch von vornherein zum Scheitern verurteilt, kritische Geister wie Wang Shuo mundtot zu machen. Wang ist nicht nur durch seine ungeheure Popularität geschützt, er versteht es auch meisterhaft – im Leben wie in der Literatur –, die Grenzen des Erlaubten auszutesten und sie dabei weniger zu überschreiten als vielmehr zu unterlaufen. Auf die

Frage eines Interviewers, wie frei man in China heute sein könne, antwortete er (*taz*, 25. 5. 2000): »In der Vergangenheit hatten wir überhaupt keine Freiheit, nicht einmal im Privatleben. Heute ist die Freiheit umso größer, je selbständiger man finanziell ist. Aber man kann die Freiheit in China auch heute nicht erkämpfen. Die politische Freiheit, die man genießt, bekommt man geschenkt ... von der Regierung. Sie ist der Meinung, daß China ein Entwicklungsland ist und Freiheit und Demokratie dem Entwicklungsprinzip unterzuordnen sind. Die Regierung schenkt dann in diesem Prozeß je nach Bedarf ein bißchen Freiheit und Demokratie. Das muß man akzeptieren, ob man will oder nicht. Ich bin ganz instinktiv der Meinung, daß Freiheit das Fundament für alles andere ist, für die Kreativität und Vitalität der ganzen Gesellschaft. Aber die chinesische Geschichte hat gezeigt, daß ein radikales Freiheitsverlangen zu schlechten Ergebnissen führt. ... Ich weiß, daß ich ein Freiheitsrecht habe, das ich zugunsten der Entwicklung unseres Landes derzeit nicht voll ausübe. Ich leihe der Regierung mein Freiheitsrecht gewissermaßen aus und fühle mich dabei als Opfer des Fortschritts. Hoffentlich wird die nächste Generation ihre Freiheit nicht mehr opfern müssen.«

Ulrich Kautz, im Dezember 2000

Wang Shuo
Herzklopfen heißt das Spiel

Roman. Aus dem Chinesischen von Sabine Peschel in Zusammenarbeit mit Wang Ding und Edgar Wang
Mit einem Nachwort von Sabine Peschel

Wüßten Sie noch, was Sie genau vor zehn Jahren gemacht haben? In diese peinliche Situation gerät Fang Yan, Pekinger Stadtindianer, als er mit einem Mädchen im Schlepptau nach Hause kommt – und dort von Sicherheitsbeamten erwartet wird. Der verblüffte Fang erfährt, daß in einem Mordfall ermittelt wird: Nach zehn Jahren ist die Leiche eines vermißten Bekannten, Gao Yang, aufgetaucht. Angeblich hat Fang den Ermordeten vor dessen Tod als letzter gesehen. Ist er ein Mörder? Was genau hat er an besagtem Tag gemacht? Erst allmählich begreift der junge Mann, daß er das Opfer eines gefährlichen Spiels werden soll.

»In *Herzklopfen heißt das Spiel* geht es um eine Gruppe von jungen Leuten, gezeugt unter den Fittichen Maos, die nach dem Ende der Viererbande und der sogenannten Kulturrevolution an nichts anderes denken als an sich selbst. Sie fressen, saufen und schlafen, sehen fern und anderes Kino, können und wollen nichts anderes. Was sie einigt, verbündet, verbindet, ist außer ihrer beschädigten Jugend die gemeinsam erfahrene Lehre, daß man im Leben der Gesellschaft, die herrscht, als singuläre Person nicht ohne Verbrechen zurechtkommt, es aber nie so weit treiben sollte, daß die Polizei einen schnappt. Sie haben die Tabus der Erzeugergeneration überlebt und erfreuen sich, in den Maßen herrschender Vorurteile, ihrer persönlichen Freiheit ... Eine köstliche Farce!«
K.H. Kramberg/Süddeutsche Zeitung, München

»Erfrischende, absurde Situationskomik.«
Löwa Ortwin/Norddeutscher Rundfunk, Hamburg

Lu Wenfu

Der Gourmet

Leben und Leidenschaft eines chinesischen Feinschmeckers

Roman. Aus dem Chinesischen und mit einem Nachwort von Ulrich Kautz

»Ein kleiner, feiner Roman. Lu Wenfu behandelt in *Der Gourmet* das lebenswichtige Thema: ernährt sich der Mensch, um gut zu arbeiten, oder arbeitet der Mensch, um gut zu essen.«
Ulrich Wickert/ARD Tagesthemen

»Mit seinem weltberühmten *Gourmet* hat Lu Wenfu ein Genrebild voller Lokalkolorit geschaffen, einen Roman, in dem der genüßliche und suchthafte Umgang mit dem Essen exemplarisch für die Grundbedürfnisse des Menschen steht. Die glänzende Übersetzung läßt einem die Worte auf der Zunge zergehen wie die kulinarischen Köstlichkeiten, die einem im Roman serviert werden.« *Ruth Keen/Neue Zürcher Zeitung*

»Eine schöne Parabel, die sich auch deshalb so beschwingt liest, weil uns Lu Wenfu vollkommen unaufdringlich zeigt, daß sich die Quelle aller kulinarischen Kultur stets vom gegenseitigen Respekt füreinander speist.«
Thomas Linden/Berliner Zeitung

»Endlich ein Buch, worin Essen die Hauptrolle spielt, obwohl es sich um kein Kochbuch handelt. Den Roman *Der Gourmet* las ich wie eine Köstlichkeit, als ganz leicht verdaulichen Genuß – für den Kopf... Nicht nur etwas für Feinschmecker, sondern gerade für solche Leser, die kulinarischen Verführungen bisher noch nicht erlegen sind.«
Alfons Schuhbeck/Die Welt, Berlin

»Ein humorvolles Buch, ein Festschmaus für Kopf und Bauch.« *Männer Vogue, München*

Andrej Kurkow im Diogenes Verlag

Picknick auf dem Eis

Roman. Aus dem Russischen von Christa Vogel

Als Tagträumer hat es Viktor schwer im Kiew der Neureichen und der Mafia: Ohne Geld und ohne Freundin lebt er mit dem Pinguin Mischa und schreibt unvollendete Romane für die Schublade. Doch eines Tages bietet der Chefredakteur einer großen Zeitung Viktor eine gutbezahlte Stelle an: Viktor soll Nekrologe über berühmte Leute verfassen, die allerdings noch gar nicht gestorben sind. Wie jeder Autor möchte Viktor seine Texte auch veröffentlicht sehen, doch erweisen sich die VIPs als äußerst zählebig. Bei einem Glas Wodka erzählt Viktor dem Freund seines Chefs davon. Als Viktor ein paar Tage später die Zeitung aufschlägt, sieht er, daß sein Wunsch beängstigend schnell in Erfüllung gegangen ist …

»Die Geschichte hat mehrere doppelte Böden. Sie führen übers Makabre und Phantastische zu überraschenden Blickwinkeln. Aber nicht nur in der Spannung liegt das Vergnügen der Lektüre. Andrej Kurkow schreibt eine schnörkellose Prosa, die reich ist an hintergründiger Komik und sarkastischem Witz.«
Eckhard Thiele / Berliner Morgenpost

»Hinreißend leicht und traurig wie das Leben.«
Elmar Krekeler / Die Welt, Berlin

Petrowitsch

Roman. Deutsch von Christa Vogel

Der arbeitslose Geschichtslehrer Kolja übernimmt gleichzeitig mit einer neuen Wohnung in der Altstadt von Kiew ein dichtbestücktes Bücherregal. In einem der dicken Bände findet er ein Buch des ukrainischen Vorzeigedichters Taras Schewtschenko, das mit vielen handschriftlichen Kommentaren versehen ist. Als Kolja der Sache nachgeht, findet er Hinweise auf ein verschollen geglaubtes Tagebuch des Dichters, das im kasachischen Mangyschlak in einem Fort mitten in der Wüste versteckt sein müßte. Kolja macht sich auf nach Kasachstan. Bei einem Sandsturm kommt er fast um, aber ein alter Kasache und seine beiden Töchter retten ihm das Leben. Doch das ist erst der Anfang einer langen Reise – und einer zarten Liebesgeschichte.

»Viel russische Seele, viel Melancholie und Traurigkeit. Doch dann und wann blitzt auch ein Augenzwinkern durch, ein Funke Hoffnung – worauf auch immer.«
Jürgen Deppe/Norddeutscher Rundfunk, Hamburg

»Kurkow beweist, daß man auch in Rußland wieder frische Geschichten erzählen darf: intelligent, witzig, weder die Realität verkleisternd noch sie ausblendend, nicht angestrengt antirealistisch, aber auch nicht wirklich traditionell.«
Thomas Grob/Neue Zürcher Zeitung

Jason Starr im Diogenes Verlag

Top Job

Roman. Aus dem Amerikanischen
von Bernhard Robben

Bill Moss ist knapp über dreißig, wohnt in New York und hat eigentlich das Zeug zu einem echten Aufsteiger, er hat sich nämlich sowohl im Studium als auch in seinem ersten Job erfolgreich geschlagen. Doch die Lage auf dem Arbeitsmarkt treibt ihre spätkapitalistischen Blüten, Bill sollte froh sein, nach zweijähriger Arbeitslosigkeit endlich einen schlechtbezahlten Job als Telefonverkäufer zu ergattern. Ist er aber nicht, sondern doppelt unter Druck: Sein Abteilungsleiter schikaniert ihn nach allen Regeln der Kunst, und seine Freundin will heiraten. Daß Bill nicht genug verdient, um eine Familie zu gründen, führt zu einer handfesten Beziehungskrise. Die Lage scheint sich zu bessern, als Bill völlig unerwartet zum Abteilungsleiter befördert wird – doch dann kommt alles nur noch schlimmer.

»Ein Psychothriller mit völlig neuem Sujet: Jason Starr zerrt vor allem dadurch an den Nerven, daß er mit der neuen kollektiven Angst vor wirtschaftlichem Abstieg und Arbeitslosigkeit spielt. Der Thriller fühlt den Puls einer Gesellschaft, in der man ohne erfolgreichen Job sich selbst nicht mehr spannend finden kann. Das Beklemmende an *Top Job* ist der gnadenlose Realismus.« *Bettina Koch / Spiegel Online, Hamburg*

Die letzte Wette

Roman. Deutsch von Bernhard Robben

Der heiße Wunsch, einmal ganz viel Geld zu gewinnen, treibt Joey immer wieder auf die Rennbahn. Pferdewetten sind sein Lebensinhalt, den er allerdings vor seiner Frau zu verheimlichen sucht. Wenn er nur erst seine Wettschulden los wäre, so denkt er, könnte er etwas Geld auf die Seite legen, als Anzahlung an ein Haus in einer anständigen Gegend. Dann hätte seine Frau Maureen endlich eine passende Umgebung für das Kind, das sie sich schon seit Jahren wünscht und das ihr Joey verweigert, weil er glaubt, es nicht ernähren zu können. Doch mit ein bißchen Glück hätten sie genug Geld, dann könnte Maureen endlich ihrer besten Freundin Leslie mit dem topverdienenden Gatten David und dem Wunderkind Jessica das Wasser reichen.

Aber Joey hat kein Glück in letzter Zeit: Er verliert seinen Job, weil er zu oft auf der Rennbahn statt bei der Arbeit ist, seine Wettschulden wachsen in den Himmel, die Gläubiger werden mehr und die Geldeintreiber entschieden unfreundlicher. Als kleine Zahlungserinnerung wird Joey brutal zusammengeschlagen. Da reift in ihm ein höllischer Plan.

»Jason Starr ist ein phantasievoller Autor und schreibt so rabenschwarz wie im Hollywood der vierziger Jahre, als ein gescheiter Krimi noch ein richtiger Lesegenuß war.«
Martina I. Kischke/Frankfurter Rundschau

Arnon Grünberg im Diogenes Verlag

Blauer Montag

Roman. Aus dem Niederländischen von Rainer Kersten

Die provozierende Lebensgeschichte eines jungen Mannes aus jüdischem Elternhaus, der nicht weiß, wem er sich mehr zugehörig fühlen soll: der zweiten Generation der Holocaust-Opfer oder der ›Generation Nix‹. Dessen Schulkarriere ein frühes Ende nimmt, weil er lieber mit Freundin Rosie durch Kneipen und Cafés zieht. Der das Amsterdamer Rotlichtmilieu zu erkunden beginnt, als Rosie ihn verläßt – wie weh diese Trennung tut, wird nirgends ausgesprochen. Und der es bald nur noch in der gekauften Nähe von Prostituierten aushält, sich dem Alkohol hingibt und dem Verfall. Der schließlich im Anzug des verstorbenen Vaters selbst eine Laufbahn als Gigolo antritt.
Hellwach und gnadenlos schildert Arnon Grünberg die tief tragischen und bitter komischen Erlebnisse seines gleichnamigen Taugenichts, der vor allem eines nicht ausstehen kann – Scheinheiligkeit und Heuchelei. Als ›tragischen Slapstick‹ hat Grünberg diesen meisterhaft geschriebenen modernen Entwicklungsroman bezeichnet und sich selbst als traurigen Clown.

»Die Stärke dieses wilden Textes liegt in seiner Unmittelbarkeit und im Fehlen jeglicher Larmoyanz. Die Sprache ist bei aller Flapsigkeit von gnadenloser Klarheit und Präzision. Das Weinen, das dem Erzähler im Hals steckt, bleibt stumm oder äußert sich in absurder Komik.« *Hannes Hansen/Die Welt, Berlin*

»Ein glänzender Debütroman.«
Harald Eggebrecht/Süddeutsche Zeitung, München

»Ein frecher, witziger Roman.«
Sonntag Express, Köln

Statisten

Roman. Deutsch von Rainer Kersten

Glück kann man kaufen. Und wenn man etwas kaufen kann, dann bleibt man nicht untätig – man holt es sich: mit dem Geldbeutel, und wenn der leer ist, mit der Kreditkarte. Und wenn man die auch nicht hat, mit der Kreditkarte von jemand anderem.
Für die jungen Amsterdamer Helden Ewald, Broccoli und die rassige Schönheit Elvira liegt das Glück in Hollywood. Sie bereiten sich auf eine große Karriere vor und gründen dazu die geheime ›Organisation Brando‹. ›Brando‹ bedeutet auch die Sehnsucht, ein anderer zu werden, einer, der man nicht ist und vermutlich auch nie werden wird – die Sehnsucht schlechthin. Grünbergs zweiter Roman ist ein Meisterwerk an bitterer Komik und zum Lachen reizender Melancholie, eine Mischung aus Desillusionsroman, modernem *Candide* und Woody-Allen-Humor. Hinter seiner Flapsigkeit und Lakonie, seiner äußerst zurückgenommenen und um so unmittelbareren Poesie und Zartheit liegen die Nerven blank – die der Helden und bald auch die des Lesers.

»*Statisten* beschreibt die Generation der Mittzwanziger, das Ringen um Zuspruch, Zukunft und Zugehörigkeit jener, die wir gern als Feiervolk in Permanenz wahrnehmen. Grünberg stellt diese Diagnose ohne Hoffnung, ohne Verzweiflung. Wohltuend ist, daß er seine illusionsfreie Prosa mit ironischen Versatzstücken anreichert.« *Berliner Morgenpost*

»Die Story könnte von Bukowski oder Henry Miller sein. Sie liest sich flott, und es gibt viel zu lachen. Mag Arnon Grünbergs Held auch scheitern, von diesem Autor wird man noch hören.« *Jörg W. Gronius / Norddeutscher Rundfunk, Hannover*

»Ein tragikomischer Slapstick voll Hoffnung und Melancholie.« *Welt am Sonntag, Hamburg*

Philippe Djian im Diogenes Verlag

Betty Blue

37,2° am Morgen

Roman. Aus dem Französischen von Michael Mosblech

»Für jemanden, der verrückte und besessene Liebesgeschichten mag, eine Pflichtlektüre.« *Wienerin*

»Wirklich bemerkenswert ist, mit welch stilistischer Sicherheit Philippe Djian diese Story vor dem Absturz in Gefühlskitsch oder Beziehungskisten-Knatsch bewahrt. Ein Roman wie flirrende Saxophon-Klänge in der Nacht.« *Hessischer Rundfunk, Frankfurt*

»*Betty Blue* als Film in den Kinos: auch wenn Beineix die Regie führt, kein Bild kann dieses Buch ersetzen.« *Szene Hamburg*

Erogene Zone

Roman. Deutsch von Michael Mosblech

Niemand kann eine Frau lieben und gleichzeitig einen Roman schreiben. Soll heißen: einen *wirklichen* Roman schreiben, eine Frau *wirklich* lieben. Djian hat es versucht und ist um ein paar Illusionen ärmer geworden. Er ist einem leicht perversen, ziemlich intelligenten Mädchen begegnet. Er hat (wenig) gegessen. Er hat (viel, vor allem Bier) getrunken. Sich Joints gedreht. Musik gehört. Gelesen und gelesen. Er ist dem Geld nachgerannt, den Frauen, den Wörtern. Er hat ein Buch geschrieben. Ungekünstelt hat er das Unbeschreibliche beschrieben. Das Leben. In all seiner Derbheit, Schlichtheit und Hoffnungslosigkeit. Großartig.

»Djian schreibt glasklar und in einem Tempo, dem ältere Herren wie Grass und Walser schon längst durch Herzinfarkt erlegen wären.« *Plärrer, Nürnberg*

Verraten und verkauft

Roman. Deutsch von
Michael Mosblech

»Djian sieht ganz genau hin, seine Bilder sind nur scheinbar so simpel, so einfach. Indem er das banale, das scheinbar triviale, das alltägliche Leben respektlos in die Literatur bringt, führt er das gekünstelte Wort ad absurdum. Dabei ist sein Stil so rein wie das kristallklare Wasser jenes kleinen Waldsees, auf dem er tagelang erfolglos angelt, um die Forelle dann mit einer gutherzigen Geste wieder ins Wasser zu werfen, die Hemingway hätte erstarren lassen. Sein Stil ist so rein wie der Schoß der Frau, die er liebt, und wenn er sich ihr hingibt, würde Henry Miller, so er noch könnte, mit seinen großen, roten Ohren schlackern. Zorc ist die Personifikation einer neuen nachmodernen, reinen Minne, und Philippe Djian ist sein Meister. Deshalb ist *Verraten und verkauft* mein Buch des Jahres.« *mid-nachrichten, Frankfurt*

Blau wie die Hölle

Roman. Deutsch von
Michael Mosblech

Ned ist ein Outlaw, einer der Autos klaut, Kneipen leerräumt, der sich nimmt, was er will. Franck ist ein Bulle, besessen und gewalttätig. Nichts haßt er mehr als Typen vom Schlage Neds. Lili ist Francks Frau, Carol seine Tochter. Als Lili Franck verlassen will, begegnet sie Ned. Lili und Carol hauen mit Ned und dessen Freund Henri ab...

»Djian ist ein Stilist. Und Stil ist es, worauf es ihm ankommt... Und alle Stilisten sind Musiker. Musik der Worte, der Sätze, der Abschnitte, der Kapitel...«
Pflasterstrand, Frankfurt

»Das Enfant terrible, der Einzelgänger in der französischen Literaturszene.« *Focus, München*

Rückgrat

Roman. Deutsch von Michael Mosblech

Dieser Roman ist eine Liebeserklärung an die Poesie des Alltags, der durch die Magie von Djians Sprache Literatur wird, eine Mischung aus tiefer Zärtlichkeit und Gewalt, Hoffnung und Verzweiflung. Sein poetischster Roman, ein Buch von überschäumender Vitalität und Sprachlust, das flirrende Orgien des Lebens feiert.

»Djian ging das denkbar größte Risiko ein: er tat, was man von ihm erwartete – er schrieb einen ›Djian‹!«
Pierre Lepape/Le Monde, Paris

»*Rückgrat* wird für Wirbel sorgen.« *Le Monde, Paris*

»Viele seiner Sätze sind literarische Volltreffer, wahre Blitzlichter voller Esprit und Witz.« *Radio Bremen*

»Djian streut literarisches Nitroglyzerin unter die Leser, daß es nur so kracht.« *buch aktuell*

Krokodile

Sechs Geschichten. Deutsch von Michael Mosblech

Krokodile, das sind die Menschen in Djians neuem Buch, gutmütig hinter dem Panzer, den sie nach außen zeigen, doch auch hinter ihrem breiten Grinsen jederzeit zum Zubeißen bereit. Helden, die Berge versetzen möchten und doch wieder aufgeben müssen, das sind die liebenswerten Hitzköpfe, die dieses Buch bevölkern. Ein Feuerwerk der Gefühle.

»Erste Liebe, Konkurrenzneid, Vaterkomplex, materielle Abhängigkeit und die letzte Sehnsucht eines alten Hagestolzes sind die beinahe schon abgeklärten Motive dieser Geschichten.«
Martin Grzimek / Frankfurter Allgemeine Zeitung

»Der *Betty-Blue*-Bestsellerautor in Hochform: Da prickelt die Erotik, rauschen die Gefühle, feiert das Alltagsleben irrwitzige Orgien.« *Cosmopolitan, München*

Pas de deux

Roman. Deutsch von Michael Mosblech

Der Musiklehrer Henri-John fühlt sich in seiner Haut ganz wohl, obwohl sein Leben seit einigen Jahren recht eintönig verläuft. Sein Beruf ist nur ein Job zum Geldverdienen, seine Beziehung zu seiner Frau Edith, einer erfolgreichen Schriftstellerin, ist so gemütlich wie wärmende Filzpantoffeln – und ebenso aufregend. Seine Kollegin Hélène versucht diese Ruhe zu stören, indem sie ihn anflirtet. Henri-John ignoriert ihre Bemühungen zunächst, da eine Affäre unnötig viel Tatkraft erfordern würde. Als aber Edith für zwei Wochen in Japan auf einer Lesereise ist, läßt er sich verführen.
Ein Buch, das langsam anläuft wie ein Jim-Jarmusch-Film und sich steigert wie der *Bolero* von Ravel.

»Der meistgelesene französische Schriftsteller seiner Generation!« *Le Nouvel Observateur, Paris*

Matador

Roman. Deutsch von Ulrich Hartmann

Mani, der halbwüchsige Sohn aus reicher Familie, führt äußerlich gesehen das süße Leben der ›Jeunesse dorée‹ südamerikanischer Großgrundbesitzerfamilien. Kaum jemand weiß, welche Kämpfe Mani gegen seinen herrischen Großvater führt, der – mit Zuckerbrot und Peitsche – einen ›ganzen Mann‹ aus ihm machen will.
Ein Buch über den Kampf zwischen jung und alt, so dramatisch – aber auch so gewalttätig – wie eine Corrida.

»Ganz Europa ist süchtig nach jedem ›neuen Djian‹. Besonders Deutschland.« *Wiener*

»Djian legt die Meßlatte seiner Literatur von Mal zu Mal höher.« *Libération, Paris*

Mörder

Roman. Deutsch von Ulrich Hartmann
(vormals: *Ich arbeitete für einen Mörder*)

»Ich arbeitete für einen Mörder.« Dieser Gedanke quält Patrick Sheahan. Ein Chemieunfall in der Camex, der Fabrik seines Freundes Marc, gefährdet die Existenz zahlreicher Anwohner. Patrick nennt Marc zwar einen Mörder, tut aber alles, um seinem Freund zu helfen. Das kostet Patrick nicht nur seine innere Ruhe, seine Unschuld, sondern bedroht auch die zarten Bande, die ausgerechnet jetzt zu seiner neuen Untermieterin, der rothaarigen Eileen aus Irland, entstehen.
Was ist eigentlich Schuld, und wie kriminell kann ein Mensch werden, wenn der Einsatz eine tief wurzelnde Freundschaft ist? Wann wird selbst der engste Freund zur unberechenbaren Gefahr?

»Ein gewaltiges, sanftes, ein packendes, zärtliches Buch.« *Jean-Baptiste Harang / Libération, Paris*

Kriminelle

Roman. Deutsch von Ulrich Hartmann

Wer hat Vorrang? Die Lebenspartnerin oder der alte, senile Vater, der Pflege braucht? Der eigene halbwüchsige Sohn oder die gemeinsamen Freunde? Oder sollte man nicht überhaupt ein wenig mehr an sich selbst denken? …
Auch fünf Jahrzehnte Lebenserfahrungen sind keine Garantie dafür, daß nun alles leichter ginge. Beziehungskisten und sonstige mitmenschliche Probleme sind kompliziert wie ehedem, nur eben anders. Ob Francis und Elisabeth oder Victor und Juliette – alle haben sie ihre kleinen Schwächen, alle verraten sie ihre Ideale, sind Kriminelle, Mörder ihres eigenen Lebens. Aber wer ist schon völlig unschuldig?

»Djians Stil ist hart, schnell, präzise und zeitgeistsicher.« *Markus Vanhoefer/Münchner Merkur*

Heißer Herbst

Roman. Deutsch von Ulrich Hartmann

Nach *Mörder* und *Kriminelle* nun der überraschende Abschluß der Trilogie: Schriftsteller Luc Paradis ist noch weit davon entfernt, seine Ex-Frau Eileen vergessen zu können, als sich seine Ex-Schwiegermutter Josianne bei ihm einquartiert. Luc tritt als freundlicher Gastgeber auf, ist aber doch nervös. Was wollen die beiden Frauen von ihm? Was will er von ihnen? Es beginnt ein Ränkespiel der Eifersucht und Leidenschaft, bei dem keiner unverletzt davonkommt.

»Man kann die drei Werke getrost einzeln lesen: Jedes ist in sich abgeschlossen. Richtig faszinierend wird es allerdings erst, wenn man sie nacheinander verschlingt. Dann verhält es sich nämlich wie mit einem kubistischen Gemälde: Denselben Gegenstand, dieselben Personen und Orte sieht man – gleichzeitig – unter verschiedenen Blickwinkeln.«
Marc Zitzmann/Neue Zürcher Zeitung